斯堪德
与独角兽

[英] A.F. 斯特德曼 著 吴华 译

中信出版集团 | 北京

图书在版编目（CIP）数据

斯堪德与独角兽 / (英) A. F. 斯特德曼著；吴华译
. -- 北京：中信出版社，2022.9（2025.4 重印）
书名原文：Skandar and the Unicorn Thief
ISBN 978-7-5217-4136-0

Ⅰ. ①斯… Ⅱ. ①A… ②吴… Ⅲ. ①儿童小说－长篇
小说－英国－现代 Ⅳ. ①I561.84

中国版本图书馆 CIP 数据核字（2022）第 042310 号

Skandar and the Unicorn Thief
Text Copyright © A. F. Steadman 2022
Cover text copyright © De Ore Leonis 2022
Illustrations copyright © Two Dots 2022
Published by arrangement with Simon & Schuster UK Ltd
1st Floor, 222 Gray's Inn Road, London, WC1X 8HB, A CBS Company
All rights reserved. No part of this book may be reproduced or transmitted in any form or by any
means, electronic or mechanical, including photocopying, recording or by any information
storage and retrieval system without permission in writing from the Publisher.
Simplified Chinese translation copyright © 2022 by CITIC Press Corporation
All rights reserved.

本书仅限中国大陆地区发行销售

斯堪德与独角兽

著　　者：［英］A. F. 斯特德曼
译　　者：吴华
出版发行：中信出版集团股份有限公司
　　　　　（北京市朝阳区东三环北路 27 号嘉铭中心　邮编　100020）
承　印　者：北京联兴盛业印刷股份有限公司

开　　本：880mm×1230mm　1/32　　印　张：12　　字　数：237千字
版　　次：2022年9月第1版　　　　　印　次：2025年4月第7次印刷
京权图字：01-2022-1427
书　　号：ISBN 978-7-5217-4136-0
定　　价：49.80元

出　　品：中信儿童书店
图书策划：如果童书
策划编辑：孙婧媛　　　　　责任编辑：张运玲　　　　　特约编辑：谢媛媛
营　　销：中信童书营销中心　封面设计：姜婷　谢佳静　内文排版：李艳芝

版权所有·侵权必究
如有印刷、装订问题，本公司负责调换。
服务热线：400-600-8099
投稿邮箱：author@citicpub.com

致约瑟夫

—

他的无私、爱和无限的善良
为这些独角兽赋予了翅膀。

离岛

极外野地

火

竞技场

凌云树堡

监狱

四极城

风

水

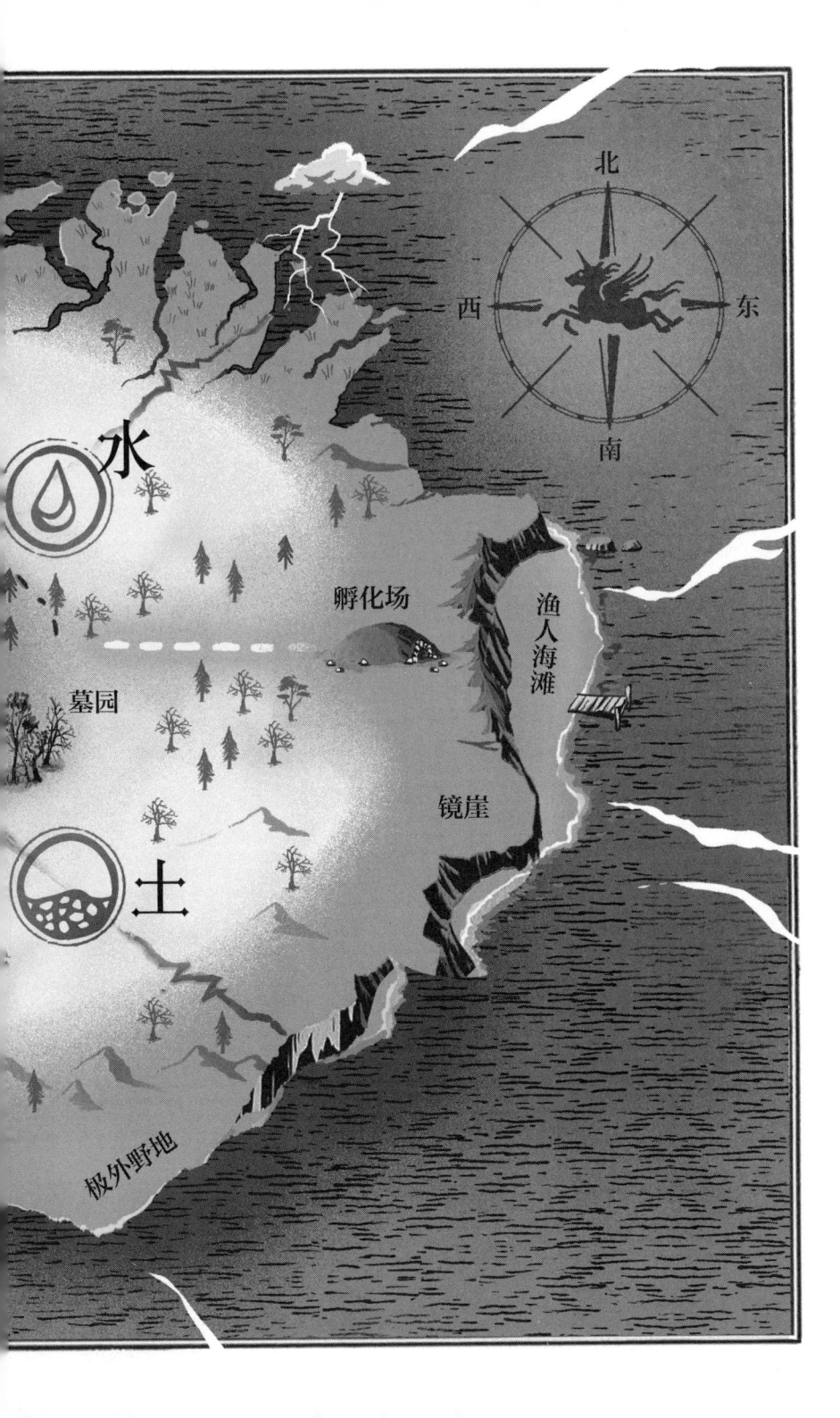

土

墓园

孵化场

渔人海滩

镜崖

极外野地

北 西 东 南

目 录

序 章 001
第一章 | 不速之客 003
第二章 | 门外长谈 019
第三章 | 选拔考试 032
第四章 | 镜崖 049
第五章 | 生命隧道 064
第六章 | 福星恶童 076
第七章 | 致命元素 086
第八章 | 凌云树堡 103
第九章 | 断层线 117
第十章 | 危险的银色 137
第十一章 | 离岛的秘密 159
第十二章 | 突变 180
第十三章 | 巧克力蛋挞 197
第十四章 | 烁火节 217
第十五章 | 惊跑入城 243
第十六章 | 空战 260
第十七章 | 魂元素秘洞 281
第十八章 | 胜利树 298
第十九章 | 墓园 309
第二十章 | 训练选拔赛 324
第二十一章 | 织魂人 338
第二十二章 | 家 359
致 谢 372

序章

未见其形，已闻其声。摄像师知道，独角兽来了。

尖锐的嘶鸣，凶狠的咆哮，紧咬的利齿上滴着鲜血。

未见其形，已嗅其味。摄像师知道，独角兽来了。

腐臭的气息，朽坏的肉体，不死的身躯散发着难闻的气味。

未见其形，已觉其意。摄像师知道，独角兽来了。

糜烂的兽蹄仿佛重重踏在他骨髓深处，恐惧四处蔓延，每一根神经、每一个细胞都本能地想要逃离。可他必须忠于职守。

独角兽在山峰之上现形——摄像师终于看见它们了。

一共八头。这些食尸的恶鬼在草地上疾驰，展开枯骨交错的翅膀，腾空而起。

黑色的浓烟包裹着它们，就像狂风暴雨包裹着暴风眼；隆隆雷声，紧随在它们身后；闪闪电光，劈开它们蹄前的大地。

八根诡异的兽角刺破长空。嘶吼声即是宣战的号角。

人们惊声尖叫,落荒而逃,但太迟了。

摄像师伫立在广场上,静待落地的第一头独角兽。

它嘴巴喷着火星,蹄子刨抓地面,粗重的呼吸带来的尽是噩兆。

摄像师仍然在拍摄,哪怕双手已抖得不成样子——他必须忠于职守。

独角兽垂下巨大的头,锋利的兽角直指镜头。

从它血红色的眼睛里,摄像师只读出了毁灭。

没有希望了。这个村子在劫难逃。他也在劫难逃。

他早就知道,一旦独角兽群到来,自己这条命就保不住了。

因为得见独角兽真容,就意味着,你已经死亡。

他只求记录下的画面能传到本土。

他放下摄像机,唯愿工作完成,死得其所。

独角兽不属于童话。它们是噩梦。

第一章
不速之客

　　斯堪德凝视着床对面，那儿贴着一张独角兽的海报。黎明来临，他已经能清楚地看清那对飞行中展开的翅膀，闪耀的银白盔甲罩住了大部分身体，只露出狂野的红色眼睛、巨大的下颌，以及灰色的尖角。斯堪德看好的骑手阿斯彭·麦格雷斯三年前就获得过参加混沌杯的资格。从那时起，他就十分欣赏新元飞霜。斯堪德觉得今天——今年的决赛日——他们是很有冠军相的。

　　斯堪德是在几个月前得到这张海报的。它是他十三岁的生日礼物。他曾站在书店的橱窗外，望着它出神，想象自己就是新元飞霜的骑手，站在这张海报旁，做好了参赛的准备。斯堪德不好意思张口问爸爸要礼物，因为从他记事起，生活就一直很拮据，他几乎没有主动提过什么要求。可是，斯堪德实在太想要这张海报了，而且——

厨房里传来哗啦一声响。要是在平时，斯堪德准会从床上跳起来，因为可能有坏人闯进来了。通常，负责做早餐的不是他就是对面床的姐姐肯纳。斯堪德的爸爸并不懒，早起对他来说也不是难事，尤其是在没活儿可干的时候，他只是有一阵子不吃早餐了。但今天可不是个普通的日子。今天是决赛日。对于爸爸来说，决赛日比生日重要多了，甚至比圣诞节还重要。

"别再盯着那张傻乎乎的海报了，行吗？"肯纳嫌弃地说道。

"老爸在做早餐呢。"斯堪德希望这能让姐姐高兴点儿。

"我不饿。"她翻了个身，脸冲着墙壁，一绺棕色的头发从被子里钻了出来，"再说，阿斯彭和新元飞霜今天赢不了。"

"我还以为你不感兴趣呢。"

"是不感兴趣，只是……"肯纳又翻了回来，她借着晨光，眯起眼睛看了看斯堪德，"得拿数据说话啊，小堪，新元飞霜的振翅率只有每分钟二十五次，刚到平均水平罢了。还有，他们的同盟元素是水也有问题。"

"什么问题？"尽管肯纳一口咬定阿斯彭和新元飞霜赢不了，斯堪德还是忍不住兴奋起来。姐姐已经很久没有这样跟他谈论独角兽了，久得他几乎忘了那是什么感觉。姐弟俩小时候曾无数次想象，若是自己也成了独角兽骑手，他们的同盟元素会是什么。肯纳总是说她要当一名驭火骑手，而斯堪德一直犹豫，做不出选择。

"你不是上过孵化场选拔考试的培训课吗？忘了？阿斯彭和

新元飞霜是水象同盟,对吧?可参赛的还有两位驭风骑手——艾玛·坦普尔顿和汤姆·纳扎里。我们都知道,风比水更有优势。"

肯纳用胳膊肘撑着身子,瘦削、苍白的脸上神采飞扬,浅棕色的头发和眼神一样,有些狂野。肯纳比斯堪德大一岁,但姐弟俩外貌肖似,以至于好多人都以为他俩是双胞胎。

"那可不一定,"斯堪德咧开嘴笑了,"阿斯彭从历届混沌杯中学了不少,她可不是只会用水。她很聪明的,去年就结合了多种元素。要是我是新元飞霜的骑手,我肯定要用光电脉冲和旋风攻击……"

肯纳立刻变了脸色,眼睛里的光芒暗了下去,嘴边的笑容消失殆尽。她放下胳膊躺倒,翻身冲着墙壁,拽起珊瑚绒被子,裹住了肩膀。

"肯纳,对不起,我不是故意……"

门外飘来培根和烤面包的香气,斯堪德的肚子咕噜噜直叫。

"肯纳……"

"让我自己静静,小堪。"

"你不来跟我和老爸看比赛吗?"

姐姐没有回答。斯堪德穿好衣服,失望和内疚堵得他喉咙发紧。他不该说那句话——"要是我是骑手……"他们以前常常这么说,但自从肯纳参加孵化场选拔考试失败梦碎之后,就再也没提过了。

斯堪德走进厨房,煎鸡蛋正滋滋作响,赛前的新闻报道也热热闹闹的。爸爸哼着歌，弓着背，摆弄着锅里的菜。他一看见斯堪德就笑了。爸爸上一次露出笑容是什么时候呢？斯堪德已经不记得了。

"肯纳不来吗？"爸爸的脸色微微一沉。

"她还没醒呢。"斯堪德撒谎了，他不想毁掉爸爸难得的好心情。

"要我说，今年的比赛是最难熬的，因为她去年才——"

斯堪德早就猜到了后半句。去年，肯纳参加了选拔考试但没能通过，这意味着，她再也没有机会成为一名独角兽骑手了。而这届混沌杯，是她失败后要面对的第一场赛事。

可症结在于，爸爸总觉得通过选拔考试是轻而易举、理所当然的。他太喜欢独角兽了，所以渴望自己的孩子也能成为骑手。他说这能解决一切问题——没钱的窘困，未来的日子，全家人的幸福，哪怕他下不来床也不用怕。毕竟，独角兽是神兽啊。

自从肯纳出生起，他就坚称肯纳会通过选拔考试，会打开离岛独角兽孵化场的大门。而锁在里面的某一颗独角兽卵，必定是属于她的。他坚称她会成为妈妈的骄傲。而且，在赖斯特彻奇中学，肯纳的培训课成绩一直名列前茅。就连她的老师都说，要是有哪个学生能成功登岛，那必然是肯纳·史密斯。然而，她失败了。

于是，几个月以来，爸爸一直跟他絮叨着同样的话：斯堪德可能，很有可能，甚至必将成为一名骑手。这是不同寻常的目标，是肯纳去年碰过壁的目标。尽管如此，斯堪德还是求之不得，欣然接受。

"今年可轮到你了，对吧？"爸爸伸出油乎乎的手，摸了摸斯堪德的头发。"你看，炸面包的话呢，最好的方法就是……"斯堪德装出不会下厨的样子，耐心地听着爸爸的讲解，恰到好处地点点头。因为做出了酥脆的完美面包，爸爸跟儿子击了个掌——别的孩子可能会觉得烦，但斯堪德很高兴。

肯纳没来吃早餐，但爸爸似乎并不介意。香肠、培根、煎蛋、烘豆、炸面包，父子俩吃得津津有味。斯堪德很想问问，这丰盛早餐的钱是哪儿来的。但他没有开口。今天是决赛日，爸爸显然想暂时忘记这一切，斯堪德也是。过了今天再说吧。于是他抓起新开封的一瓶蛋黄酱，噗叽噗叽地往食物上挤，然后满意地笑了。

"你还是最看好阿斯彭和新元飞霜，是吗？"爸爸一边嚼一边说，"我之前忘了说，要是你想请朋友来家里一起看比赛，我完全没意见。大家都这样不是吗？我不想让你受排挤。"

斯堪德盯着盘子。他没有朋友可邀请，更糟的是，正是因为爸爸才这样的。他该怎么解释呢？

爸爸状态不好——不开心——的时候需要他照顾，所以斯堪德没有时间来做"正常的事"，比如，交朋友。放学后，他没工夫在公园里闲逛；他也没有零花钱去游乐场玩，或是溜到马盖特海滩去买炸鱼薯条。斯堪德一开始还没意识到，后来才懂得，这些其实才是正儿八经交朋友的场合，不是英语课上，也不是早间休息吃奶油饼干的时候。而斯堪德为了照顾爸爸，有时候连干净衣服都来不及换，连牙都顾不上刷。别人当然看得出来。人们总能看出来，然后在心里对你留下不好的印象。

不过，对于肯纳来说，这些似乎没那么糟。斯堪德觉得，这可能是因为姐姐更加自信。每当他想说几句机智、俏皮的话时，大脑都像卡住了似的，得愣上几分钟才能反应过来，面对同学就更加不知所措，脑袋里总是嗡嗡作响，一片空白。但肯纳就完全没有这个问题。有一次，他听见姐姐跟一群女孩低声吐槽他们的古怪老爸。"我爸是我的事，"她说得非常平静，"别掺和，不然你们会后悔的。"

"他们都跟家里人一起看呢，老爸。"斯堪德最终咕哝了一句。他觉得脸上一阵阵发烫，因为自己没有说出全部实情。爸爸并没有注意到，而是开始收拾碟子。这可太少见了，斯堪德连连眨眼，还以为自己看错了。

"欧文呢？他是你的好朋友，对吧？"

其实，欧文是跟他关系最差劲的。爸爸误以为他是朋友，大概是因为曾见过斯堪德的手机上有几百条他发来的信息。信息的内容并不友好，但斯堪德从没提过。

"哦，是啊，他挺喜欢混沌杯的。"斯堪德站起来帮忙，"但是他要跟爷爷奶奶一起看，他家离这儿好几英里呢。"这可不是编的，是他无意间听到欧文跟好哥们儿抱怨时说的。而在那之前，欧文从斯堪德的数学课本上撕下三页纸，揉成一团扔在了他脸上。

"肯纳！"爸爸突然叫了起来，"比赛马上就开始了！"但肯纳没有回应。爸爸离开厨房，到他们的卧室去了。斯堪德在沙发上坐下来，电视里的赛事报道如火如荼。

记者来到混沌杯主赛场的起跑线前，采访了一位往届骑手。斯堪德调大了音量。

"我们今天是否会目睹激烈的元素之战呢？您怎么看？"记者兴奋得脸都红了。

"当然，"那位骑手很笃定地点点头，"选手各有高招，竞争激烈啊，蒂姆。人们最为关注的是费德里科和残阳血的火象能量，但艾玛·坦普尔顿和她的惊山呢？他们的同盟元素是风，他们可另有别的本事。大家别忘了，最优秀的混沌杯骑手并不拘泥于自己的同盟元素，而是四种都很棒。"

四元素。这是选拔考试的核心内容。斯堪德下了很大功夫去研究那些著名的独角兽和骑手，以及将他们结为同盟的四元素——火、水、土、风。在空中对战时，他们擅长的攻防本领就以此为基础。斯堪德紧张得肚子里直翻腾，他不敢相信，自己后天就要参加考试了。

爸爸回来了，脸上带着些苦恼的神情。"她一会儿就出来。"他说着在斯堪德身边坐下了。

"你们这些孩子真不知道在想什么，"他望着屏幕，叹气道，"十三年前，当我们这代人第一次看混沌杯比赛时，单是知道有这么个岛就知足了。我那时年纪大了，不能去当骑手了，可比赛、独角兽、四元素……都是多么神奇啊。我这么想，你妈妈也这么想。"

斯堪德默不作声，盯着屏幕，不敢移动视线。独角兽入场了。爸爸只有在混沌杯决赛日才会提起斯堪德和肯纳的妈妈。自打七岁生日那天起，斯堪德就不再问起妈妈了，因为他知道这会让爸爸既烦躁又伤心，爸爸会把自己关在屋里，好几天都不出来。

"第一届混沌杯比赛时，你妈妈特别激动，我都没见过她那个样子。"爸爸继续说道，"她就坐在你现在坐的这个位置，又哭又笑的，怀里还抱着你。啊，当时你才几个月大呢。"

这些话斯堪德已经听过好多遍了，但他一点儿也不嫌烦。他和肯纳都很愿意多听听关于妈妈的事情。奶奶有时会讲一讲，但姐弟俩更愿意听爸爸讲，因为最爱妈妈的人是爸爸。而他在每一次的讲述中，都会添些新的细节，比如罗斯玛丽·史密斯总是叫他"伯蒂"而不是"罗伯特"；比如她喜欢边洗澡边唱歌；她最喜欢的花是三色堇；在她人生第一次也是最后一次看混沌杯比赛时，她最喜欢的元素是水。

"我一直都记得，"爸爸直勾勾地看着斯堪德，"第一届混沌杯结束后，你妈妈拉起你的小手，在你的掌心画了个图案，然后像祈祷似的，轻声说：'你一定会拥有一头独角兽的，小小的独角兽。'"

斯堪德咽了口唾沫。这事儿他从没听过。或许，爸爸是故意等到选拔考试的这一年才讲。或许，这其实并没有发生过。斯堪德永远也不会知道这是真是假了，因为在本土人首次见识独角兽大赛三天之后，毫无征兆地，斯堪德的妈妈就去世了。

斯堪德不会告诉爸爸，甚至也不会告诉肯纳，他之所以这么喜欢混沌杯，一部分原因就是这比赛能拉近他和妈妈的距离。他想象着妈妈欣赏那些独角兽时的模样、内心涌起兴奋的模样——都和他一样，仿佛她就在他身边似的。

肯纳手里托着一碗麦片，噔噔噔地走进了厨房。

"哎唷，小堪，早餐还真吃上蛋黄酱了？"她指着堆在最上面的脏碟子说，"我可跟你说过好多次啦，这可不是咱们该吃的玩意儿，小兄弟！"

斯堪德耸了耸肩。肯纳大笑着，一屁股坐在沙发上，挤在他旁边。

"瞧瞧你们俩占那么多地方，明年我是不是得坐地上看比赛啦！"爸爸也大笑起来。

斯堪德心里一紧：要是考试顺利，明年这时候，他就不在家里了；他会在岛上的比赛现场观战，并且已经拥有自己的独角兽了。

"肯纳，你最看好谁？快说说！"爸爸凑近了问道。

肯纳这会儿又不高兴了，她盯着电视，只管嚼麦片。

"她之前说阿斯彭和新元飞霜肯定赢不了。"斯堪德大声说道，想激起姐姐的兴致。

奏效了。"也许明年他们有希望赢，但今年的比赛对驭水骑手不利。"肯纳说着，把一绺散下来的头发捋到耳后。斯堪德太熟悉这个动作了，这让他放下心来：即便明年沙发上真的只剩两个人看比赛，肯纳应该也会没事的。

斯堪德摇摇头说："可阿斯彭并不是只依赖水元素呀。我不是说了嘛，她很聪明，也会用风、火、土这三种元素来进攻。"

"可是，小堪，骑手最擅长使用的还是他们的同盟元素，要不怎么叫'同盟'呢！啧，就算阿斯彭确实会用火元素，她在这方面也比不上真正的驭火骑手，不是吗？"

"好吧，那你觉得谁会赢呢？"斯堪德坐直了些。爸爸调高了电视音量。屏幕里的骑手们披甲戴盔，挤在起跑杆后面，争夺有利位置。新闻报道也愈发狂热。

"艾玛·坦普尔顿和惊山，"肯纳平静地说道，"去年的第十名，驭风骑手，耐力强劲，勇敢，机智。我要是能成为骑手，就是她那样的。"

这是斯堪德第一次听到肯纳承认自己再也没机会成为骑手。他很想说些什么，却又不知说什么好。木已成舟，多说无益。于是他把注意力转向了电视，解说员正滔滔不绝，努力地填满开赛前的空当儿。

"首次观战的朋友们，大家好，我们正在离岛首府四极城为您现场直播。稍后，这些独角兽就会从这座知名竞技场起跑，在空中进行对决，在十六公里的赛程中展示耐力和空战技巧。比赛期间，骑手们必须从外面绕过浮标，否则有被淘汰的危险。这可不容易，因为会有另外二十四对竞争者对他们发起元素进攻，力求在每一回合拖慢对手的速度。噢噢，倒计时！五、四、三、二……"

"起跑！"

横杆抬起，刚及角高，二十五头独角兽——个头都比普通的马高上一倍——猛地向前冲了出去。为了占得先机，骑手们奋力用双腿催促自己的独角兽前进，腿上的护甲与左右骑手的护甲不断撞在一起。他们伏在鞍上，拼命加快速度。随后就是斯堪德最喜欢的一幕了。独角兽展开它们巨大的翅膀，腾空而起，把竞技场的沙地远远地抛在了身后。骑手们在头盔下的喊叫声通过麦克风传了出来。麦克风还捕捉到了另一种声音。尽管每一年的决赛日都会听到，但斯堪德还总是因它而脊骨发寒、浑身震颤——那是从独角兽胸腔深处发出的低沉嘶鸣，比狮子的吼叫声更骇人，比在本土能听到的一切声音更古老、更原始。那声音让人本能地渴望奔跑。

独角兽在半空中互相冲撞，争抢最佳位置，金属盔甲锵锵作响。它们额前的尖角映着阳光，闪闪发亮，每一击都试图置对手于死地。它们紧咬牙齿，唇边渐渐泛起白沫，鼻孔撑开，涨得通红。它们飞上高空，用各自的元素魔法——火球、尘暴、闪电、水墙——发起进攻。飘着蓬松洁白云朵的天幕下，激战不断升级。骑手们的右手掌上闪耀着四元素的能量，在赛道上奋力拼搏。

场面并不美好。独角兽扬起蹄子，狠踢对方的要害；亮出利齿,狠咬对方的皮肉。这是近身肉搏。三分钟后,摄像机拍到一对独角兽和骑手打着旋儿坠向地面,紧急迫降。骑手的金色头发着了火,一条胳膊无力地垂着,而独角兽的翅膀则冒出了滚滚浓烟。

解说员惋惜地说道:"是希拉里·温特斯和锐百合,他们被淘汰了。看样子骑手的胳膊骨折了,烧伤严重,锐百合的翅膀也伤得不轻。"

摄像机对准了领先的几对选手。费德里科·琼斯和残阳血与阿斯彭·麦格雷斯和新元飞霜陷入了鏖战。阿斯彭使出冰弓,对准费德里科罩着盔甲的后背射了一箭又一箭,想要拖慢他的速度。费德里科的盾牌燃起熊熊烈火,将那些冰箭逐一融化。但阿斯彭箭的准头极佳,新元飞霜还是追了上来。费德里科速度不减,并在阿斯彭骑着新元飞霜靠近时,在她头顶上方引爆了火球。

"那是费德里科的野火攻击,"解说员惊叹道,"在如此高空和如此高速之下很难招架啊。可是,噢!大家快看!"

新元飞霜和阿斯彭周围凝起了冰晶。冰晶环绕,织成了一张冰网。冰网犹如厚厚的茧,保护着独角兽和骑手不受野火的侵袭。斯堪德看见费德里科失望地大喊起来,因为刚才使出了野火进攻,他和残阳血不得不放慢步子,而阿斯彭趁此机会冲破冰网反超了他。

"现在冲在首位的是汤姆·纳扎里和他的魔鬼泪,紧随其后的是艾玛·坦普尔顿和惊山,暂列第三的是阿洛迪·伯奇和蒹葭王子。阿斯彭和新元飞霜这对善用水、风两种元素的组合令人刮目相看，目前位列第四——啊，看起来阿斯彭又要出招了，"解说员提高了音调，"她在加速。"

阿斯彭红发飞舞，新元飞霜的速度快得令人难以置信，它的翅膀疾速挥动，看起来都有些模糊重影了。他们超过了蒹葭王子。这时一道闪电擦过，只差几英寸就要击中阿斯彭，但她却借着闪躲的动势，来了个急转弯。新元飞霜挥动着灰色的巨翅，超越了肯纳最为看好的惊山，随后又乘胜超过了汤姆·纳扎里的黑色独角兽魔鬼泪，冲到了第一的位置。

"哇！"斯堪德挥拳欢呼起来。他通常不会这么情绪外露，但这一幕真的叫人意外，叫人不敢相信。

"我还从没见过这种场面，"解说员嚷嚷道，"他们超出了一大截啊！"

肯纳倒吸一口冷气，死死盯住那些冲向终点的独角兽。"不可能！我不信！"

"再坚持一百米就赢了！"解说员又尖叫起来。

斯堪德张大嘴巴，目不转睛地看着新元飞霜的蹄子落到竞技场的沙地上。阿斯彭催着它往前冲，眼神里充满了强烈的斗志——终点拱门就在前面。

斯堪德一蹦老高，兴奋地喊着："他们赢了！他们赢了！肯纳，我说得没错吧！我说中了！我说中了！"

肯纳大笑起来，眼睛闪闪发光，释然的模样给这场胜利也增添了光彩。"好吧，小堪，你说中了。我承认，他们真的很棒。那些冰晶，真厉害！我从来没——"

"等等，"爸爸突然站起来，凑到屏幕前面说，"好像有些不对劲。"

斯堪德和肯纳也凑了过去，一边一个站在爸爸身旁。斯堪德听到了现场观众的尖叫声，可那叫声里不是兴奋，而是恐惧。他们没有看到独角兽穿过终点拱门，解说员沉默着，镜头仍然对准竞技场，摄像师似乎已经离岗。

一头独角兽出现在竞技场中央。它横亘在参赛独角兽的胜利之路上，模样也和残阳血、惊山、新元飞霜等大不相同。这头独角兽的翅膀几乎没有羽毛，而是有点像蝙蝠的翼膜，它瘦骨嶙峋，饥肠辘辘，眼中闪着诡异的红光，下巴上粘着血块，牙齿龇着，好像在挑衅那些参赛的独角兽。

斯堪德愣了好半天才注意到，这头独角兽的角是透明的。

"是一头荒野独角兽！"他喘着气说道，"跟离岛给我们本土看的那个老录影带里的那些一样。正是它让我们本土人确信了独角兽在很久以前就已经存在。在录像带里，它们袭击了一个村子——"

"不对劲。"爸爸又说了一遍。

"不是，不是荒野独角兽，"肯纳低声说道，"它有骑手。"

斯堪德仔细看了看那头独角兽背上的人——至少，他认为那是个人。那骑手身上披着的黑色裹尸布在微风中飘动，布的边缘已经朽烂。白色的颜料涂成宽宽的一条,挡住了骑手的脸——从脖根到额头全部遮住,直插进短短的黑发里。

那头独角兽腾起身体,前蹄腾空乱踢,扬起滚滚黑烟。幽灵般的骑手志在必得地高呼,独角兽嘶鸣着应和,竞技场里浓烟密布。斯堪德看见他们走向混沌杯的诸位选手——独角兽蹄子周围火星乱迸,骑手手掌上射出一道白光,刺得屏幕很晃眼。突然,骑手慢慢地转过身来,意味深长地伸出枯骨般的手指指向镜头。接着,烟雾便遮蔽了所有画面。

随后便只有声音了:元素的爆裂声、独角兽的嘶鸣声,还有人群的喊叫声,以及他们落荒而逃时纷杂而沉重的脚步声。离岛民众乱哄哄地东奔西跑,朝着摄像机时,能听到他们惊慌失措地嚷嚷着。在一片嘈杂之中,斯堪德辨认出了一个多次出现的词——

织魂人。

斯堪德从没听过这个词,不知道它是什么意思。但人们窃窃私语,惊声尖叫,一再提到这个词,就让他心里也涌起了阵阵恐惧。

斯堪德转向爸爸,只见他仍然目瞪口呆地盯着屏幕里的黑烟出神。肯纳抢在前头,提出了问题。"爸爸,"她平静地说,"织魂人是谁?"

"嘘!"爸爸摆摆手,"出事了。"

烟雾渐渐消散,画面清晰起来。沙地上跪着一个人,一边痛哭一边喊叫。她还穿着盔甲,背上漆着"麦格雷斯"几个蓝色大字,其他的骑手围在四周。

"求求你们!"阿斯彭哭喊着,"求求你们救救它!"

费德里科·琼斯一改比赛时的暴烈,想把阿斯彭搀扶起来,可阿斯彭只是哀号不止。"织魂人把它掳走了!它完了!我们明明赢了,可织魂人却——"阿斯彭说不下去了,眼泪淌下来,弄得她满是灰尘的脸黑一道白一道的。

突然有人厉声下令:"快把摄像机关上!不能让本土看见这些!快关上!全关上!"

所有独角兽都咆哮起来,声音凄厉,震耳欲聋。骑手们跳上鞍子,极力安抚,可独角兽却一头头地扬起前蹄,口吐白沫,那惨烈骇人程度,斯堪德真是想也想不到。

二十五位参赛骑手中只有一位还站在沙地上——赢得比赛的驭水骑手阿斯彭·麦格雷斯,而她的独角兽新元飞霜已经不见踪影。

"织魂人是谁?"肯纳再次发问,声音里有股不依不饶的狠劲。

然而,没有人回答她。

第二章
门外长谈

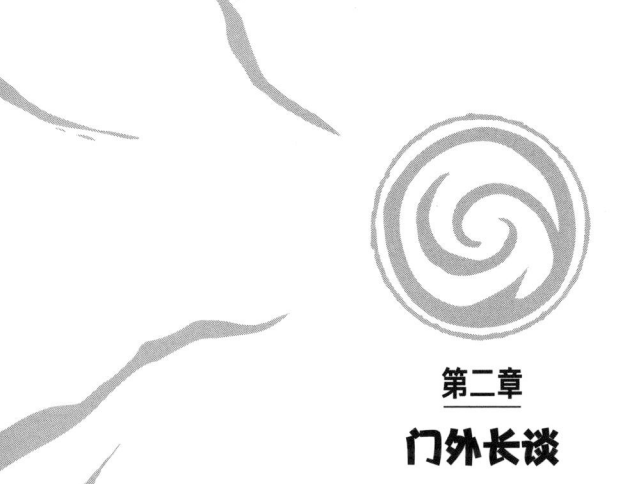

"邦特雷斯老师,给我们讲讲吧,那个织魂人到底是什么人啊?"

"织魂人为什么要带走新元飞霜呢?"

"织魂人怎么会骑一头荒野独角兽呢?"

"织魂人会不会跑到本土来啊?"

"都静一静!"邦特雷斯老师揉着额头,忍不住大嚷一声。

全班都静了下来。斯堪德从未见过邦特雷斯老师这样高声大气地说话。

"我今天已经上了四节课了,"她靠着白色书写板说道,"同样的话,就再跟你们说一遍吧。我不知道织魂人是什么人,也不知道织魂人为什么要骑荒野独角兽。毋庸置疑,我也不知道新元飞霜到底在哪儿。"

混沌杯成了所有人谈论的焦点，这很正常，毕竟它是一年一度的盛事。但反常的是，人们忧心忡忡的，尤其是斯堪德这个年纪的孩子们——他们转天就要参加孵化场选拔考试了。

"邦特雷斯老师——"玛丽亚举手说，"我父母不想让我参加考试了，他们说离岛可能不安全。"

不少学生都点了点头。

邦特雷斯老师直起身子，翻着眼睛，从草黄色的刘海底下环视全班。"首先，参加选拔考试，这是法律规定的。如果玛丽亚注定要与孵化场里的某一头独角兽结成同盟，而她却没有作出回应，会怎么样呢？谁能回答？"

全班人都能回答，不过萨米抢了先："如果玛丽亚不去驯育那头独角兽，它就无法和骑手结成同盟，就只能在荒野成长。"

"对，"邦特雷斯老师说，"然后它就会变成可怕的怪物，就像你们在混沌杯转播中看到的那头那样。"

"我可没说我赞同爸妈的说法！"玛丽亚抗议道，"我还是会去——"

邦特雷斯老师没有理睬她，自顾自地又说了下去："十五年前，离岛骑手短缺，所以向本土求助。我理解，这件事让你们感到惶恐不安，其实我也一样。但我不允许我的学生逃避责任。如果你的生命中注定有独角兽的存在，那么照顾它出生、长大，训练它，就是你的责任。而在现在这种情况下——织魂人作乱——担起这责任比以往任何时候都重要。每个人都只有一次机会，今年就轮到你们了。"

"哼，我觉得整件事就是个大骗局，"坐在教室后排的欧文不紧不慢地说道，"要我说，根本就没有什么荒野独角兽，只是演出来的罢了。我在网上看到有人说……"

"多谢你，欧文，"邦特雷斯老师打断了他，"这只是一种可能性。好了，现在开始做复习题吧，好吗？"

斯堪德紧皱眉头，垂下眼睛看着自己的课本。不对，不可能是演出来的。如果真是什么人在闹着玩，岛上的人怎么会那么害怕？当时赛场上都是离岛最厉害的独角兽和骑手，那个黑衣骑手是怎么压制住他们，然后掳走新元飞霜的呢？织魂人到底是什么人——或者，是什么？

斯堪德真希望自己有个朋友，能躲在教室后面咬着耳朵聊一聊，交流一下想法。但现实是，他只能在练习本的空白处画上一头神秘的荒野独角兽。除了独角兽，画画是斯堪德唯一感兴趣的事了。他通过画画去想象自己登岛后的样子。他的速写本上涂满了独角兽——打斗的场面，或孵化中的卵；有时他也会画海景，或肯纳的肖像漫画；极少数的时候，他会画妈妈——照着老照片画。

他想象着妈妈会如何看待这一切。这样的想象早已不是第一次了。

放学时，斯堪德像往常一样，一个人在校门口等肯纳，一边等，一边翻看驯育课的笔记。这时，他听到了一个讨厌的声音：欧文的笑声。欧文总是喜欢压低声调，好让自己的声音显得成熟些——更像个男人。可斯堪德却觉得，那声音活像一头便秘的母牛在咳嗽。

"那是我刚买的！"另一个尖些的声音叫道，"我还要带回家分给弟弟呢，请别——"

"罗伊，拿过来！"欧文嚷嚷道。

罗伊是欧文的哥们儿。

欧文和罗伊把一个七八岁的小男孩堵在了操场上的一截矮墙旁边。小男孩苍白的脸上挂着星点雀斑，头发是浅红色的，这让斯堪德想到了阿斯彭·麦格雷斯。

"嘿！"斯堪德跑了过去。他知道自己会为这次拔刀相助而后悔，说不定脸上还要挨上一拳，但他不能放任欧文欺负落单的小男孩。再说，欧文已经打过他好多次了，斯堪德都习惯了。

斯堪德赶到跟前才看清，罗伊从小男孩手里抢走的是一沓混沌卡牌。

"你冲我喊什么？"欧文朝斯堪德走了过来。

斯堪德示意红发男孩赶紧躲起来。小男孩立刻钻到矮墙后面去了。

"我，呃，我就是想问问，今天你还借不借我的笔记？"斯堪德勇气尽失。没说"嘿"就能逃过一劫吗？想什么呢？

欧文哼了一声，从斯堪德手里扯过笔记，丢给罗伊。他的手一空出来就攥成拳头，冲着斯堪德肩膀招呼过去。

"都是些驯育课上的玩意儿。"罗伊翻了几页咕哝道。

"对，没错儿。那我走了。"斯堪德往旁边躲了躲，可欧文一把揪住了他的白衬衫。斯堪德闻到了发胶的气味。欧文抹了发胶，一头黑发反倒更乱了。

"你不会真以为自己能通过选拔考试吧？"欧文阴阳怪气地嘲笑道，"噢，你当然可以！真棒真可爱！"

罗伊傻乎乎地帮腔："对啊，你瞧瞧这笔记写的。"

"我跟你说过多少次了？"欧文冲着斯堪德的脸说道，"你这种人当不了骑手。瞧你弱不禁风那样儿！老是一副可怜相！像独角兽那样危险的神物，你是控制不了的，还是回家养卷毛狗吧！哈，斯堪德，买条卷毛狗骑着玩吧！那多好笑啊！"

欧文正准备在走之前给斯堪德一拳，却有人从背后拽住了他的手腕，猛地一拉。

重力似乎比斯堪德更讨厌欧文。他倒下去，扑通一声坐在了地上。

肯纳居高临下地看着欧文："滚！别让我再看见你！否则叫你哭都哭不出来！"她棕色的眼睛里闪着危险的光芒。斯堪德自豪极了：他有最好的姐姐。

欧文踉跄着站起来，转身就跑。罗伊也紧跟着溜了，可他手里还攥着斯堪德的笔记本。肯纳发现了。"喂！那是斯堪德的吗？

给我放下！"她说着就往校门口追去。

斯堪德的心跳得很快，他探头对墙后面的小男孩说："你可以出来了。"

红发男孩蹭到斯堪德身边坐下，看样子吓坏了。

"你叫什么名字？"斯堪德轻声问道。

"乔治·诺里斯。"小男孩吸了吸鼻子，抹着眼泪说，"他还是把我的卡牌拿走了。"他难过地冲着矮墙踢了两脚。

"乔治·诺里斯，今天是你的幸运日，因为——"斯堪德把手伸进背包，掏出了自己的独角兽卡牌，"你可以任选五张，条件非常合算，那就是……没有条件。"

乔治喜出望外。

斯堪德把卡牌铺成扇形，放在乔治面前。"来，选吧。"卡牌上的独角兽描着金边，在夕阳映照下闪闪发亮。

乔治花了好长时间才选好。看着自己钟爱的收藏品进了小男孩的口袋，斯堪德努力地忍着才没有心疼得龇牙咧嘴。

"噢，对了，要是欧文再找你麻烦，"斯堪德站起来说，"你就告诉他，你认识我姐姐肯纳·史密斯。"

"就是刚才打倒他的那个姐姐吗？"乔治睁大了眼睛，"她真的很吓人啊。"

"只吓坏人！"肯纳突然从斯堪德背后冒了出来。

"嘛故意吓啊啦？"斯堪德吓了一跳，捂着胸口都语无伦次了。乔治笑了，摆摆手说："再见，斯堪德！"

肯纳把笔记本递给斯堪德:"欧文又盯上你了?要是情况不妙,你一定得告诉我啊。他是不是还让你替他做作业?所以连笔记本都抢走了?"

肯纳不像爸爸那样被蒙在鼓里,她知道欧文一直欺负斯堪德。可斯堪德不愿意拿这些事去烦姐姐——她已经很难过了。

"我才不会替别人做作业呢,别担心啦。"

"可是……算了,回家还有好多事要做呢。你也知道,混沌杯之后,爸爸就像丢了魂似的,说什么织魂人毁了他一年里唯一开心的日子。虽然每年比赛之后他的情况都不好,但今年——"

"更糟了。"斯堪德替她说了出来。"我知道,小肯。"爸爸把混沌杯的录像看了一遍又一遍,倒带,暂停,如痴如醉,然后就直接上床睡觉,不吃也不喝。

"我知道你明天就要参加——"肯纳深吸一口气,才说出了那个词,"选拔考试。可世界不会因此就停下来,你明白吗?因为——"

"我明白。"斯堪德叹了口气。肯纳的意思是,他登岛的机会不大。他有点儿接受不了,尤其是欧文和罗伊刚说完类似的话。他之所以还能忍下去,就是因为还有改变和离开的机会——独角兽就是一切。肯纳已经失败了,可斯堪德还不想放弃这个梦,除非——

"你没事吧,小堪?"肯纳看他停在人行道中间,就问道,有个穿着带有独角兽图案T恤的小男孩被挡住了路,不得不从他身边绕过去。

斯堪德往前走去,但肯纳不肯罢休:"是因为人们都说岛上不安全吗?"

"什么都挡不住我。我一定要到孵化场门前试一试。"斯堪德坚定地说。

肯纳戳戳他说:"嘿,看看谁现在摆出了一副战士的模样?你在床上看见长脚蜘蛛时可没这么勇敢。"

"如果我能拥有一头独角兽,我一定要让它吃掉我讨厌的那些虫子。"斯堪德开玩笑地说道。

肯纳的脸色暗了下去。每当他们聊得忘形,将话题扩展到独角兽的范围时,她就会这样。

斯堪德仍然不愿相信姐姐已经失败了。姐弟俩本来的计划是一起努力:肯纳先登岛,一年后,斯堪德与她会合。子女登岛后,远在本土的家长会得到经济上的补偿,所以爸爸能拿到钱,还会为他们骄傲。他一定会因此好起来。

"今天我来做晚饭吧,怎么样?"斯堪德觉得很内疚。肯纳按了大楼的密码,两个人爬上楼梯。电梯坏了几个月也没人来修,肯纳至少投诉了十二次。

十楼到了,气味一如既往:陈年的烟味混合着醋的酸味。207室门口的条形灯嗡嗡作响。肯纳掏出钥匙,门却打不开。"老爸又反锁了!"

她给爸爸打了电话,打了几遍,可是没有人接。

她开始敲门，敲了又敲。斯堪德趴在地上，脸蹭着走廊上灰不溜秋的地毯，从下方的门缝处喊爸爸。仍然没有人应声。

"没用的。"肯纳背倚着门往下滑，最后瘫坐在地上，"我们只能等他自己醒过来。等他发现咱们不在家，这事就能解决了。以前也不是没出过类似的事。"

斯堪德爬起来，在姐姐旁边坐下。

"复习笔记呢？"肯纳说，"我考考你吧。"

斯堪德拧着眉毛说："你确定真的要……"

肯纳把碎发捋到耳后，捋了好几次，好让头发固定住。她转向斯堪德，叹了口气说："其实，我知道，登不了岛，我就成了人们眼里的垃圾。"

"你才不是——"斯堪德立刻反驳她。

"我是。"肯纳说，"我就是臭烘烘的垃圾桶，一坨臭便便，比下水道里最臭的便便还要臭。"

斯堪德忍不住笑出了声。

肯纳也抿着嘴笑了："我之前那样，对你不公平，真的很不公平。因为，如果换作是你，你一定会帮我做作业，会继续跟我聊独角兽的事。爸爸曾经说过，妈妈是个心胸宽广的人——果真如此的话，你其实比我更像妈妈。小堪，你比我更优秀。"

"才不是呢！"

"我很烂，像便便。嘿，还挺押韵！你到底要不要我帮忙啦？"她抢过斯堪德的书包，从里面翻出带有四元素标志的驯育课课本，然后随便翻开一页。"咱们就从简单的开始吧。为什么离岛要告诉本土独角兽是真实存在的？"

"小肯……行了，你认真问！"

"我是认真的，小堪。你以为自己全都会，但这个简单的问题，你却不一定能答对。打赌吗？"上方的条形灯依旧刺啦刺啦地响。肯纳提到离岛还能有这么好的心情，斯堪德真有点儿不习惯。他只好乖乖配合。

"好吧好吧，我来回答。注定能担负起驯育独角兽工作的十三岁岛民太少了，能打开孵化场大门的人数不足，这意味着没有与骑手结为同盟的独角兽只能野生，成为荒野独角兽。久而久之，离岛就面临荒野独角兽过多的危险。他们需要本土的孩子也去试一试，看有没有缘分打开孵化场的大门。"

"离岛告知本土此事的主要障碍是什么？"肯纳又翻了几页，问道。

"远在本土的首相及其顾问以为离岛在开玩笑。因为本土民众一直认为独角兽只存在于神话里，是人畜无害的、毛茸茸的——"

"还有呢？"肯纳追问。

"独角兽的便便是彩虹色的。"斯堪德和肯纳相视一笑。

和所有本土孩子一样，他们也听过那些神话故事，知道人们曾将独角兽奉为神灵。邦特雷斯老师曾说过，在过去，要是有谁宣称独角兽真实存在，那肯定会让人们笑掉大牙。在第一节驯育课上，她让大家传看了独角兽工艺品——粉色的独角兽毛绒玩具，睫毛很长，笑眯眯的，角是银色的，头上还扎着彩色丝巾。玩具上还附有一张生日卡，上面写着：忠于自我，除非你是独角兽；独角兽也要忠于自我。

然而，十五年前，一切都变了。本土的电视屏幕上滚动播放，新闻报道持续不断，画面中都是嗜血的荒野独角兽。从那之后，所有关于独角兽的商品都消失了。爸爸说，人们一想到那样可怕的野兽会成群结队地飞到本土，用尖角或巨蹄大开杀戒，就全都吓坏了。在恐惧之中，大家清点出家里所有跟独角兽有关的东西——图画书、毛绒玩具、钥匙扣、聚会装饰品，然后把它们送到公园里，扔在高高的火堆上，付之一炬。

不出所料，家长们并不愿意把孩子送到独角兽出没的地方。斯堪德曾在旧报纸上看到过关于伦敦抗议活动和议会辩论的报道。但这些怨言得到的回应只有一个：如果我们袖手旁观，荒野独角兽就会越来越多，最终谁也无法幸免于难。于是人们又提出与离岛宣战，干脆把所有独角兽全杀光。对此，首相的答复是：独角兽——有骑手的也罢，没骑手的也罢——都是枪打不死的。

他强调，如果本土愿意提供帮助，那么对所有人来说，结果都是双赢的。"有骑手的独角兽可不一样，"他试图安抚大众的不安，"想想那些神话故事，难道你不希望自己的孩子成为英雄？"

爸爸说，过了一段时间之后，事情的热度降低了，人们也渐渐平静下来。本土和离岛之间乡愁弥漫，但并没有听说谁家的孩子不幸遇难，或是遭到荒野独角兽的袭击。本土骑手的家长们每年都有一次登岛探亲的机会，与孩子共度一天，可也没见哪个孩子提出要回家。跻身混沌杯的骑手能获得男女老少的崇拜，甚至比皇室成员还要受欢迎。大多数孩子在吹灭生日蜡烛时许下的愿望，都是"成为骑手"。慢慢地，独角兽成了人们日常生活的一部分，几乎没有人再提起荒野独角兽了。

直到现在，直到织魂人出现。

"你说，会不会考到织魂人啊？"斯堪德问。肯纳已经站起来，来来回回地踱着步子。"织魂人该不会是荒野独角兽的同盟吧？一定不可能，对不对？'荒野独角兽'的定义就是，没能和命定的骑手结成同盟，于是不得不独自成长……"

肯纳停止踱步，她灰色的短袜映入斯堪德眼帘。"别担心了，肯定没事，你能行的。"她说。

"你真觉得我能成为骑手？"斯堪德的声音比耳语声大不了多少。肯纳其实并不知道他能否通过考试，能否顺利登岛，并打开孵化场的大门，但她仍然相信他能做到。这对斯堪德很重要。

"当然啦！"肯纳冲他笑了笑。可斯堪德的眼睛里突然涌满泪水，几乎就要流出来了。是他不相信姐姐。

斯堪德垂着脑袋，盯着自己的膝盖："我心里明白，我一点儿也不特别。和电视里那些骑手没有任何共同之处。他们个个光彩照人、出类拔萃，可我呢——唉，我连头发的颜色都普普通通的！"

"别冒傻气，是棕色的，和我的一样啊。"

"是吗？"斯堪德灰心地哀叹，"不是土黄色吗？还有我的眼睛，又不蓝又不绿又不棕，灰不溜秋的。而且我的确怕长腿蜘蛛和黄蜂，有时还怕黑——只怕那种伸手不见五指的黑，但也算怕。哪头独角兽愿意选我当骑手啊？"

"斯堪德。"肯纳像小时候他闹别扭安慰他时那样，在他身边跪坐下来。姐弟俩只差一岁，但肯纳显得成熟很多，直到去年考试失利，才露出些软弱的模样。当时她瑟缩着，哭着入睡，一连几个月。斯堪德不得不坚强起来。现在，她仍然会在夜里啜泣，他听得到。对他来说，这比一千头嗜血独角兽的嘶鸣声还要可怕。

"斯堪德，"肯纳说，"人人都有可能成为骑手！这不就是孵化独角兽的奇异之处吗！不管你来自哪里，不管你的父母有多差劲儿，不管你有几个朋友，不管你怕些什么，都是有可能的呀。如果岛上的独角兽召唤你，你接受就是了。你孵化的是一个新的机会，是全新的生活。"

"你这么说话很像邦特雷斯老师。"斯堪德咕哝着，冲她笑了一下。

然而，当二人看着走廊尽头窗外的夕阳渐渐落下，斯堪德还是忍不住想：明天的这个时候，考试已经结束了，他的未来也定了。

第三章
选拔考试

斯堪德被窸窸窣窣的声音吵醒了。他睁开眼睛，看见肯纳盘腿坐在床上，膝头放着一只旧鞋盒。那不是普通的盒子，盒子里装满了妈妈的遗物：棕色的发夹，迷你独角兽玩具，和爸爸一起观看混沌杯的照片，写给肯纳的生日卡片，缺了扣环的贝母手镯，两端有白色条纹的黑色围巾，园艺中心的钥匙圈，本地书店的书签。和斯堪德相比，肯纳更愿意翻看这些东西，她说这样能让她觉得自己还记得妈妈——她的笑容，她的气息，她的笑声。

但斯堪德对妈妈没有什么印象。他尽量不表现出来，免得惹爸爸难过——爸爸的悲伤沉重而巨大，塞满了整个公寓、整个城市，甚至整个世界。再加上肯纳的伤心，斯堪德就几乎没有余地去悲伤了。他觉得把自己的感情和那些遗物放在一起，然后慢慢忘记，可能会更轻松些。不过，偶尔，他也会趁肯纳睡着时，把盒子拿出来看看，就像她此刻一样。他给自己留了一点空间去伤感，去怀念，去想象。他希望在此生最重要的日子到来之前，能获得妈妈的一个拥抱。

"小肯？"斯堪德的声音很轻，他不想吓着她。

肯纳两颊通红，连忙盖上盒盖，把盒子藏到了床底下。"怎么了？"

"就是今天了，对吗？"

肯纳大笑起来，眼睛里却含着悲伤。"对呀，小堪！"她用双手拢住嘴巴，作吹喇叭状，"斯堪德·史密斯的选拔考试，就在今天！"

"肯纳！快来帮忙！我要给斯堪德做一份惊喜早餐！"爸爸的声音响彻整个公寓。

肯纳咧开嘴笑道："真不敢相信，他竟然记得！"

"真不敢相信，他竟然起床了。"斯堪德说。昨天晚上，爸爸最终把姐弟俩放进家门，但却没有注意到他们的表情。

肯纳飞快地穿好衣服。"装个惊喜的样子，好吧？"她的眼睛里闪着光。老爸难得心情不错，这足以让她开心。

斯堪德笑了。这一刻，他觉得选拔考试说不定还真有戏。"包在我身上！"

一个小时之后，斯堪德吃完了煮老的鸡蛋和烤焦的面包条，

并且坚称这是自己吃过的最美味的早餐。爸爸将他们从十楼一直送到了一楼。在斯堪德的记忆里，爸爸从未这么做过——肯纳考试的那天早上也没有过。整个早上，爸爸都有些反常。开心，兴奋……但似乎有些过于激动了：地上掉了三个鸡蛋，厨房的桌子上洒了半品脱牛奶，下楼的时候他还在最后一级台阶上绊了一下，差点儿摔倒。

"爸，你没事吧？"肯纳扶着他的胳膊问道。

"我今天有点儿笨手笨脚的，是吧？"爸爸干笑一声，擦了擦额头上的汗。他拉过斯堪德，抱住了他。"你做得到，斯堪德，"他在儿子耳边轻声说，"要是有人阻止你参加考试——"

斯堪德猛地一仰头："为什么有人要阻止我？"

"就是，呃，万一，万一呢……斯堪德，你一定要参加考试，为了你妈妈。无论如何，这都是她最想看到的。她的梦想就是让你成为一名骑手。"爸爸的手搭在斯堪德肩上，不住地颤抖。斯堪德能感觉得到。

"我知道。"他看着爸爸的脸，想看出些端倪，"我当然会参加考试啊。你这是哪一出啊？你这么紧张，我就更紧张了！"

"祝你好运，儿子。"爸爸挥手道别，但那声音很是陌生，"今天午夜，骑手联络司一定会来咱们家敲门的。"

斯堪德心里害怕。他回过头，看见爸爸冲着自己伸出了大拇指。他仔细想了想爸爸的话。今天午夜，入选的骑手就会集合，以便在夏至日出前抵达独角兽孵化场门口。

在六月的阳光里，姐弟俩一起往学校走去。肯纳开始说些祝福的话，但斯堪德突然有些慌。有一个问题困扰了他好几天，但他一直没能问出口。

"肯纳，"他抓住姐姐的胳膊，"你不会恨我吧，嗯？如果我成了骑手，你会不会恨我？"

他还没来得及仔细打量姐姐的表情，就被她用一只手臂搂住；她的书包来回摇晃，坠得她几乎站不稳。"我永远也不会恨你的，小堪，你是我弟弟啊。"她揉了揉他的头发，"我也有过机会，但是没能抓住。我真希望你能成功，老弟，再说——"她松开胳膊，"要是你功成名就了，我不也跟着沾光了嘛，还能见见你的独角兽呢。这叫双赢，对吧？"

斯堪德冲她一笑，就往体育馆跑去。选拔考试将在那里举行，大家都在外面排队，个个手里紧紧握着复习卡片，自言自语地念叨着混沌杯历届获胜者、火焰攻击什么的。也有些人因为紧张而说个不停，叽叽喳喳地等着邦特雷斯老师来打开大铁门。

"我们就要见到真正的骑手了，真是不敢相信啊，"迈克兴奋地跟好朋友法拉嚷嚷着，"活生生的啊！"他们排在斯堪德后面。

"赖斯特彻奇中学肯定碰不上好骑手，"法拉叹气道，"那么多学校一起考试，就咱们的运气，也就能碰上退役骑手，或者没通过训练的骑手吧。"

不管退没退役，这些离岛来的骑手年年都会在赖斯特彻奇中学引起轰动。要知道，那可都是骑过独角兽、会使用四种元素魔法的人啊。他们竟然刚刚从这条一侧挂着七年级学生临摹的蹩脚的梵高《向日葵》、一侧挂着小号课程表的走廊走过去，真是叫人不敢相信。

"斯堪德，祝你好运！"红发小男孩乔治一边往教室跑一边喊。斯堪德勉强笑了笑，只觉得肚子里翻腾得难受。

队伍开始动了，兴奋的低语此起彼伏。邦特雷斯老师对照名单，一个一个地往体育馆里放人，放进一个就在他的名字上打个钩。然而，终于轮到斯堪德时，她却愣住了，与其说是惊讶，倒不如说是惊恐。

"斯堪德，你来这儿干什么？"她厉声说道，眼镜滑到了鼻尖。

斯堪德呆呆地盯着她。

"你今天不应该来这儿。"

"可今天不是选拔考试吗？"他笑了一下。他知道邦特雷斯老师挺喜欢自己。她总是给他打高分，还在最后一次的成绩单上说他登岛的机会极大。所以她一定是在开玩笑。

"斯堪德，快回家去，"她催促道，"你不该来这儿。"

"我应该来，"斯堪德坚持道，"这是条约里规定的。"或许，这是入场小测验吧。他背诵道："本土同意，组织所有十三岁的青少年报名参试，并由一名骑手参与监督，而后在夏至当天将符合条件的考生移交离岛。"

但邦特雷斯老师连连摇头。

斯堪德一下子想到了爸爸的话：要是有人阻止你参加考试……斯堪德感到胸口有一种奇怪的感觉，就像身体里有什么东西在随着呼吸一下下抽紧。他往体育馆里冲，来监考的骑手一定在里面。如果邦特雷斯老师不让他进去，那就是违反条约，他可以告诉——

但是邦特雷斯老师的动作比他更快。她挡在中间，两手撑住了门框。斯堪德听见排在后面的人开始不耐烦了。

"斯堪德，我不能让你进去参加考试。"她没看他的眼睛，斯堪德觉得她应该感到抱歉吧。

"为什么？"他只能挤出这几个字。他的脑袋里是空的、蒙的。

"是骑手联络司发来的通知。这是上级的命令。我也不知道为什么，他们没说，我不能放你进去，我没有这个权力。他们给你爸爸打了电话，我也给你爸爸打了电话。他应该让你待在家里才对啊。"

同学们不耐烦的声音越来越大。

"邦特雷斯老师，快九点半了！"

"马上就要开考了！"

"到底出什么事了？"

"那个笨蛋挡住队伍干吗啊？"

"求你了。""拜托了。"斯堪德和邦特雷斯老师同时说道。

她似乎突然想起自己是一名老师，于是强硬地命令道："斯堪德，让开，不然我要派人去找校长了。你最好回家去，跟你爸爸谈谈,明天再来上课吧。"

她一定是看见他朝体育馆里面张望了:一排排书桌上,试卷映着阳光,亮亮的。"那位骑手也不会多说什么的,你还是别惦记了。"邦特雷斯老师叫了迈克的名字。他走过来,把斯堪德挤到旁边去了。其他人意识到问题解决了,一个接一个地经过门口,往里面走去。

终于,最后一名十三岁的孩子也签了到。邦特雷斯老师走进体育馆,转身要关门了。

"斯堪德,回家去吧。回家还能好受些。"她说完就砰的一声关上了大铁门。斯堪德绝望极了,他抬头看着走廊里的钟,心脏扑通扑通地跳得厉害。九点半了。全国所有十三岁的孩子都在展开试卷,迎接极可能改变他们人生的一场考试。但斯堪德却不在其中。他独自一人站在这蠢兮兮的走廊里,永远地失去了成为骑手的机会。

泪水刺痛着眼睛,就要掉下来了,但斯堪德不想离开。万一邦特雷斯老师发现弄错了呢?万一监考的骑手出来找他,可他却回家了呢?他不能冒险。不管怎么样,如果到了万不得已的地步,他必须去求那位骑手,求他给个机会,让自己参加考试。斯堪德不是那种轻易开口求人的男孩,他总是礼貌地询问,把声音压得低低的。真能让他不管不顾的事,恐怕也只有眼下这一件了。他已经别无所有了。这是他的梦想、他的全部未来。

每隔三十五分钟,走廊里就会挤满去其他教室上课的学生:

从数学课到生物课，从英语课到西班牙语课，从美术课到历史课。终于，体育馆的门开了，考生鱼贯而出，手里还攥着笔，兴奋得吵个不停。没有人注意到斯堪德站在那儿，等待着，一直等待着。直到邦特雷斯老师走了出来——一个人。

"骑手呢？"斯堪德问。他从来没有这样粗鲁地跟老师讲过话。他觉得恐惧涌了上来，卡住了喉咙，呼吸越来越急促。骑手肯定还没走，他应该能见——

"你怎么还在这儿？"选拔考试结束了，邦特雷斯老师轻松了许多。她同情地看着斯堪德："想跟骑手谈谈？"

斯堪德飞快地点点头，视线绕过她向里面张望。

"她已经从后门走了，去停车场了。她得尽快回到岛上去。"邦特雷斯老师知道斯堪德不相信，于是又说，"你可以自己进去看看，然后就回家吧，听话。"

斯堪德冲进空荡荡的体育馆，只见到一排排的书桌，还有临时架在篮筐上、摇摇欲坠的大钟。没有人，一个也没有。他瘫坐在一张书桌前面，哭了起来。

斯堪德抱着脑袋坐在那儿，不知坐了多久。后来，有人从背后走过来，搂住了他的肩膀。一绺棕色的头发拂过他湿漉漉的脸颊。

"小堪，走吧，"肯纳轻轻地说道，"咱们回家吧。"

几个小时之后，斯堪德在姐弟俩共用的卧室里醒来。四周黑漆漆的。他愣了一会儿，不知道自己的眼睛为什么又干又痛，不知道自己怎么会穿着衣服就躺上了床。然后他想起了痛哭流涕的感觉，想起了没能参加选拔考试的事。现在，就算他命中注定有一头独角兽，也永远无法将它孵化了。它会独自破壳而出，没有骑手，没有联结，然后变成纯粹的恶魔。那是最糟糕的。

他打开台灯，但立刻就后悔了。海报上的新元飞霜映入眼帘：盔甲锃亮，肌肉虬结，怒目灼灼。现在，斯堪德再也没机会去探知混沌杯上发生的一切了。除非离岛愿意告诉本土，否则他就别想知道织魂人到底是谁，或新元飞霜是否安全。

肯纳和爸爸正在轻声交谈。他俩如此平心静气倒是很不常见。他们应该是在谈论他吧，谈论今天的事。肯纳从体育馆里拽走斯堪德的时候，情况就够糟的了，可回家之后，问题似乎更严重了。他们问过爸爸——质问过——为什么不告诉斯堪德考试生变的事，甚至连他到校后可能面对的打击都不提一句。

爸爸只是盯着自己的脚，说他也无话可说，说他早上本来想告诉斯堪德的，说骑手联络司也没给出合理的理由，说对方很强硬，他没有选择的余地，说他没有勇气讲出实情，非常抱歉……然后爸爸就哭了，肯纳也哭了，斯堪德的眼泪就没停过。三个人就站在门厅里哭。

斯堪德看了看表，十一点了。走廊里有声音，是肯纳吧。他立刻关掉了台灯。他不想说话。他没有任何念想了，除了妈妈。

他几乎不记得她的模样，但此刻却觉得比任何时候都需要她。要是她还活着，或许能告诉他，没有独角兽的未来该怎么走。可是她不在了，再也不会回来了。他唯一的梦想，成为独角兽骑手的梦想，再也不会回来了。他闭上了眼睛，除此之外还能怎么办呢。

五声重重的敲门声惊醒了斯堪德。他坐了起来，看见对面床上的肯纳也坐了起来。

"是敲门声？"他咕哝道。敲门就有点儿奇怪了，楼下的大门外明明有个门铃啊。

"是不是有人被锁在外面了？"肯纳轻声说。

敲门声又响了，五下，和刚才一样。

"我去看看。"肯纳滑下床，在睡衣外面套了一件连帽衫。

"现在几点了？"斯堪德问。

"快十二点了。"肯纳说着就往外走。

快午夜了？选拔考试之后的午夜？许许多多家庭不眠不休等消息的午夜？等着看孩子的运气如何，够不够送他们到岛上去摸摸孵化场的大门。

"肯纳，等一下！"斯堪德听见她拨开了门闩，还自言自语地念叨着什么——她紧张或有点怕的时候就会这样。他跳下床——身上还穿着校服——冲出去找他的姐姐。

有人来了。

第三章　选拔考试

外面站着一个女人，门厅里的灯照出了她的轮廓。斯堪德最先注意到的是她脸颊上的白色烧伤痕迹。那里的皮肤基本没了，几乎能看见里面的肌肉和颧骨。随后他意识到她的身形又高又大，十分骇人；一双眼睛扫视四周，仿佛一切尽在掌握；灰白的头发挽成一个蓬乱的发髻，这让她显得更高了。斯堪德立刻觉得她像个可怕的海盗，有些不真实的反倒是她手里竟然没有握一柄弯刀。

"您有什么事吗？"肯纳勇敢地问道，但她的声音直发颤。

那个女人没有看她，而是把目光牢牢地锁在了斯堪德身上。

她开口了，声音沙哑、紧绷，仿佛很久没有跟人说过话了："斯堪德·史密斯？"

斯堪德点点头。"您有什么事？"他问，"需要帮忙吗？深更半夜的。"他很紧张，所以语速很快。

那个女人摇摇头："现在不是'深更半夜'，是'午夜'。"出乎意料地，她眨了下眼睛。

随后，她就说出了斯堪德已经不再期待的话："斯堪德·史密斯，离岛召唤你。"

斯堪德大气也不敢喘，这是在做梦吗？

肯纳打破了沉默。"这不可能。斯堪德根本没参加选拔考试，所以不可能通过，离岛也不可能召唤他。"她双臂环抱胸前，所有的害怕都消失了。斯堪德希望她别再说了。就算真弄错了，他也不介意啊！只要能登岛，错与不错重要吗？长到这么大，这是他第一次选择无视公平和诚实。他只希望自己还有摸到孵化场大门的机会，至于是怎么到那儿去的，他不在乎。

那个女人开始解释。她把声音压得很低，好像怕人偷听似的。"骑手联络司已得知斯堪德没能参加上午的考试，并对因此造成的混乱表示歉意。其实，我们已经观察斯堪德几个月了，还研究了他的部分作业，针对特别优秀的候选人有时确会如此，所以他不需要参加考试就能入选。"

斯堪德能感受到肯纳的疑虑在小小的空间里震动。"可是……可是我的成绩比斯堪德好，而且还参加了考试，我都没能通过。你这解释不合理。"

"非常抱歉。"那个女人说道。斯堪德觉得至少她看上去挺真诚的。"但是斯堪德很特别，我们选中了他。"

"我不相信你。"肯纳平静地说道。斯堪德很了解姐姐，他知道她正强忍着眼泪。

"选中他做什么？"背后有人说话，沙哑的声音里还带着睡意。

陌生女人向爸爸伸出了手："终于见到您本人了，罗伯特。"

爸爸咕哝了几句，揉着眼睛问："有什么事吗？"

"我们曾在电话里谈过。"那个女人说着，抽回了手。就在这瞬间，斯堪德心里突然一紧：她的右手掌心有骑手刺青！他以前见过，在电视里，骑手们向观众挥手时，那些掌心的印痕一闪而过。这个女人的手掌中央有一个黑色的圆圈，五条线从中伸出，分别延伸向五根手指。可是，骑手是不参与骑手联络司的工作的。

"就是你给我打电话，说斯堪德不能参加选拔考试？可不是嘛，就是你，我记得你的声音。"斯堪德听出了爸爸语气中的怒意。

陌生女人没注意到爸爸紧皱的眉头和紧绷的嘴唇。也可能注意到了，但她不在乎。"我能进去吗？斯堪德和我马上就得出发。"

"哦，你想进屋是吗？"爸爸抱着胳膊，气哼哼地说道，"算了吧，斯堪德不会跟你这样的人走，去哪儿都不行。"

"爸爸，那个……"斯堪德嗫嚅道，"她说……离岛召唤我。"

"让我进去解释好吗？"她回过头看看身后，几缕头发拂过脸颊，"我不能站在外面说，这是高度机密。"

爸爸有些动摇：允许她跨过门槛也未为不可。"什么乱七八糟的，"他咕哝着，把陌生女人领进了厨房，"一开始给我打电话，说不准斯堪德去考试，现在又说他可以登岛了？你们能不能商量好了再办事？"爸爸自顾自地倒了一杯牛奶，却忘了招呼客人。只有肯纳还算清醒，打开了灯。

"我们没说清楚，真是抱歉。"那个女人急匆匆地说道。她没有坐下，只是站着抓住了一张椅子的椅背，粗糙的指关节被褐色的木头衬得很白。"斯堪德不需要参加考试，因为他已经证明了自己的资质。正如我刚才说的，他是特例。"

她的目光四处扫视，像是在寻找最近的出口，好马上离开。

"我就知道是弄错了，"爸爸突然咧开嘴笑了，"我一直说啊，他就是骑手的料。"他转向斯堪德，"是吧，儿子？"

斯堪德却转向了姐姐。但肯纳只是愤怒地咬着指甲,谁也不看。

"行李收拾好了吗?"那个女人突然冲着斯堪德说道。

"呃,没有,"斯堪德结结巴巴地说,"我还以为没有机会……"

"时间不多了,"她严厉起来,声音里夹着古怪的恐慌,"赶快收拾东西。不准带电话,不准带电脑,这些规定你应该知道吧?"

"知道。"斯堪德点点头,冲回了卧室,心脏怦怦直跳。本土的孩子不能把电子产品带上岛,想和家里联系只能写信,经由骑手联络司——本土的和离岛的——传递。斯堪德一点儿也不觉得不方便。手机不过是校园里孤独的延续罢了,他当然不愿意带着它登岛。他开心地把手机扔进了抽屉里。

斯堪德听见背后的地毯上响起了肯纳的脚步声,而爸爸还在厨房里喋喋不休地说着:"你们这就要去阿芬顿了吗?山坡上凿刻的独角兽我一看就不舒服。有点诡异,是吧?那你是不是开直升机来的?停在哪儿了?街角?"

"差不多吧。"那个女人答道。

"哎呀,我看你有点眼熟呢。你是本地人吗?我好像在哪儿见过——"

肯纳关上卧室门,把他们的声音隔绝在外面。她看着斯堪德随便拽出几件衣服,塞进了背包。

"小堪,我觉得你不该跟她走。"肯纳轻声说道。斯堪德收起速写本,还有一堆关于离岛的书。"她完全是胡说八道!所有十三岁的孩子都要参加考试，然后才能接受离岛的召唤，条约里就是这么写的！我看她根本就不是骑手联络司的人。你没看见她脸上的烧伤吗？还有手指关节上的伤痕？她一定是刚经历过打斗！"

斯堪德拉上了背包的拉链。"别担心了，好吗？这就是真的，离岛真的召唤我了，我真的有机会去试着打开孵化场的大门了——"

"遣返的人占大多数。你也可能打不开，更不用说你根本没参加考试。这根本没意义！"

斯堪德的胸口仿佛挨了重重一击。他觉得很伤心，怒火一下子蹿了上来："你不该为我高兴吗？我一直期待着——"

"我也一直期待着！"肯纳几乎尖叫起来，"这不公平！凭什么我就要被困在这里，而你——"

"就像你说的，我也可能打不开孵化场的大门。等我被送回来，你就能说你早料到了。"斯堪德也快哭出来了。他愤懑地拉扯自己的衣服，扒下校服，换上牛仔裤和黑色帽衫。

"小堪，我不是——"

"你就是那个意思。"斯堪德叹了口气，背上背包，"但没关系，我都明白。"

肯纳扑过去，紧紧地搂住了他——连同背包一起，啜泣着说："我当然为你高兴，小堪，真的。我只是很希望自己也能和你一起去。我不想让你离开——没有你，这个家我待不下去。"

斯堪德不知道该说什么。他也希望肯纳能一起去，他也想不出没有姐姐在身边的自己会是什么样子。他强忍住眼泪。"要是我能打开孵化场的大门,我一定立刻写信告诉你。我带上速写本了,我会把一切都画给你看的,我保证。我知道画的还是不一样,但——"

肯纳突然松开手,翻出了妈妈的旧鞋盒。

"小肯,我得走了,"斯堪德哽咽道,"没时间了。"

"你把这个带上。"肯纳拿出了那条黑色的围巾。

"不不,你留着吧。"斯堪德知道,肯纳曾偷偷戴着这条围巾入睡,特别是在她伤心的时候。她怕不小心弄丢了,甚至还在上面缝了一条名签,上面写着:肯纳·E. 史密斯所有。

见斯堪德不肯伸手,肯纳干脆把围巾围在了他的脖子上。

"妈妈一定希望你带着它登岛。"肯纳笑了,泪珠还挂在脸上。"要是她知道你骑独角兽时也戴着它,该多高兴啊。你是她的骄傲。"最后几个字几乎是抽噎着说出来的,斯堪德紧紧拥抱着姐姐,在她耳边说了声"谢谢"。

片刻之后,斯堪德也跟爸爸拥抱道了别。"对她好一点,"他在爸爸耳边轻声说道,"对肯纳好一点,好吗?"爸爸蹭着他的脸,点了点头。

那个陌生女人一直望着肯纳。肯纳一遍一遍地整理着斯堪德脖子上的围巾,好像不愿意让他们出门似的。斯堪德挥手转身时,姐姐仍然没止住哭泣。他难过极了,内疚极了,但同时也感到开心和兴奋,他倒要看看这个决定对不对。陌生女人快要消失在楼梯尽头了,斯堪德不想落在后面,最终还是走出了207号公寓。

"你的身份是编的,对吗?"他一到外面就直截了当地发问。

"编的?"那个女人转过身来,街灯照亮了她脸上的伤痕。

"就是编的。"斯堪德坚持道。他跟着她绕过大楼的拐角。"你是个骑手。"

"是吗?"他们走到公共花园门口时,那个女人咯咯笑出了声。斯堪德之前没见过她笑。她到了外面显然放松了不少。

斯堪德跟着她走进了公共花园。他很困惑:"我们要开车去吗?去阿芬顿?白色独角兽崖刻那里?新骑手都是在那里集合,然后乘直升机登岛,不是吗?"

那个女人笑得咧开了嘴。斯堪德这才注意到,她缺了几颗牙齿。这诡异的笑容让他更加不安了。"你问题挺多啊,斯堪德·史密斯。"她说。

"我就是——"

那个女人又笑了,拍了拍斯堪德肩膀:"别担心,我只是把交通工具停在这儿了。"

"你把车停在公共花园里了?这恐怕不——"

"不是车。"那个女人打断他,指向了正前方。

摇摇晃晃的旧秋千和画着涂鸦的长凳之间,站着一头独角兽。

第四章

镜崖

斯堪德差点儿扭头逃走。但他没有。独角兽是绝不允许进入本土的。一向都不允许。条约里写得很清楚,而且是最最重要的条款。可是在这儿——马盖特日落高地大楼间的公共花园里——竟然就站着一头。那个女人——看来确实是骑手了——很淡定地朝着独角兽走了过去。这神兽近看要大上很多,而且也不怎么友好。它喷着鼻息,一只蹄子刨着地面,白色的脑袋左右摆动,额上的尖角比电视屏幕上的更有杀伤力。而使这一幕更显酷烈的是,它的下颌周围还沾着鲜血。

"我不是跟你说了嘛,不要吃这儿的小动物。"那个女人抱怨了一声,把地上的残骸推到一旁。斯堪德心想:这该不会是211室的橘猫吧。

第一次亲眼见到独角兽,斯堪德惊叹不已,又有些害怕。"你能告诉我这到底是怎么回事吗？你……它……呃……"他指了指独角兽，难以抑制内心的惊恐，"它不该来这儿啊。"

斯堪德说话的时候，独角兽眯起了眼眶里泛红的眼睛，从肚腹深处吐出了一声低幽的咆哮。那个女人摸了摸它的脖子。

"呃，我是说，"斯堪德连忙压低了声音，"我连你的名字都不知道呢。"

那个女人叹了口气："我是阿加莎，这是北极绝唱，我平时叫它'天鹅'[①]。嗯，你说得对，我确实不是本土骑手联络司的工作人员。"

阿加莎从独角兽身边走开，靠近斯堪德。

斯堪德往后退了一步。

阿加莎摊开双手说："好吧，你不相信我。"

斯堪德咳了一声，想笑又笑不出来。"我当然不相信你！你先是给我的学校打电话，不准我参加选拔考试，现在却跑来告诉我，我可以去孵化场了？干吗不让我直接参加考试呢？那不是省事多了吗？哪里用得着——"他指了指北极绝唱，"哪里用得着这些？"

"因为你不会通过考试，斯堪德。"

斯堪德觉得自己要喘不过气来了："你怎么就这么肯定？"

阿加莎又叹了口气。"我知道你很困惑，但是我保证，"她的黑眼睛一闪一闪的，"我无意伤害你。我想做的只是今晚送你去孵

[①] 绝唱，英文写作 swansong，直译为"天鹅之歌"。——译者注

化场，这样你就能赶在黎明前到达大门口，去试一试，像其他人一样。"

"可是这有什么意义呢？"斯堪德想不通，"如果我不会通过考试，那么也肯定打不开孵化场的大门啊，不是吗？你违反条约，带着独角兽来这儿，到底是图什么呢？"

"考试并不完全是你以为的那样，"阿加莎喃喃地说道，"忘掉他们教给你的那些东西吧，规则在你身上不适用。你是……特别的。"

特别？斯堪德不相信，一点儿也不信。他从来也没"特别"过，怎么现在就突然"特别"了？

可是，此时此刻，他的面前就站着一头独角兽。想去孵化场，这是个机会。如果阿加莎真能把他送到岛上去，他真能打开孵化场的大门，这么折腾一番又有什么要紧的？一旦骑手训练开始，谁还会管他有没有踏上白色独角兽崖刻，有没有和其他本土入选者会合，是不是以常规方式登岛？或许，别人的机会是考试，而他的机会就是现在这样——他得抓住。他长这么大，一直都在努力模仿别人，规规矩矩，可效果不怎么样。

于是，斯堪德又问了个其他类型的问题——勇敢者会问的问题："那我们要骑着北极绝唱去吗？"

"天鹅很强壮，驮两个人没问题。"阿加莎遥望夜空。或许她意识到了斯堪德的态度变了，但她没有说出来。"咱们得走了。你跟在我身边就好，它不会介意的。"

阿加莎领着斯堪德，朝着白色的独角兽走了过去。那神兽戒备地看着他，喉咙里发出恶狠狠的咆哮。斯堪德走近几步，勇气早已不翼而飞。他接连咽了两三次唾沫。这怎么可能呢？完全不像真的。

"我先上去，然后把你拉上去。你在我后面，好吗？腿千万别乱晃悠，天鹅偶尔会想尝尝膝盖骨。"阿加莎踩着公共花园的铁栏杆，翻身跨上了天鹅的背。她的笑声里夹着喉音，和独角兽的咆哮声有点儿像。

斯堪德喉咙发干，额头冒汗，但他还是跟在阿加莎后面，爬上了栏杆。他天天都幻想着能骑上独角兽，但怎么也没想到会是这样：大半夜的，脖子上围着黑围巾，跟着一个连姓什么都不清楚的女人。还有，天鹅可能啃他的膝盖？这是玩笑还是警告？然而，无论如何，当阿加莎把他拎到北极绝唱的背上时，斯堪德还是感到了强烈的兴奋。

隔着牛仔裤，斯堪德能够感受到独角兽的体温，它的每一次呼吸都震颤着斯堪德的大腿内侧。一切都很顺利，但北极绝唱一动起来，却差点儿把斯堪德甩下去。所幸，他及时地一把抓住了阿加莎的皮夹克坐稳了。

"花园里地方太小了，"阿加莎扭头说道，"所以起飞时角度会很陡。你可要抓紧了，不然半空里掉下去我就无能为力了。我可不希望如此大费周章最后白跑一趟！"她豪迈地大笑起来，笑声在高楼大厦间回荡。

独角兽退到了公共花园的尽头，然后猛地向前冲去，四蹄踏地，在夏日干燥的土地上越跑越快。斯堪德这才知道，原来独角兽背上会颠这么厉害——就算北极绝唱闹别扭把他甩下去，他也不会怪它。不过，这不是他最担心的，因为接下来会发生什么，他早就知道了——每次看混沌杯，这都是他最喜欢的一幕。

斯堪德强迫自己睁开眼睛，好将一切尽收眼底：覆盖着白色羽毛的巨翅徐徐展开，劈开空气，挥动得越来越快。前方的栏杆逼近了，可独角兽还没有离开地面。他不知道接下来会怎么样，直到——

剧烈的颠簸令他翻肠倒肚，他们腾空而起，越过了栏杆，抛下了秋千和长凳，抛下了斯堪德的家——它们已显得很遥远。北极绝唱将额前的尖角指向月亮，斯堪德俯下身子，趴在它的背上，双手紧紧地抓住阿加莎不放。北极绝唱对抗着斯堪德看不见的气流，振翅的声音听起来像在水下悠游滑动似的。风呼啸着掠过他的耳朵，掀起了他的头发。

爬升结束，在夜空中，北极绝唱的翅膀挥得平缓、流畅了许多，斯堪德坐在身份还是个谜的阿加莎身后，甚至感到了些许惬意。他猜不出来她是什么人：她看起来很和气，笑声爽朗，表示抱歉时还会眨眼睛，可她身上还有一种神秘的、危险的气息，她要带他去的地方很可能暗藏着难解的谜题和麻烦。但这些忧虑只在他的脑海里徘徊了没多久，当他望见马盖特海滩上的灯光渐渐远去时，他就只想大喊大叫了——快乐地大叫或恐惧地大叫。独角兽的巨翅不停挥动，他一直也没弄明白自己的感受。

斯堪德很快就记不清时间了，他只能感觉到黑暗和风，以及两条腿下独角兽肌肉的起伏。

"快看下面！"从云层里穿出来时，阿加莎突然喊道。

虽然距离很远，但斯堪德清楚地知道那是什么。映着皎洁的月光，阿芬顿山坡上凿刻出来的白色独角兽闪闪发亮。几个世纪以来，本土人竟然一直称之为"白马"，真是不可思议。直到离岛说出了自己的秘密之后，这白色雕像的来头才终于露出端倪。

为了避免被人发现，阿加莎骑着北极绝唱一直在云层里出出进进，但斯堪德仍然能看清下方的热闹景象。汽车的前灯把大路照得亮堂堂的，山坡上的星星点点都是手电筒的光，人们的影子投射在巨大的白色独角兽身上。这里面有骑手联络官，有警察，有独角兽的超级粉丝，还有想要采访骑手候选人的记者。不过多数还是十三岁的男孩女孩，他们紧张无措，等待着夏至的日出，等待着到孵化场的大门前一试。斯堪德曾无数次地想象过这样的景象：鞋底沾满了白色的岩石粉末，等着飞往孵化场。

"直升机还没来，"阿加莎头也不回地喊道，"很好，咱们能赶在他们前头到达镜崖。"

斯堪德不知道"镜崖"是什么，但当山坡上那头巨大而诡异的白色独角兽消失在后方时，他心里涌起一阵悲伤。他抢先骑上了真正的独角兽，这没什么大不了的，总比照常起床上学强多了吧。但他一想到留在207号公寓里的肯纳就觉得内疚。他会给她写信的，把什么都告诉她。只要他能成为骑手，只要他能打开……

他们继续飞行，海上的风很大，噎得人说不了话。斯堪德的两只手已经冻僵了，但还好，妈妈的围巾还紧紧地围在脖子上，给他暖意之外，更像一种陪伴。她就在他身边，会保佑他平安无事的。

突然，天鹅毫无预兆地俯冲向大海。斯堪德眯起眼睛，搜寻陆地的形状，但目力所及之处，只有黑暗、海浪，空气里只有咸咸的气味。斯堪德更紧地抓住了阿加莎。他不知道这是要做什么。要潜入海里吗？阿加莎费了这么大劲，肯定不会只是为了淹死他吧？马盖特就在海边，那儿的海水足够深、足够多。他闭上眼睛，听天由命。

但可怕的事并没有发生。以独角兽蹄下喀啦喀啦的声音判断，他们应该是落在了碎石地上。唯一的光源在几米之外，那儿有个小小的木头栈桥，尽头挂着一盏灯。斯堪德低头望见一片布满鹅卵石的海滩，天鹅张着翅膀，两肋疲劳地起伏着，顶得他的鞋子也一动一动的。

阿加莎从独角兽背上跳了下来。"喂，你也下来吧，让它歇歇。"她说着就粗暴地一拽，只听扑通一声，斯堪德重重地落在了海滩上。

阿加莎踏上栈桥，向黑漆漆的大海走去，海滩上的鹅卵石在海浪的冲刷下哗哗作响。她走到栈桥的尽头，一把扯下了那盏灯，带着它折了回来。随着她走近，斯堪德在崖壁上隐约辨认出三个摇曳的身影——另一个阿加莎，另一个斯堪德，另一个北极绝唱。

阿加莎看见斯堪德仰着脑袋，轻声笑了起来："这里就是著名的渔人海滩。要是心里没谱，靠岸是非常难做到的，因为这些镜崖会像海面一样，映出你的影子。当然，海流也会把船往外推。离岛的水手要训练好多年才能熟练掌握靠岸的技巧。本土人总是觉得他们掌握了我们的所有秘密，但其实，他们知道的只是我们愿意共享的那些。这一点你很快就会明白。"

海浪的冲击声中开始出现另一种声音。借着灯光，斯堪德看见阿加莎绷紧了脸，神色忧虑。

"直升机快到了，咱们没有太多时间了。听着，照我说的做就没事。别担心，跟紧我。"阿加莎此地无银的语气让斯堪德心里发慌，听起来一点儿也不像会"没事"的样子。

经过北极绝唱时，它冲着斯堪德吼了几声。朝着自己的影子走让人感到不安，所以斯堪德一直盯着阿加莎的后背，跟着她走到了悬崖底下。

阿加莎蹲了下去，斯堪德也有样学样。这样刚好能不受海浪声影响听清她的话。

"你听到了吗？"阿加莎轻声问。一开始，斯堪德只觉得一片寂静，但慢慢地，他听出来了：上方隐约有低沉的嗡嗡声。

"那就是孵化场。"阿加莎喃喃地说道，"再过一会儿，本土的直升机就会在崖顶上着陆，把那些骑手候选人送来。"

斯堪德点点头。

"你要做的，就是到崖顶上去，混进去。别让人发现，明白吗？"阿加莎含糊地说道，"要是有人问起，你就说你也是搭'闪电号'来的。"

"闪电号？"

"骑手联络司以圣诞老人的驯鹿为直升机命名，叫'闪电号'。嗯，我猜有些玩笑的意味吧。总之，'闪电号'的飞行员是我朋友，她会把你加进名单里去的。"

"好的。"斯堪德干巴巴地应道，他的勇气已经开始消散。"天鹅会送我上去吗？"

"别冒傻气，我们得走了。我这样跑去本土可不是合法合规的。"直升机的呼啸声越来越响，阿加莎的耐心越来越少。但斯堪德必须在她离开之前弄明白一件事。

"你到底为什么要带我来这儿呢？我还是不懂！"

阿加莎闭上眼睛，但旋即睁开，说道："你妈妈托我照顾你。"

斯堪德的心都快要跳出来了。"什么？可是她——她已经去世了。我出生后不久她就去世了。"他知道这是事实，但还是不愿意说出来。

"是很久以前的托付。"阿加莎伤感地笑了笑，"那时和现在很不一样。"

"可你怎么会认识她呢？"斯堪德有些绝望了，"你是离岛人啊……对吧？而且，如果这是真的，你去年为什么不帮肯纳呢？"

一架直升机盘旋片刻，在崖顶着陆。阿加莎没理会斯堪德的问题，自顾自地继续说下去。"石头里嵌着金属梯蹬，"她把灯拿近些，敲了其中一根，又敲了靠上的一根，"这样爬上去就行。"

斯堪德重重地咽了口唾沫。好吧，为了孵化场的大门。

"听我说，斯堪德，"阿加莎不住地望向天空，加快了语速，"你看见混沌杯赛场上的织魂人了吧？当时你看比赛了吧？"

"看了，"斯堪德咕哝道，"人人都看了。"

"离岛一如既往地想淡化处理，但这次织魂人现身，似乎另有隐情。这样大摇大摆地出现在公开场合，不怕被抓吗？织魂人肯定另有所图，只是我还猜不出是什么。现在，织魂人拥有了世界上最强大的独角兽——混沌杯冠军，所有人都没有安全可言了。"

阿加莎眉头紧皱，神色黯然："要是有人跟你说，织魂人不会打本土的主意，那必定是自欺欺人。你也看见织魂人指着摄像机了。那绝不是偶然，那是一种威胁。"

"你是怎么知道这些的？为什么单单要告诉我呢？"斯堪德追问，"在这届混沌杯之前，我都没听说过什么织魂人。"

"因为我觉得你成为骑手之后，也仍然会关心本土。我一直在观察，我认为你就是这样的人，以后也会是这样的人。你是与众不同的，斯堪德。你有一颗善良的心。你比我勇敢。"

"不不不，我一点儿也不勇敢！"斯堪德连忙否认，"如果你需要的是坚韧不拔的候选人，那应该带肯纳来啊，她才是——"

阿加莎猛地抬起了头。直升机的灯已经照亮了夜空。"我得走了,不能被他们发现。真抱歉,得留你自己在这儿了,希望有朝一日还能再见面。"

"我也希望如此。"斯堪德说。他是真心实意的。不管阿加莎是不是看错了人,选错了人,此刻他已经到了这里,不然他还在207号公寓里睡觉呢。

"噢,我差点忘了!"阿加莎从口袋里翻出一个小玻璃罐,"这个给你。可能用不上,但有备无患。藏好了。"斯堪德本想看看里面装着什么,但阿加莎一催,他瞥了一眼就连忙塞进了裤子口袋里——那好像是稠腻的黑色浓浆。

一架直升机在上方盘旋,阿加莎和斯堪德连忙低下头,更紧地贴住了崖壁。"快走吧,"斯堪德看见阿加莎的脸上露出了恐惧,于是催促她离开,"我能搞定的。"

"我深信不疑。"阿加莎眨眨眼睛,然后就提着灯跑过了海滩。她跳上北极绝唱的背,挥手跟斯堪德道别,然后一扬手把提灯扔进了大海里。海滩陷入了全然的黑暗。

又有一架直升机呼啸着飞过,在崖顶着陆。留给斯堪德的时间不多了。他深吸一口气,向上爬去。

然而,他刚爬了几级,就听见下方传来愤怒而强硬的吼声:"下来,举起手来!"

海滩上突然一片大亮。阿加莎和北极绝唱被几头独角兽围了起来,那些骑手都戴着银色的面罩。阿加莎和北极绝唱奋力突围,斯堪德却只能无助地看着,吓得浑身都僵住了。

三个银面骑手从独角兽背上下来，一把拽下阿加莎，把她掼在地上。北极绝唱随之嘶鸣。阿加莎和北极绝唱遭到四元素——火、水、土、风——的联合攻击，倒在了布满鹅卵石的海滩上，一动也不动。

斯堪德忍住了惊恐的尖叫。他很想下去帮忙，但他也知道，自己绝不是那些银面骑手的对手。斯堪德明白自己这么挂在崖壁上一定很显眼，于是越爬越快，总算登上了最后一级梯蹬。他希望阿加莎和北极绝唱只是受了伤，而不是……他不敢想下去。斯堪德往前一扑，像肚皮着地的企鹅似的，落在了松软的草地上。

他站起来，掸掉身上的灰尘，也尽量掸掉之前的痕迹：骑着一头违法违规的独角兽从本土飞来，目睹了逮捕现场，还爬了这么高的悬崖。他很幸运。周围到处都是人，破晓前的晨光里，孵化场门前的队伍清晰可见，一直排到了野草横生的崖顶中央。斯堪德走到了队伍末尾，心想这未免也太顺利了。

"站住！"

斯堪德心里一紧，只见一位年轻的女士走了过来。她身穿黑色的衣裤，外披一件黄色短夹克。这是骑手的标准制服：黑裤子、黑短靴、黑T恤，夹克的颜色随元素、季节而定。斯堪德咽了口唾沫，装出自然淡定的模样。但其实，这是他迄今为止最不寻常的一夜。

"你是乘哪架直升机来的？"她问，"我好像没核对过你的名字。"

"噢。"斯堪德来了个大喘气，头上冒出汗来。驯鹿的名字，哪一个来着？他在心里哼起《红鼻子鲁道夫》那首歌的开头，六月里唱这个实在太奇怪了。他一个一个地回想——彗星与丘比特，雷与——"闪电！闪电号！"他暗自感谢阿加莎，并且希望自己的脸不要太红。

"你叫什么名字？"这位骑手很不耐烦。

"斯堪德·史密斯。"他的声音哆哆嗦嗦的，"史密斯"说了两遍。

骑手低下头，从口袋里掏出一张纸展开，奇迹般地找到了他的名字，然后打了个钩。斯堪德盯着她的铅笔发愣，不敢相信自己竟然就这么混过去了。

"还傻站着干什么？"骑手责备道，"排好队，别挤，也别走开。马上就日出了。"她转过身，头发拂过她的肩膀，斯堪德看见那黄色衣领上别着的元素徽章——金色火焰——闪闪发亮。

他站在队伍末尾，终于敢朝远处望望。崖顶上很快就热闹起来，排在前面的人都挤在绿色土丘的阴影里。他听说有些十三岁的岛民会提前几天赶到这里，安营扎寨，以便作为第一批候选人去尝试打开大门，接近里面的独角兽。

孵化场孑然而立，就像一座巨大的坟包。晨光里，它长满青草的顶部和两侧朦朦胧胧的。从斯堪德所在的地方望去，土丘的一侧嵌着花岗岩，两边亮着灯笼。那就是孵化场的大门，它看起来非常古老，紧紧闭合着。

另一个身穿黑衣的骑手把斯堪德往前推了推，让他紧贴着前面的人，他呼的气似乎都能喷到人家脖子里了。到处都是窸窸窣窣的低语声。斯堪德有些紧张：那些金属大鸟似的直升机就停在悬崖边，等着把那些没能打开大门的失败者送回本土。

"哎哟！"有人撞到了斯堪德。他转身一看，原来是个女孩。她的皮肤泛着深橄榄色，棕色直发及耳。她也盯着斯堪德，厚厚的刘海遮住了额头，深色的眼睛射出冷峻的目光。她没有道歉的意思。

"我是博比·布鲁纳，"她歪着头说道，"真名是罗伯塔。但你要是敢这么叫我，我就把你推到悬崖底下去。"这听起来不像是开玩笑。

"好的。那，呃……我是斯堪德·史密斯。"

"你没去白色独角兽那里吧？我没见过你。"她眯起眼睛，不放心地打量着他。

斯堪德尽量让自己的声音听起来轻松自如。"我向来都是躲在人群里，不怎么出挑。"这倒也不是谎话。

"我刚才听见你说你是乘'闪电号'来的？"

"是啊，怎么了？"斯堪德很戒备地说，可他说的根本站不住脚——连脚趾，甚至脚趾底下的瘊子都站不住。"你盯着我干吗？"

博比耸了耸肩："知己知彼，总可以吧。"斯堪德瞥见她握紧了拳头，大拇指上还涂着紫色的指甲油。"但这不是重点，"她说，"重点是，你不是乘那架直升机来的。"

"我是啊。"斯堪德觉得脖子上直冒汗，还好有围巾遮着。他紧张地调整了下背包。

"你不是，"博比冷冷地说，"因为我是乘那架直升机来的，根本没见过你，也没听说过斯堪德这个名字。"

"那又——"

博比举起手掌，差点儿踫到斯堪德的鼻子。"别再说什么'躲在人群里'了，我的记忆力好得就和用照相机拍照存证了一样，当时直升机上只有四个人。哦，你脸红了。"

恐慌席卷全身，斯堪德知道自己脸上的恐慌肯定很明显，因为博比把手收了回去，插进了口袋。"我才懒得管你是怎么来的，"她耸耸肩说，"我在意的是你为什么撒谎。"

"我……"斯堪德正要解释，眼角瞥见了一丝亮光。太阳徐徐升起，将天空染成了粉红色。

"要开始了。"博比喃喃自语道。她转过身去，淡然地望着欢呼的队伍。孵化场的圆形大门即将打开，迎接本年度第一位新骑手登场。

第五章
生命隧道

斯堪德和博比随着队伍一点点地靠近孵化场大门。他们没再讲话，这让斯堪德松了口气。他没想到，来到岛上之后第一个正式交谈的人就识破了自己的谎言。嗯，她质疑的关键，只是乘坐哪一架直升机，倒不是别的……可，这也不过是时间问题，一旦她开始发难，那就全完了。

斯堪德努力深吸了一口气，就像在学校里被欧文他们欺负时那样。只有一个人知道，没什么大不了的！她干吗要管别人的事呢？说不定她根本打不开孵化场的大门，或者他自己也打不开，那就更不用操心了。

斯堪德仍然距离孵化场很远，看不清大门附近的情况。不过，他时不时就能听见欢呼声，这意味着有人成功了。而沉默的时间一长，斯堪德就会想象自己要被送走，紧张得泛起一阵恶心。

"怕什么。"博比突然开口了，催他跟上队伍。"排在前面的大多是离岛生，他们几乎全体都要参加。人多，失败的当然也就多。你们学校什么都不讲吗？"

斯堪德没搭茬儿。他可不想把话题引到选拔考试上去，他根本就没参加。

队伍不断向前移动，没能打开大门的本土候选人陆续返回了直升机那里。他们有的放声大哭，有的愤愤不平，还有的失望地垂着脑袋，艰难地挪动着步子。

斯堪德努力不去看他们，尽量只盯住孵化场顶部。现在离得近了，他才看见有些骑手骑着独角兽站在上面。骑手们都戴着银色面罩，和包围阿加莎的那些一样！

"他们怎么会在这儿？"斯堪德脱口问道。

"啧啧，"博比说，"这会儿又不甘于躲在人群里了？"

"我又没跟你说话。"斯堪德回敬道。他越来越紧张，排在前面的人几乎数得过来了。要是那些银面骑手发现他没参加考试，会不会逮捕他？他们就是为这个来的吗？

"那你是自言自语喽？"

"呃，也不是……只是，有点儿奇怪。"

博比冷哼了一声。斯堪德扭过头看她，生怕她又提起直升机的事，但她只是指了指那些独角兽。"那些是装甲卫兵，我偷听到的，"她压低声音说道，"他们来这儿显然是为了保护我们。"

斯堪德愣了愣："我们有什么可保护的？"

第五章 生命隧道

-065-

"哦,我也不知道,或许是防范织魂人之类的吧。大家都这么说,不是吗?"她翻了个白眼。

快到门口了,斯堪德看见门右侧站着一个男人,他神情严肃,手里拿着写字板,一个个地喊着候选人的名字。

"艾伦·布伦特,出列。"那个男人喊道。排在斯堪德前面的长腿男孩用手拨了拨遮在眼前的浓密黑发,应声走上前去。斯堪德心里涌起一阵嫉妒:和自己比起来,艾伦更像个骑手。他想象得出这样高个子的男孩被印在混沌卡牌上凝视众生的模样。艾伦慢悠悠地走到花岗岩大门前,将手掌按了上去。没有动静。他又试着推拉圆形大门的边缘,还是没有动静。他绝望了,冲着大门又踢又打。

艾伦痛苦地闹了一会儿,拿写字板的男人伸出强壮的胳膊,把他拉走了。斯堪德看着他消失在悬崖尽头。

"下一个。"斯堪德听见了,但是没有动。他的脑袋里塞满了想象出来的画面:艾伦被遣返,回家后遭遇难堪,诸如此类。他真不该跟着阿加莎到这儿来,他觉得那些谎言就写在自己的脸上。他的两条腿都打战了。

"下一个。"

博比踢了一下他的脚踝:"往前走啊!"

斯堪德摇摇晃晃地走了过去。离得近了才发现拿写字板的男人要更年老些,头发都有些花白了,而且整个人很瘦削,脸色灰黄,颧骨也突出来了。

"姓名？"

"斯堪德·史密斯。"斯堪德结结巴巴地答道。

"重复一遍。快点，没工夫磨洋工。"他的声音急促而刺耳。

"斯堪德·史密斯。"

那个男人皱起细长的眉毛。斯堪德屏住呼吸，等着他在写字板上找自己的名字。阿加莎会不会没考虑周全？他们是不是已经知道了？他们会查验考场里的情况吧，然后——

"斯堪德·史密斯已到。"那个男人低声说道。

斯堪德觉得自己要昏倒了。

他朝着孵化场的大门走去，两条腿像灌了铅似的。他有一种疯狂的冲动，想逃到直升机那儿去，这样就永远不用面对结果了。因为从来不曾靠近这扇门，所以他才一直梦想着自己天赋异禀，能拥有一头独角兽。驻守的骑手目光灼灼地盯着下方的动静。他别无选择，只能摊开手掌，按向冰冷的花岗岩大门。

惊心动魄的场面没有出现。一声巨响灌进了斯堪德的耳朵里，而这似乎并不是海浪拍打镜崖的声音。他凝视着大门，失望沉甸甸地压了下来，压得他膝盖发软。他垂下肩膀，向后退开，收回了手掌。但就在这一刹那，巨石摩擦的声音、古老铰链交错的声音，响了起来。

孵化场的大门缓缓地打开了。

兴奋像爆炸似的从斯堪德的脚趾烧到了手指，但他不敢心存侥幸。等门缝再拉开一点，宽度刚刚够，他就挤了进去，跨入了黑暗之中。他没有朝后面看。

巨大的石门在身后闭合。他进来了！他成功了！他是骑手了！他到底是怎么来的再也不重要了！重要的是，这里的某个地方，有一头独角兽在等他，已经等了十三年，就像他一直在等它一样！他简直不敢相信。他甚至不敢再去想"骑手"这个词，免得它突然消失。斯堪德倒在冰凉的石头地面上，双手抱头，任由如释重负的、身心交瘁的、幸福满足的眼泪落下。

随后他想到，要是博比也打开了门，说不定会撞到他的脑袋。虽然他们认识才一会儿工夫，但他确信，她会直接从自己身上踏过去，绝不会客气。

斯堪德跟跄着站了起来，眼睛渐渐适应了黑暗。原来这是一条隧道的入口，燃烧的火把排布在两侧。他不由得紧张起来。课本里没有提到孵化场内部，他一直都想得很简单：开门，取卵，孵化，然后——砰！他们的生命就此联结，准备开始训练。他没料到会有一条幽深的隧道，也没料到得一个人往前走。他真希望肯纳在身边。她讨厌幽闭空间，但她一定会大呼小叫，用石壁回音来取乐。

现在没有回头路了。斯堪德拽着妈妈的围巾，沿着隧道往里走。他只能听见自己的呼吸声、运动鞋踩地的沙沙声，其余只有寂静。走了几步之后，他发现隧道的石壁上刻着一些粗糙的符号。他凑近了细看，辨认出那是一些单词——不，不是单词，是……

"是名字。"斯堪德倒吸一口气，他的低语声大得不可思议。

隧道里，所有可以看见的地方——墙壁、地面、顶壁——都刻着名字。他很想知道这里为什么会刻着姓名，以及他们都是些什么样的人。斯堪德往前走了几步，惊讶地辨认出了一个熟悉的名字——艾玛·坦普尔顿，今年混沌杯上肯纳最喜欢的骑手。原来这些都是骑手的名字！他热切地搜索着自己知道的那些骑手，但是太困难了——名字太多了；不计其数的名字从眼前晃过：弗雷德里克·奥努佐、特莎·麦克法兰、谭姆·兰顿……

前方突然响起窸窸窣窣的刮擦声，吓得斯堪德差点跳起来。那声音就像用指甲划过黑板，让人牙床发麻、脊背发凉。嗜血的独角兽，他倒是不怕。鬼呢？也还好吧。他朝着声音传来的地方眯着眼张望，却没看见什么人。他又走了几步，有点茫然，不知道是该往前还是该退后。

到了怪声最响的地方，还是没有人，也没有任何异样，只有遍布隧道的名字：罗西·西辛顿、艾瑞卡·艾弗哈特、艾丽莎·麦克唐纳……

突然，斯堪德明白了。一小块岩石碎片掉了下来，他循迹望去，看见石头上正凭空刻出"史密斯"的最后一笔——斯堪德·史密斯，他的名字也加入了骑手名字的行列。他兴奋难耐：这是真的！他是骑手了！他就要拥有自己的独角兽了！

他更坚定地迈开步子，终于他在火把的尽头看到一扇门，和大门口的那扇一模一样，不过谢天谢地，门上有个把手。斯堪德握住把手，用力拉开沉重的石门，只听见有人在说话，在笑，在发号施令。他走出隧道，踏入了新生。

斯堪德最先感觉到的是温暖。冰冷的石头不见了，取而代之的是一个阔大的洞穴，壁架上燃着数百支火把，岩石地面上有一个很深的坑，里面有火熊熊燃烧。斯堪德的眼睛渐渐适应了明亮的光线，他发现这里不太像普通的大厅，更像是一条向火焰两旁延伸的宽阔走廊，新骑手们便聚集于此。头顶上方的顶壁上倒悬着数以百计的钟乳石，末端锋利，如同匕首。石壁上的白色独角兽闪闪发亮，有点像洞穴壁画，在摇曳的火光之下，它们恍若有生命的神物。

斯堪德独自站着，和其他骑手隔开些距离。他有点儿紧张：大家好像彼此熟识，只有自己除外，就像在学校里一样。博比还没有跟上来，斯堪德不知道她有没有打开孵化场的大门。到目前为止，他只跟这一个人说过话，要是不能再见了，那还真有点儿让人难过。不过，要是那样的话，他的秘密也就安全了。斯堪德往前走了几步，安慰自己不要多虑，一切从头开始。

他凑近了些，只言片语拂过他的耳朵。要分辨本土生和离岛生不难：本土生距离篝火很远，看上去疲惫而焦虑，大多像斯堪德那样穿着牛仔裤，手里拎着匆匆收拾好的背包；而离岛生都围在火焰近旁，笑着闹着，互相拍着后背，并且都穿着全黑的宽松衣服。

"要我说呀，生命隧道也就那么回事儿，装饰太简朴了。要是能自己选择刻名字的位置该多好。"说话的女孩留着一头深栗色的长发，苍白的脸上有几颗雀斑，鼻子往上翘着，像要屏蔽一切臭味似的。

围在她身边的几个离岛生对她很是佩服，纷纷点头赞同道："是呀，你说得对，安布尔。"

"看什么看？"

斯堪德愣了一会儿才反应过来，这个安布尔是在对自己说话。

"我——"紧张感锁住了喉咙，大脑一片空白，斯堪德仿佛又回到了赖斯特彻奇中学。他捏着围巾的一角，手足无措。

安布尔盯着他，露出居高临下的笑容："你为什么要戴一条破围巾呢？是本土的古怪传统吗？我要是你就扔掉它。对你来说，想方设法融入我们离岛生可是很重要的。首要的一条诀窍就是，我们从不在室内戴围巾。"她笑意盈盈，但那模样无异于鲨鱼露出吃人的利齿。她的拥护者们全都吃吃窃笑起来。

"斯堪德的围巾有个优点，"突然有个声音从后面传来，"那就是，想摘就能摘掉。可遗憾的是你的人品却是想改也没法儿改。"

所有人都目瞪口呆地说不出话来。安布尔的脸涨得通红，像番茄一样。

博比淡然地走了过去。斯堪德没有办法，只能追了上去。

"你这是干吗啊？"一走到没人能听到的地方，斯堪德就抱怨起来，"这下他们要讨厌你了！说不定连我也一起讨厌了！那个安布尔好像很受欢迎。"

博比耸耸肩，借着火光看了看自己手上的紫色指甲油："我不

第五章 生命隧道

喜欢所谓的'受欢迎的人',这种人通常名不副实。"

斯堪德完全同意这一点。欧文也很"受欢迎",但他并不友善,身上也没有半点朋友的样子。

"总之还是谢谢你——"斯堪德话没说完,就看见刚才拿着写字板、守在大门口的那个男人走到了篝火前面,拍手示意大家安静。另有一个身材魁梧的男人和一个满头灰色卷发的女人站在他两侧。他们都满脸皱纹,神情很严肃。

"有些人可能不认识我,"拿写字板的男人开口了,声音回荡在石洞里,"我是多里安·曼宁,孵化场主管,银环社的社长。"

"银环社是什么地方?"博比跟她旁边的一个离岛生耳语,但对方让她先安静地听着。

"作为孵化场主管,我的主要工作是监督选拔考试的顺利进行,组织候选人进行门前考核,讲解孵化要领——这需要我们可敬的同事一起来共同完成。"他指了指站在他身边的两位。

"在其他时间里,我还肩负着孵化场的安保工作。当然,其中包括一项危险而崇高的工作,那就是及时将未结盟的卵送到极外野地去,避免它们日落时在我们这儿出壳。"他大声地吸了吸鼻子,挺起干瘦的胸膛,似乎非常自豪。斯堪德对他的好感只减不增。

"介绍的话说得够多了,还是要祝贺你们。你们现在已经是正式的骑手了,是本土和离岛的守护者。在孵化场里,你们每个人都拥有一颗独角兽卵。它从诞生时起就是属于你的,如今已经等了你十三年。"有几个人欢呼起来，但很快静了下来。主管神情冷峻，两颊紧绷，映着火光看上去甚至有些凹陷。

"如果没有骑手，没有你们诸位，"他夸张地指了指他们所有人，"这些独角兽便没有了约束，会沦为野生，进而对所有人造成威胁。我们的祖先数千年来遴选出竞速这一方式，引导独角兽正面释放其能量。但是，"他伸出手指，眼睛映着火光，"我必须警告你们，不仅是本土生，所有人都要记住：独角兽，即便有骑手约束，也是嗜血的神兽，暴力和破坏是它们的本色。独角兽是古老而高贵的生物，尽管你们是命定的骑手，也还是要赢得它们的尊重。好了——"主管浮夸地拍了拍手，"我们开始吧。"

主管和他的两个同事穿过人群，拍了拍新骑手的肩膀——似乎是随机的——让大家跟他们走。那个身材魁梧、一脸紧张的男人带走了博比，斯堪德则被多里安·曼宁拍了肩膀。有一个男孩走在他前面，黑色的直发，褐色的皮肤，眼镜是稍浅的茶棕色。他每走几步就要不安地向后打量，然后把滑到鼻尖的眼镜推回去。

主管在一排铜支架前面停下，那些支架看起来就像一根根巨大的试管。独角兽卵就安放在粗重的、齐胸高的抓手上，卡得紧紧的。近看它们显得更大了。斯堪德随学校去郊游时，曾在动物园里见过鸵鸟蛋，相较看来，独角兽卵足有四个鸵鸟蛋那么大。他想掐自己一下，他此刻已经来到了孵化场里面，马上就要见到命中与自己相牵绊的独角兽了。

"当心点！当心点！都到我身边来。"主管轻声说道，好像声音大了就会惊醒所有的小独角兽似的。"这是今年第一批需要孵化的独角兽卵。从它们诞生时起，我们就一直悉心照料着。十三年来，每一年，这些卵都要上移一层，离地面更近，小独角兽就在里面缓慢而稳定地生长，最终到了现在这一刻。待会儿你们每人都会领到一颗。"他停下来歇了口气。

斯堪德惊讶地睁大了眼睛：这地下竟有那么多层深！孵化场到底得有多大啊？

多里安·曼宁继续讲道："用你们的右手按住卵的顶端，十秒钟后，如果没有反应就退开，然后用同样的方法去试下一颗。"

斯堪德真想掏出速写本，把这些要求都记下来，他怕自己记不清细节，更想问问到底什么叫"没有反应"。"反应"是指什么呢？万一自己忽略了，错过了，该怎么办？不过，看来没时间问了，主管又开始讲了。

"记住，如果感觉到独角兽用角刺伤了你的手掌——"

斯堪德倒吸了一口气。感到惊讶的人不在少数，因为课本里从未提过。他一直以为，自己只要守着就行了，其他的事，小独角兽会自己完成。

"就说明马上要破壳了。你们要尽可能快地抱起独角兽卵，带着它一起到后面的孵化室里去，然后把门关好。"

新骑手们纷纷回头看：在支架对面的墙上，凿有一个个的小洞穴；门都半掩着，是用金属条铸的。

斯堪德咽了口唾沫。他注意到其他本土生也都忧虑重重，有个留着黑色长发的女孩还忍不住小声嘀咕起来。

"出壳的过程中,不要打开孵化室的门。一定要先给你的独角兽套好笼头、系好缰绳,然后再开门。"主管低声说道。燃烧的火苗一晃一晃的,映得他的绿眼睛倍显诡谲。"这些卵看起来不算太大,但是,记好我的话,独角兽一旦出壳,就会开始成长。我可不希望今天发生独角兽宝宝逃跑事故。有我当值,这绝对不行!它们可能造成的破坏……是不可想象的。"

斯堪德开始慌了,主管叮嘱再多也不管用。他有一千个问题想问,比如,笼头是什么?在哪儿领?可他只来得及深呼吸几下,就听到主管说:"准备好了吗?等我下令,你们就把手掌放上去。"

于是斯堪德只好走上前去,站定了,静静地凝视着面前这颗巨大的独角兽卵。

第六章
福星恶童

斯堪德翻来覆去地琢磨着主管叮嘱的话。十秒钟，按住，刺伤。会流血吗？会疼吗？他觉得反胃，有点儿恶心。

"伸手……按！"主管下令了。

新骑手们各自伸出手掌，按向面前雪白的独角兽卵。卵的外壳比斯堪德想象中更温热，而且很光滑。他很想闭上眼睛，因为他害怕看见独角兽的尖角刺破手掌的一幕。但他还是忍住了。兴奋和恐惧同时在身体里翻腾，他都能感觉到脖子上的脉搏一跳一跳的。他等啊，等啊，这颗卵没有动静。

"后退。"主管说，"第一轮没人成功？不意外，不意外。你们一定得找到命中注定的那颗卵。今年来这儿的有四十三人，而等待破壳的卵有五十颗。"他叹了口气，接着说："说不定，要等到最后一刻才能找到你的独角兽呢，别着急，耐心些。"斯堪德觉得这听起来就挺叫人没耐心的了。大家都往前挪了一个位置。

"伸手……按！"既然多里安·曼宁已经明言找到哪颗独角兽卵是命运的安排，斯堪德冷静了不少。三秒钟后，突然有人叫了起来，惹得新骑手们都扭过头去看。斯堪德认出了那个名叫扎克的男孩，他们在大门口曾有一面之缘。

"千万不要把手拿开。按住，无论如何都要按住。"主管警告大家，"要是不小心错过了，所有人都要陪着你重来一遍，那就要熬到明年了。我可没这个闲工夫！"

于是斯堪德没动，小心翼翼地用余光打量。只见扎克从架子上抱起了那颗沉甸甸的卵，汗都出来了。斯堪德已经听见了小独角兽奋力挣扎、卵外壳被踹破的碎裂声。扎克踉跄着走进孵化室，关上了门。斯堪德看不见他了。

"继续。"主管说。

他们就这样一点一点地往前挪，一颗一颗地试。在这一轮里，又有两名骑手找到了他们的独角兽卵，其他人则要继续第二轮的尝试。站在斯堪德旁边的是个留着黑色长发的本土女孩，好像叫萨莉卡，小独角兽回应她了，角刺穿了卵壳。虽然她不声不响，但当她往孵化室走时，斯堪德看见她的手掌流血了。

到下一轮时，只剩下四个骑手了，包括斯堪德和那个戴眼镜的黑发男孩。

斯堪德现在已经一点儿都不紧张了，只觉得特别着急，每当他把手掌按在独角兽卵的外壳上时，都无比渴望刺痛袭来。

"这个寻找方式可太没效率了。"黑发男孩咕哝道。

斯堪德又往前挪了一个位置。在一排十二颗独角兽卵中,这颗位列第二,第三和第四的架子上已经空了。"伸手……按!"主管刚好站在他身后。

三秒钟后,斯堪德手掌下的卵壳发出巨大的碎裂声,剧烈的疼痛随之袭来,血也滴答滴答地流下来。他不等主管说什么,就把那颗独角兽卵从金属架子上抱了下来。嗯,比想象中沉一些。斯堪德挺着肚子支撑它的重量,摇摇晃晃地往后面的孵化室走。他已经看见卵壳表面的裂缝了,就像湖面上的冰层裂开一样。他拉上铁门时,一块卵壳碎片掉到了地上。

孵化室里燃着一支火把,摇曳的火光勉强照亮了一把不太结实的铁椅子,椅背上搭着一根绳子。斯堪德突然慌了神儿,他觉得这超出了自己的能力水平。他担不起独自孵化小独角兽的责任。万一做错了什么,那可怎么办?

怀里的独角兽卵颤抖着,白色的外壳上沾着他手掌上流出来的血。得把它放下来才行啊,可是,让它在这冰凉的石头地上滚来滚去,也不太对吧……孵化室里没有任何柔软的东西,斯堪德低下头看了看自己——帽衫。

还好,锋利的角暂时缩回了壳里。斯堪德小心地跪下来,盘腿坐好,把独角兽卵稳稳地放在两腿之间。他扔下背包,脱掉了身上的帽衫,然后一只手扶着腿上的卵,另一只手把帽衫铺在地上,卷一卷,捏一捏,搭成一个柔软的巢。为了更稳当些,他摘下妈妈的围巾,在"巢"的边缘围了一圈。他一想到妈妈会有多么骄傲,就忍不住想笑。"你一定会拥有一头独角兽的,小小的独角兽"。他还是小婴儿的时候,她就曾这样期许着——按爸爸的话来说是这样,现在他做到了。他入选了,登岛了,即将和小独角兽见面!

把独角兽卵安置好,斯堪德总算松了口气。肾上腺素帮他撑了把劲儿,现在他才感觉到胳膊酸痛。

斯堪德盯着他的独角兽卵,满心渴望。他觉得自己全身滋滋作响,从脚趾到手指尖,兴奋极了。他简直不敢相信,他已经登岛了,再过一会儿,他就要和命中注定的独角兽宝宝见面了……可是,它怎么不动了。别慌,他想,可是越想越慌。斯堪德转而去研究搭在椅背上的那堆东西,好转移下注意力:那一定就是主管刚才提到的笼头和缰绳吧,两件用具以金属扣相连。

斯堪德忧心忡忡地又瞥了一眼:独角兽卵在颤动,但是很微弱。时不时就有卵壳掉在帽衫上。斯堪德激动得在坚硬的地面上跳来跳去。他能听见其他孵化室里传出的奇怪动静,但也说不清到底是什么声音,反正没人给出清晰明确的步骤。斯堪德走过去研究缰绳上的扣环,手掌一碰到那冰凉的金属,就疼得他咝咝吸气。

进入孵化室后一直忙来忙去,直到这会儿他才仔细地端详起自己的手掌。掌心伤口的血已经止住了,呈难看的暗红色。斯堪德心里一惊,连忙凑到燃烧的火把旁边,只见伤口已经长出了五条线,各自蔓延向五指的根部,映着火光,一闪一闪的。

斯堪德一直以为骑手们手掌上的标志是某种特殊的刺青。他记得是在什么书上看到的。在马盖特,他就是凭着这个标志认出了阿加莎的真实身份。原来,这根本不是刺青啊,是伤痕,会疼,很疼。

独角兽卵又不动弹了。斯堪德有点儿着急,不知道自己是不是应该上手帮忙。他想了想:孵小鸡时,母鸡会帮小鸡快点儿出壳吗?不,它们好像只是坐在蛋上等着。可是考虑到独角兽那锋利的尖角,坐上去显然是不明智的。再说,独角兽也不是鸡,是——嗯,好吧,独角兽就是独角兽嘛。

他叹了口气,在独角兽卵旁边跪下来。"你还不想出来呀?"他轻轻地问,"我希望你快点出来,因为这里黑乎乎的,很吓人。我一个人太孤单了,所以……"他停下了,这样冲着一颗白花花的蛋说话也太傻了,好像在跟自己的早餐聊天似的。

他突然听见一个细细的尖叫声,连忙四下张望。又叫了,他这才反应过来,叫声是从独角兽卵里面传来的。他凑近了些。没想到,聊天还真有用啊。

斯堪德深吸一口气。"哎呀,我真想见到你呀。真的。你和我,我们就要成为好搭档了。嗯,你可能得照顾照顾我,因为……因为我是从本土来的,而你就生在这座岛上——"独角兽宝宝又叫了一声,一大块卵壳弹开来,擦着斯堪德的左耳飞了出去。

"但比这麻烦的难题还多着呢,"斯堪德明明是在闲扯,可那卵壳就在他眼前裂开了，"我都没参加选拔考试。可不能告诉别人啊，知道吗？是别人把我送到这儿来的，但我总害怕露馅儿，比如那个女孩博比，她就已经怀疑我了。还有那个作恶的织魂人——嗯，是不是应该等你长大些再讲这个。不管怎样，我需要你，你也需要我。"

叫声连续起来，有点像马嘶，有点像鹰唳，还有点像人类的尖叫。独角兽宝宝的尖角又一次伸出了卵壳，像黑玛瑙似的闪着柔光，非常锋利——这一点斯堪德已经见识过了。尖角来回晃动，刺破卵壳，然后咔嚓一声，顶端的一整块卵壳都掉了下来。斯堪德把它捡起来——摸起来黏黏的、湿湿的——扔到了远处。他重新跪下来，可就在他的脸凑到独角兽卵上方时，剩下的壳直接裂成两半完全打开了。

独角兽宝宝四条腿摊开趴在地上，胸腔急促地上下起伏，身上的黑色绒毛沾着汗液和黏液，亮晶晶的；脖子上乌黑的鬃毛黏得一绺一绺的，它越是扭动挣扎，这些毛就越是虬结在一起。它的眼睛还没睁开，斯堪德惊奇不已地盯着它看。这时，奇怪的一幕出现了：覆着黑羽的瘦小翅膀上闪起了电花，噼啪作响，震得孵化室的地板直颤；一道白光闪过，诡异的雾气凝聚起来，笼住了它的身体。

"啊！"斯堪德连忙后退，初见独角兽的喜悦立刻被恐惧冲淡了。它的蹄尖冒出了火星，随后四只蹄子都燃起了火焰。斯堪德走上前去，想从独角兽宝宝身下拿回自己的帽衫，好扑灭火焰。

这是正常情况吗？还是他碰巧遇到了一头会燃烧的独角兽？他好不容易捏住帽衫一角，就在这时，独角兽宝宝睁开了眼睛。

斯堪德凝视着那双黑眼睛，胸膛里涌起了极致的快乐，但右手掌剧烈的灼痛提醒了他。他暂且移回视线，借着昏暗的火光，把手掌放在眼前细看：伤口正在愈合，五条线变长了，一直延伸到五指的指尖。与此同时，独角兽宝宝黑色的前额上出现了一条宽宽的白色斑纹。他们凝视着彼此：斑纹完全形成了，斯堪德手掌上的伤口也完全愈合了。

"谢……谢谢？"斯堪德犹犹豫豫地说道。电花、火光、震颤和雾气倏地消失了，仿佛有谁按下了开关似的。男孩和独角兽凝望着彼此。斯堪德曾读到过，说骑手与独角兽之间有着无形的联结，但他没想过自己也能亲身体验：胸口绷紧，就像有条线从心脏牵扯到身体之外的什么地方，如果顺着这根看不见的线找过去，一定能找到这头小小的黑色独角兽。

这时，独角兽打破了寂静，发出一声细弱的吼叫。斯堪德一点儿也不害怕，他们之间的联结让他感到安全，比有生以来体验过的任何关系都更安全。他觉得自己打开了一扇门，这扇门通往世界上最舒适的房间，可以把所有人隔绝在外面，任由他在火堆边休憩，想待多久都行。他想大喊，想在孵化室里转圈跳舞，甚至想放声歌唱。他想像他的独角兽那样恣意咆哮，而这小家伙正摇摇晃晃地想要站起来。

斯堪德立刻惊慌地后退。"你准备好了吗？你真的要——"可是独角兽宝宝,他的独角兽,已经跌跌撞撞地朝着他走了过来。它似乎已经长大了很多,斯堪德可以发誓,它差不多到他的腰那么高了。要是没有卵壳的束缚,它应该会长得更快吧,毕竟已经等了十三年了。小独角兽晃晃悠悠地停在斯堪德前面,叫了一声,然后用额前的尖角对准了他的胯部。"你要——"他说着,突然瞥见了自己的背包。

他盯住小独角兽,拉开了背包前面的小口袋。昨天,因为怕在路上会饿,他从肯纳的床头柜里拿了一包果冻软糖。刚愈合的伤口还有点儿疼,他笨拙地掏来掏去。小独角兽叫了一声,又蹭过来几步。

"好了好了,给你。"斯堪德喘着粗气,拿出一颗红色的软糖,用没受伤的左手掌托着。小独角兽张开鼻孔闻了闻,一口咬住了软糖。它吃东西时的声音令人不安——像是在吃人,而不是普通的食物。小独角兽一边嚼一边满意地轻吼,于是斯堪德往地上多倒了几颗软糖,坐在椅子上研究起来。

这头小独角兽通体乌黑,宽宽的白色斑纹从额前的尖角根部一直铺展到鼻子,刚好夹在两只眼睛中间。他曾整整一个星期泡在图书馆里读一本讲独角兽颜色的书,却从没见过说有带白色头斑的独角兽。但不知为什么,他觉得这斑纹有些似曾相识。

小独角兽吃光了那几颗软糖,径直走向斯堪德,每一步都更稳当,更有力。他想起了主管的话:"独角兽,即便有骑手约束,也是嗜血的神兽,暴力和破坏是它们的本色。"也许,本土的那个斯堪德会左思右想，问姐姐该怎么办，或者翻书查找。但现在，他已经是骑手了，有生以来第一次为自己感到骄傲。骑手难道不该勇敢些吗？

于是他伸出手，去抚摸小独角兽的脖子。就在他的手触到它的皮毛时，奇怪的事发生了：他莫名就认定，这是一头公的独角兽，而且它已经有了自己的名字——福星恶童。斯堪德立刻就喜欢上了这个名字。它很适合小独角兽，听起来也像是能闯进混沌杯的名字，很有冠军之风。

斯堪德继续抚摸小独角兽；它轻柔地叫了几声，听起来像马叫。"很高兴见到你，福星恶童，"他忍不住笑了起来，"昵称就叫'恶童'吧，好吗？"小独角兽鼓起胸脯，发出呼呼的声音。斯堪德小心翼翼地托着一颗软糖，趁小独角兽吃得正香，用另一只手拎起笼头，穿过它的角，套住它的头，然后扣上了缰绳。

不远处突然有人大喊大叫。福星恶童被这声音一激，冲着斯堪德的耳朵嘶鸣一声，在孵化室里跑了起来。

又是一声惊呼。斯堪德定了定神，轻轻地拽了拽缰绳，引着福星恶童往孵化室的门边走。他一推，铁栅门就开了。男孩和独角兽走了出去。

第三声尖叫传来。斯堪德循声寻找，来到了相隔两间的孵化室。"你好？"他的声音有点儿发抖，"受伤了吗？需要帮忙吗？"

在这间孵化室里，有三个孩子和三头独角兽。戴眼镜的黑发男孩牵着一头血红色的独角兽。博比也在，她的独角兽是灰色的。

另一个女孩黑发蓬松如云，被一头银色独角兽堵在了墙角。她双手捂着脸，又哭又叫。

"需要帮忙吗？"见所有人都只顾着看那头银色独角兽，斯堪德只好放大音量又问了一遍。

戴眼镜的男孩转过头来，一见到福星恶童就张大了嘴巴，愣住了。"我想是的。"他终于说道。此时，那个躲在墙角里的女孩也看了过来，她指着斯堪德的独角兽，叫得更惨了。

第七章

致命元素

斯堪德试探着往孵化室里跨了一步。墙角里的女孩仍然尖叫不止，惹得四头独角兽也躁动不安。黑发男孩仍然僵立原地，直勾勾地盯着福星恶童。博比则努力地安抚着她的灰色独角兽，它的眼睛红红的，直往后翻。

斯堪德糊涂了，这可不是他平时走进某间屋子时大家会有的反应，通常都没人理他。

"你能闭上嘴歇歇吗？"博比冲着那个喊叫的女孩呵斥，"我的耳膜都要被震破了！"

她顺着那个女孩的目光回头一看，叹了口气说："是斯堪德啊。唉，他的名字是很怪，比'腹泻的大象'还要难听，但他本人没什么可怕的。"

"喔，谢谢你，"斯堪德气哼哼地说，"介绍得真不错。"

博比耸耸肩:"不客——"

"你们俩安静些!"牵着红色独角兽的男孩说,"弗洛指的不是他,是他的独角兽。"

斯堪德皱起眉毛:"弗洛是谁?"

"就是她。"那男孩不耐烦地指了指墙角里的女孩。"我是米切尔。我们没时间正式地自我介绍了。既然这里出现了一头不合法的独角兽,那就说明他——"他指了指斯堪德,"也是不合法的骑手。"

斯堪德吓了一跳,连忙回过头,想看看身后是不是还站着另一对骑手和独角兽。

米切尔使劲儿地挥着胳膊,好像对大家的无动于衷很不满意。他那刚出壳几分钟的小独角兽拖着缰绳挣扎,想躲开骑手的拍打。"那样的头斑很不寻常,意味着与独角兽结盟的是第五种元素。"米切尔压低了声音。

博比眯起眼睛盯着他。"我们确实是从本土来的,小米,"她说,"但我们还是知道的,元素只有四种,没有第五种。人人都知道。"

米切尔没理她,只管来回打量着斯堪德和福星恶童,似乎在思考要不要一逃了之。

"官方宣称的是四种,你说得对。"弗洛终于开口了,轻柔的声音打破了尴尬的沉默。她仍然躲着福星恶童,非常害怕,但至少不再尖叫了。

博比扬起下巴，看着米切尔说："听到了吧？"

米切尔紧闭着眼睛，小声咕哝着什么。

"可过去确实有五种。第五种元素是存在的。"弗洛鼓起勇气，说了下去，"只是我们不能提起它。骑手，还有岛上的所有人，都不能提。本土人不知道这些，是因为在条约签署前就已经有了禁令，而且——"

"它叫什么？"博比的眼睛里满是对秘密的渴望。

弗洛焦虑地四下望望，好像怕人偷听似的。"魂。"她用几乎是耳语的声音说道。

"火球威猛！①"米切尔拦住了弗洛，"你疯了吗！这么就说出来了！在这儿——在整座岛上最可怕的地方？不行，我们得采取行动，我们得向特勤告发他——他们！"他猛地指向斯堪德和福星恶童。

斯堪德不打算在这儿等着看特勤到底是谁或是什么。他不想再被人指指点点，于是清清喉咙说："如果不需要帮忙，那我就回我的孵化室了。"

"你可不能带着它到处乱走，"弗洛连忙小声提醒，"你们俩都会没命的。"她指了指福星恶童，小家伙正转悠着想啃斯堪德的球鞋后跟。

"你们到底在胡说什么啊？"斯堪德摇着头说道，"它才刚出

---

①在本书中是驭火者的一种咒语，日常会被骑手们用作感叹词。——译者注

壳七分钟！它怎么了？或许我倒是有错，"他避开了博比的目光，"可它什么都没做过。福星恶童还是个小宝宝啊。你们看啊。"福星恶童追着火把的影子咬来咬去，一不留神儿，下巴撞到了墙上。

"它——有——驭——魂——头——斑！"米切尔恶狠狠地说道。他实在忍不住了。

"什么？再说一遍？"博比不等斯堪德发问就抢先说，"驭魂头斑是什么意思？"

"就是它头上的白色斑纹。"米切尔气鼓鼓地答道。他极力想说服大家，手指离福星恶童越来越近，惹得福星恶童想张口咬他。"有这个标志就表明，你们是以魂元素结为同盟的。你看看，银刃没有。"他指着银色独角兽说道，又指了指自己那头血红色的独角兽，"我的红夜悦也没有。还有那头灰色的，全都没有啊。"

"它叫鹰怒，"博比不高兴地说，"'那头灰色的'，怎么说话呢！"

弗洛抱着胳膊转向米切尔。"也许不是你说的那样。那可能只是个普通斑纹，"她指了指斯堪德，"他驾驭的可能也只是普通的元素——并不是魂元素。"

"只是个普通斑纹？"米切尔急得唾沫飞溅，"你要拿整个离岛的安全来冒险吗？万一它偏偏不是普通斑纹呢？"

弗洛脸上滑过一丝疑虑，她没有松开抱着的胳膊。

"你们上星期没看混沌杯吗？难道只有我一个人看见织魂人骑着一头荒野独角兽闯进竞技场，抢走了全世界最厉害的独角

第七章 致命元素

兽吗？"

"福星恶童的头斑和织魂人有什么关系？"斯堪德沉声问道，"又和新元飞霜的失踪有什么关系？"

"雷霆密布！①"米切尔不耐烦地说，"你们在本土什么都不学吗？你们没看见混沌杯上的织魂人？"

斯堪德回想着当时的情景：爸爸和肯纳站在电视机前，织魂人的脸从上到下遮得严严实实的。

"白色条纹。"他喃喃地说道。

"那就是织魂人的标志，"弗洛说，"织魂人就是驭魂者。"

"可是魂元素有什么好怕的呢？"博比气呼呼地问。

"织魂人会用它来杀人啊！"米切尔绝望得脸都拧成了一团，"这还不够可怕吗？独角兽，骑手，他想杀就能杀……"

"不可能，"博比笑话他，"骑手，或者任何人，都是不可能杀死独角兽的，哪怕是这个什么织魂人也不行。"

斯堪德连连点头："没错！我们在培训课上都学过。这就是你们需要从本土引进骑手的原因。因为荒野独角兽是杀不死的，而且也是无法被联结的——"

"要杀死独角兽，有两种方法，"米切尔大声地打断了他，"一种是杀死骑手，独角兽也会一起死去；另一种是——"他咽了口唾沫，"被驭魂者杀死。"

---

① 在本书中是一种咒语，日常会被骑手们用作感叹词。——译者注

孵化室里瞬间一点儿声音都没有了。

"那是致命的元素!"米切尔几乎嚷嚷起来。

博比终于流露出一些忧虑来:"这么说,那个织魂人能够使用致命的第五元素魂元素大开杀戒,而且他现在还拥有了世界上最厉害的独角兽?"

"所有人都怕极了。"弗洛说,棕色的眼睛里含着泪水。

"很好,"米切尔阴阳怪气地说道,"通过一番教学,大家终于知道第五元素是可怕的,织魂人对本土和离岛的威胁是极大的。现在我们总可以向特勤举报这个驭魂者了吧?"他央求似的望着弗洛。

"不行。"弗洛坚决地说道。银刃打了个响鼻,像是在表示赞同。斯堪德看得出来,弗洛被这突如其来的声音吓了一跳,但极力做出若无其事的模样。

"我们必须举报!那头独角兽很危险,这个斯堪德也不是什么善茬儿!他根本不该通过考试!他怎么登岛的,你们想过吗?"

斯堪德感受到了博比的目光。在这个节骨眼儿上,只要提一提直升机的事,他就会陷入更大的麻烦了。拜托了,他在心里乞求着,拜托了,什么也别说。

"想那些已经没用了,"弗洛说,"他已经来了。我不会举报人家去送死的,我做不出那种事。"

"但你自己有一头银色独角兽,"米切尔苦口婆心地劝道,"实在不该蹚这浑水!要是你帮了驭魂者,他们肯定就不让你加入银

第七章 致命元素

环社了。"

弗洛脸上闪过一丝恐惧,但很快她就镇定下来。"斯堪德和福星恶童没对我做过什么坏事,我不会去找那些蒙面骑手的。不过你说得对,我确实有一头银色独角兽。米切尔,你真的要跟我对着干吗?要跟我和银刃成为敌人吗?"

"不是,我……"米切尔的声音低了下去,但他好像憋不住话似的,还是继续说道,"就算我们都不告诉特勤,只要走出孵化场,所有人都能看见那头斑,根本藏不住啊。"

"噢,藏得住。"斯堪德突然想起了阿加莎给他的小玻璃罐。他掏出来,拧开了盖子。

米切尔盯着斯堪德,只见他将手指伸进玻璃罐,蘸了一点黑色液体。"这个应该有用吧?"他问道,"把头斑遮住,临时遮一遮。等到我的身份明确了,成为驭火骑手、驭风骑手之类的,就可以证明我们没问题了。"斯堪德极力稳住自己的声音。阿加莎早就预料到他用得上这招儿是吗?这意味着什么?阿加莎到底是什么人?

"你从哪儿弄来的?"弗洛反而有些怀疑了。

斯堪德不知道该怎么回答,说自己喜欢画画应该糊弄不过去吧。

"是不是在咱们的直升机里找到的?"博比悄悄地眨了下眼睛。

米切尔满腹狐疑地盯着博比,正要发难,却被红夜悦撞了一下。这头小独角兽扯掉了鹰怒的一绺鬃毛,惹恼了它。骑手们讨论个没完,小独角兽们实在无聊,开始胡闹。红夜悦、鹰怒和福星恶童又是叫唤又是转悠,在孵化室里一通折腾;银刃霸道地占领了一个墙角,不管谁凑近都大声咆哮。

斯堪德和博比好不容易才按住福星恶童,但很快就发现,它不喜欢别人碰它的头斑。米切尔置身事外,只管抱着胳膊喋喋不休,说他们帮了驭魂者,迟早会被抓起来,骑手生涯也会完蛋的,说不定还要搭上性命,因为斯堪德和他的独角兽说不定会杀人灭口。

"米切尔,你能不能闭嘴!"博比不耐烦地叫着往福星恶童脑门上抹上最后一把。她说如果只有斯堪德的手上沾着黑色,那就很容易惹人怀疑,所以干脆贡献了自己的两只手,把它们弄得乌漆墨黑的。斯堪德本想说几句,可一句话都插不进去,只得作罢。

弗洛似乎有些后悔,她紧张地环顾孵化室,眼看就要再次崩溃。她那头银色独角兽一直低低地咆哮着,吓得她捂着嘴呜咽。她眼里含着泪水,仿佛一看银刃就会哭出来似的。

"你没事吧?"斯堪德小心地问道。毕竟,在他出现之前,弗洛就一直在叫了。

弗洛张了张嘴巴正要回答,却被一声巨响打断了。孵化室最里面的石壁突然剧烈地震颤起来。

"又怎么了?"斯堪德无助极了,他梦想中的胜利之旅可不是这样的。

第七章 致命元素

小独角兽们惊恐地叫着，喷着鼻息，四处乱窜，尖角在狭小的空间里戳来戳去；新骑手们则冒着危险，拼命地想要抓住它们。直到有一丝阳光挤进了孵化室，斯堪德才反应过来：那面石壁正慢慢升起，变成出口。

石壁完全升起后，四十三头新生独角兽宝宝的尖叫声扑面而来，堪比一千列火车同时拉响汽笛，震耳欲聋。

喧闹声中还有米切尔的叫声，他大喊着："快走！快走！咱们没在自己的孵化室，趁乱出去才不会被人发现！"他说着就拽起红夜悦，消失在阳光中。

斯堪德还没来得及问往哪儿走，博比一把将小玻璃罐塞回了他手里。

"若无其事地走出去，不会有事的。"弗洛好心地提醒着，牵起那头银色独角兽往晨光中走去，"别慌，根本看不出来。"

"走不走呀？"博比问斯堪德。她也牵好了鹰怒，跟在弗洛后面往外走。

"啊，对了，多谢，"他不好意思地咕哝道，"那个，直升机，嗯。"

"噢，别提了。"博比翻了个白眼，猛地一推斯堪德的胳膊。这让他想起了肯纳，让他在一片慌乱和疑惑中感觉好了一点儿。

新生的独角兽们排成一列，逶迤前行，斯堪德带着福星恶童跟在后面。戴银色面罩的卫兵——现在他知道，那是特勤——想把独角兽们引到大路上，但基本没能成功。到了外面，感觉大不相同，他再次意识到，独角兽是神兽，拥有无数神奇的魔法。四周尘土飞扬，夹杂着火星、浓烟；兽角上淌着水，蹄下的草地上留下了黑色的痕迹；沿途的树木被电得滋滋作响；路上凹出了大坑，土地裂开了罅隙。新骑手们则因在各种元素的交叉攻击之下，痛苦地嚷嚷着，独角兽们时而兴奋地跃起，尖角划过半空，骑手们却只能紧紧地抓住缰绳，别无他法。

福星恶童也不例外，孵化室里那个乖乖吃糖的宝宝不见了。斯堪德领着它，尽量跟紧队伍，可福星恶童一会儿追着他的手指咬，一会儿踢他的腿，要不就是尾巴上燃起火苗，把火星崩到他手上。福星恶童的眼睛时黑时红，而且像其他独角兽一样，嘴边淌着白沫。斯堪德希望这只是兴奋的表现，而不是想吃掉他的前兆。可福星恶童像是能读懂他的心思，磨着牙凑近了自己的骑手，用门牙顶他的屁股。好吧，斯堪德心想，或许独角兽真的想吃掉他。

斯堪德回头看了一眼，弗洛和米切尔各自牵着他们的独角兽，并排走在后面。博比带着她的鹰怒赶到前面去了，正跟一个离岛生热络地聊着。虽然斯堪德知道这不是眼下最重要的问题，但还是觉得自己有点儿落单。他本来希望登岛之后能有所改变：大家都有独角兽，交朋友应该容易些吧？

可结果呢？他和福星恶童的结盟竟是基于一种闻所未闻的元素。斯堪德按下心里的失望，把注意力集中在福星恶童身上。此时的福星恶童正在用嘴去咬一只低空盘旋的鸟。至少，他终于拥有了自己的独角兽，他们之间的联结让他觉得自己的心更加强大了。

走在前面的队伍拐了个弯，渐渐从他视野中消失。这时，斯堪德闻到了一股腐烂的气味，像是被冲到马盖特海滩上的死鱼味，也有点儿像爸爸喝醉酒时呼出的臭气。

突然有人呼救："救命！救命啊！"

斯堪德拽住了福星恶童，他听出那是米切尔和弗洛的声音。

一头巨大的荒野独角兽挡在了他和那两个离岛生中间。

犹如一桶冰水兜头泼下，时间也仿佛静止了，斯堪德的脑袋里一片空白，只剩下了几个字：快跑、跑不动、叫吧；快跑、跑不动、叫啊……荒野独角兽就是邪恶怪兽，它堵在小路中央，巨大的头颅左右摇晃，一张大嘴里利齿森森、腐臭阵阵。和其他独角兽不同，荒野独角兽的角是透明的，如鬼魂一般。它的身体瘦削至极，斑驳的灰色皮毛之下，骨骼清晰可见，腹部有一处伤口豁着皮肉，苍蝇嗅着血腥气，在四周嗡嗡乱飞。

弗洛和米切尔的独角兽惊恐得尖叫起来，也像他们的两位骑手一样，根本动弹不得。斯堪德拼命地想找那些特勤求助，可他们刚好都拐过了前面的弯道。

荒野独角兽大声嘶鸣，频率之高，令人无法忍受。它的角射出闪电，击中了米切尔左侧的一棵白桦树。大树轰然倒下，树叶还没落地就已经干枯焦卷。弗洛捂着耳朵，绝望地惊声尖叫。荒野独角兽下一次进攻，应该不会再放过目标了，斯堪德想，如果传说中的那些魔法是真的，那么弗洛和米切尔的伤永远也别想痊愈，当然，前提是，他们得在这袭击中活下来。

荒野独角兽的低吼声震荡着斯堪德的胸膛。荒野独角兽拥有所有元素的力量，所以无法预判它下一次攻击的方式。裹挟着腐朽之气的灰色巨兽低下头，用致命的尖角对准了弗洛和米切尔。就在这时，斯堪德内心突然有什么东西松动了。

"嘿！"他一只手使劲挥舞，另一只手紧紧攥住了福星恶童的缰绳，"看这儿！"

他也不知道自己为什么要这么做。他从来都不是一个勇敢的人。过去，欧文让他交出午餐、作业或混沌卡牌时，他都没抵抗过，都照做了。勇敢反抗的人一直都是肯纳，但肯纳不在这里。

"他要干吗啊？"米切尔呜咽着说。荒野独角兽咆哮着转向了斯堪德。

它的眼睛紧紧地锁定了斯堪德，斯堪德对自己所看到的惊讶不已。它的眼神里固然有愤怒，但同时还有——悲伤，浓浓的悲伤。它不再吼叫，只是半张着嘴，绿色的黏液滴了下来。福星恶童轻轻地叫了一声。那荒野独角兽打量着斯堪德的脸，仿佛在寻找什么。斯堪德从没见过哪种动物露出这样困惑至极、迷茫至极的神情。随后它挥动灰色翅膀，扬起前蹄。福星恶童咆哮着保护斯堪德，但它稚嫩的叫声完全被巨兽的吼声淹没了。斯堪德没有躲避的意思，只是绷紧了全身，准备迎接重击。

但想象中的重击并没有落在他身上，而是落在了石头小路上，斯堪德听到了一声巨响，他睁开眼睛，正好看见荒野独角兽转过身绝尘而去。

这时，斯堪德才发觉自己腿软了，从大腿到脚踝都抖个不停。他一屁股瘫坐下来，膝盖抵着额头，闭上了眼睛。焦虑的嘶鸣声在他头顶响个不停。"好了好了，小伙子，"他咕哝道，"我歇一会儿就……"但这不足以安抚福星恶童，它先是闻了闻骑手的头发，然后叼起一撮嚼了起来。

斯堪德叫唤起来，可他的独角兽不以为意。"噢，这真有点儿疼了，快停下。"

米切尔站在一边，絮絮叨叨地自言自语："一头荒野独角兽！挡在咱们的路上？就在这儿？我真不敢相信！真不敢相信驭魂者居然——不不不，这太荒谬了！"

"斯堪德！你真是个彻头彻尾的大笨蛋！"博比的声音由远及近，听起来很恼火。"我离开你五分钟都不行啊？你竟然冲着一头荒野独角兽喊'嘿'！"

"我说，罗伯塔——"米切尔的声音仍然哆嗦着。

"别叫我罗伯塔！"博比厉声打断了他。

"我说，博比，"米切尔加重了语气，"我们认识以来，你总算说了句公道话。"

"我们认识很久了吗？时间过得这么快吗？"博比回敬道。

"都少说两句吧！"弗洛的声音轻而坚定。随之而来的是一阵尴尬的沉默，斯堪德努力想止住颤抖，但没能成功。"你们看不出

斯堪德与独角兽
-098-

他情况很糟吗？"

斯堪德觉得他们凑近了些，于是勉强睁开眼睛，费劲地挤出几个字："我……没，没，没事。"

弗洛蹲了下来，满脸担心地看着他。她的银刃暖烘烘地呼着气，喷在斯堪德的脖颈上，让他感觉平静了许多。

米切尔一把拽开弗洛。"起来！"他压低声音催促道，"快起来！别让人看见！"

"我什么也没做……是吧？"斯堪德困惑极了。

"你肯定做了什么！要不然，它怎么不攻击你呢？"米切尔疑惑得都快要把自己的头发扯掉了，他转而对弗洛说道："我早就说过，咱们应该告发他！他是个驭魂者！这种人与荒野独角兽脱不了干系！你看那个织魂人——"

"你要来真的？"博比正要发作，却被弗洛抢了先。

"米切尔·亨德森，你是不是应该先谢谢他，而不是指责他？"

米切尔似乎吃了一惊。

弗洛双手叉腰，银刃凑在她的胳膊肘旁，哼了一声。"我们对他没说过一句好话，可他刚刚救了我们的命。还是说，你根本没注意到这一点？"

"可是——"

"我不管你是怎么想的，"弗洛压低声音，"但在我看来，我们不应该因为驭魂者当中有一个变坏了，就对他们抱有偏见。"

米切尔咬着嘴唇，左看看右看看，就是不看斯堪德。

第七章 致命元素

"行了，小米，"博比有点得意，"我们可等着呢。"

米切尔瞪了她一眼，深吸一口气。"行，谢了，"他冲着斯堪德的方向不情不愿地说，"感谢你愚蠢地冒着生命危险赶走了怪物。"

弗洛叹了口气："好了，就先这样吧。不过，斯堪德，你真得站起来了，我们落后这么远会惹麻烦的。"

弗洛和博比伸出手，把他拽了起来。还没等斯堪德掸干净牛仔裤上的土，米切尔已经领着他的红色独角兽转身走了。

"他可真够意思！"博比望着他的背影，摇头晃脑地说道。

"呃，荒野独角兽的气味还没散，"斯堪德皱着鼻子说，"它们怎么会那样？身上的肉都烂了，闻起来臭臭的，还有——"他觉得脚下咕唧作响，"这些黏液？"

弗洛有些悲伤地望着地上的枯叶。"永生对于任何活着的生物来说都太久了，所以荒野独角兽才是那副模样——浑身溃烂，气息浑浊。咱们这些独角兽在与骑手结盟时，就失去了永生的资格。而荒野独角兽呢？它们的生命是无限长的，生命没有尽头，就等于无休止地接近死亡。这是它们逃脱不了的命运，就连驭魂者也无法杀死它们。"她轻声说出禁忌之词，身体在六月的阳光里瑟瑟发抖。"它们所思所想的就只有鲜血与杀戮，因为那是它们仅有的东西。有些荒野独角兽甚至都不会飞了。"

斯堪德感到一种异乎寻常的悲伤。死亡，这字眼儿听起来总是很可怕；难怪那头独角兽的眼神那样迷茫。可随后，他想起了一件很严重的事。

"米切尔说，驭魂者与荒野独角兽……有某种联系……"斯堪德顿了顿，想从弗洛脸上看出些端倪。

"我真的对第五元素知道得很少，因为在这里不准——"

"你肯定比我们知道的多，"博比插嘴道，"说吧。"她一只手叉着腰，另一只手牵着鹰怒的缰绳。

弗洛神情纠结，一方面她不敢打破规则，一方面她又不愿意糊弄斯堪德。权衡再三，她终于眯起眼睛，压低声音，飞快地说道："你们都看了混沌杯，织魂人不仅能骑荒野独角兽，还能用某种魔法控制它，就像他们之间有着某种联结。于是所有人都说，织魂人使用的就是第五元素，至于为什么这么说，我真的不知道。"她紧张地又补充道："早在咱们出生前，织魂人就一直在利用魂元素作恶，所以在离岛，这是高危话题，严禁提起。但我看得出，我父母真的非常害怕，所有大人都很害怕，他们都认为织魂人正在谋划一件大事。"

"嗯，你的意思就是说，如果斯堪德确实是个驭魂者，那么所有人都会认为，他是织魂人计划的一部分，是那些荒野独角兽的伙伴？"博比直言不讳地说。

"对，就是这个意思。"弗洛顿了顿，"总之，别再提这些了。我不喜欢这些吓人的东西，而织魂人就是最最恐怖的。我甚至觉得这独角兽也有点儿……"她紧张地瞥了一眼正在轰苍蝇的银刃。

博比翻了个白眼说："好了，快点赶路吧。"

他们重新跟上了队伍,斯堪德牵着福星恶童走在最后面。他脚踏着石头小路,每走一步都要在心里默念一句:千万别让我成为驭魂者,千万别让我成为驭魂者……

第八章

凌云树堡

"看呀！"

"你看见了吗？"

"看上面！"

新骑手的队伍里响起了兴奋的叫声。一个张着翅膀的黑影拂过斯堪德头顶，他连忙抬头张望。天空中徜徉着数不清的独角兽，它们俯冲下来，在上方朝着地上的小独角兽们嘶鸣咆哮。这些都是在辖独角兽，它们的兽角都是有颜色的，和斯堪德之前遇见的那头不一样。他忍住了低头躲避的冲动，因为那些年长的独角兽飞得越来越低，好像在比赛谁飞得最低似的。福星恶童、鹰怒和其他独角兽宝宝长得飞快，几个小时前它们还只有狗狗那么大，现在的身量已经和小马驹差不多了。那些叫人害怕的巨兽不停地从他们脑袋上方飞掠，再加上心里一直惦记着魂元素，斯堪德紧张得一惊一乍的。

可没过多久,他就真的跳起来了,因为鹰怒的尖角突然射出电流,击中了福星恶童,吓得黑色的小独角兽跳到一旁躲闪。鹰怒却绕过路上的小水洼,淡定地走了过去——原来它只是不想沾湿自己的蹄子!博比懊恼地摇摇头,棕色的头发蹭着肩膀:"难以置信!我的绝命独角兽竟然有洁癖!"

斯堪德看见福星恶童仰着脑袋,尖角指向天空,望着飞行的独角兽,福星恶童的眼睛追着它们,一会儿变成红色,一会儿变成黑色,小翅膀扑扇着,好像也想加入其中似的。

"你现在就想飞呀?有点危险哟。"斯堪德大笑起来。小独角兽扬起脑袋,从尖角里喷出水,正中斯堪德的眼睛,以示它对这话的不满。

"哎哟!你还生气了?"斯堪德叫道。博比也乐不可支。

福星恶童拍着翅膀,眨巴着眼睛,调皮地看着它的骑手。斯堪德觉得自己的独角兽还挺有幽默感的。

队伍又走起来了,但斯堪德每隔几秒钟就忍不住抬头去看。越来越多的独角兽加入了这场飞行表演,它们有的乘风滑翔,有的互相嬉闹,还有的在空中打斗起来,各种元素像烟花似的绽放开来。

斯堪德只顾着抬头看热闹,没注意到队伍已经沿着一座石头山的山坡往上爬了,直到自己开始喘粗气他才反应过来。

崎岖不平的小径弯弯曲曲地绕过一个又一个巨大的土丘,斯堪德看见有些地方围着栅栏，里面的情况各不相同。有的草地像是被烧过；有的草地豁着裂缝；有的漫着水，底下的草特别绿。直到看见蹄印，他才明白这些覆着草皮的地方是干什么用的。

"是训练场？"他气喘吁吁地对福星恶童说道。前面的独角兽在陡峭的山坡上停下了，一棵巨大的树挡住了路。

斯堪德从来没见过这么大的树，它粗糙的树干直插向天空，得使劲儿向后仰头才能看到那些舒张的枝丫，这些枝丫彼此交叠，堆成厚重的树冠。树叶不是普通的绿色，而是交织着深红色、金黄色、翠绿色、海蓝色，有的地方还泛着白色——元素的色彩交相辉映，犹如一曲大合唱。

树的两侧各有一堵高墙，不过斯堪德没找到砖块之类的东西，因为那上面满满地覆盖着奇花异草。右边的高墙让他想起了大堡礁的照片，那些橙色、粉色的植物就像生长在海底的珊瑚。左边的高墙上则铺着苔藓，爬着墨绿色的藤蔓，硕大的蜗牛和蛞蝓漫步其间。斯堪德甚至在那些灌木丛中看见了可以吃的蔬菜。这到底是什么地方？

两位骑手戴着银面罩，骑着独角兽，护卫着大树。新骑手们走近，他们的独角兽挤挤挨挨，磕磕碰碰，尖角危险地逼近同伴的肚腹。一位银面骑手跳下独角兽，将手掌按在树干上——和斯堪德在孵化场大门前的动作一样。他惊奇无比地看见一道火焰烧成一个圆圈，中间的树皮向后弹开，露出了宽阔的空间，足以让新骑手和独角兽一个一个进入。

斯堪德听见不论是本土生还是离岛生都兴奋得叽叽喳喳的。显然，哪怕是出生在岛上的人也都没来过这儿。斯堪德很高兴，因为这一次，大家都在同一条起跑线上了。

斯堪德的脑袋和福星恶童的角一探进入口，弗洛就笑着对他们说道："欢迎来到凌云树堡。"

斯堪德抬头一看就愣住了。他毫无准备，意外极了。生命隧道令他印象深刻，孵化室也确实是另一种意味的了不起，可这里……他当然知道，离岛有一个类似骑手学校的地方，他以为可能就是由普通学校改建的，比如加建厩栏，竖起独角兽雕像，提供添加了蛋黄酱的美味食物……但他真没想到，这所"学校"竟是这样的。

凌云树堡是一片防御森严的森林，树木都身披铠甲。至少，斯堪德和福星恶童在黑乎乎的树干间穿行时，它们看起来就是这样全副武装的模样。木头和金属铠甲，自然和人类造物。低垂的树枝上挂着金属梯子，粗壮的树干支撑着铁堡似的树屋。这与斯堪德和肯纳小时候渴望得到的小木屋完全不同——那时，他们还有小花园，以及愿意为儿女实现愿望的父亲。

树屋层层叠叠，掩映在高大厚实的树冠之间，令人眼花缭乱。有的叠在一起有八层楼那么高；有的则延伸到枝丫深处，看不清起始和走向。在森林的绿海中，一座座树屋就像是灰色的浪花。墙壁上还有鲜艳的涂鸦：蓝色代表水，红色代表火，黄色代表风，绿色代表土。斯堪德不愿意去想魂元素的代表颜色是什么。

金属缆绳搭造的栈道连接起了一个个树屋,栈道映着午后的阳光,在枝杈间荡来荡去。视线所及之处——栈道上、平台上、窗子里——一张张年轻面孔望着地上的新骑手和独角兽,聊着,笑着,指点议论着。

斯堪德用力吸气,闻着森林里的泥土清香和空气中的清甜。如果站在树屋里眺望,应该能一眼望出数英里远吧——凌云树堡所在的小山是斯堪德目前所知道的这里的制高点了,而这些树又像卫兵似的,高高地挺立在小山上。透过郁郁葱葱的树冠,勉强能看到一点天空,独角兽们仍在咆哮,飞翔,宽大的翅膀投下一片片阴影。斯堪德不得不承认,就算自己画上一千张画,也无法捕捉这神奇魔法之万一。

于是他暂时抛开了忧虑——织魂人,魂元素,福星恶童的白色头斑。他笑了。"这可不是马盖特了。"他喃喃自语,贪婪地想把一切都看个清楚。

"你怎么又自言自语了?"博比牵着她的灰色独角兽凑到他身边,弗洛和银刃也跟了过来。栈道上突然热闹起来,叫喊声此起彼伏:"银色独角兽!""快看!又有银色的了!""看那女孩!"斯堪德由衷地觉得银刃美极了,他在本土时,从未想象过会有这种颜色的独角兽——皮毛像流淌的金属,尖角像致命的雕刻刀。

"呃,那现在要干什么?吃午餐?"斯堪德满怀希望地问道。他的肚子咕噜噜直叫,福星恶童好奇地叫了一声,以示回应。

弗洛笑了起来,但显然四周的关注让她很不自在。"我也不太确定……日落时要举行引路仪式，所以在那之前应该给我们一些吃的吧……"

"我们今天就能知道自己的同盟元素吗？"斯堪德的声音里流露出重重的担忧。

弗洛点点头，指了指前方的树林："分汇点就在那儿——断层线交汇的地方。能看见吗？"

斯堪德眯起眼睛望着那些幽暗的树干，看见有人正把一个金色的圆环推到草地中央。圆环扑通一声砸在硬邦邦的地上，他们左右挪动调整了一番，才终于满意了。

"凌云树堡是环绕着分汇点建的，因为这样有助于激发独角兽的最大潜能。"弗洛解释道，"这样挺好的，因为将来咱们很多东西都是在这儿学，元素理论啦，空战技巧啦，竞赛礼仪啦，哪怕以后赢了混沌杯，成了司令……"她的声音低了下去。金属栈道上的人大呼小叫，挥舞着带有火焰图案的红旗，不停地招呼她。

斯堪德读过关于"引路仪式"的书，知道新骑手和他的独角兽要站在分汇点上，而分汇点就是四条断层线——岛上的四条地质沟谷——交汇的点。人们都说，断层线就是这里的魔力之源，四条线将整个岛分成四个区域：水、火、土、风。弗洛所说的那个仪式将决定新骑手要学习驾驭的元素，也就是邦特雷斯老师在课上讲过的"最佳元素"。斯堪德悄悄检查了一下福星恶童的头斑，暗自希望这样可以蒙混过关，不被人发现自己可能是个驭魂者。

新骑手和新生的独角兽在树林间紧张地等待着。这时,有位年轻的女士走了过来。她的黑发剪得短短的,皮肤是橄榄色的,脸上带着和气的笑容。她身穿黄色夹克,除了代表风元素的金色旋风徽章之外,衣服上还绣着不同质地的布章,右侧衣袖上缀着袖章,图案繁复精致,是金属羽毛和五对翅膀。斯堪德注意到她的胳膊上挽着一个装满三明治的铁丝筐,不由得松了口气。

"嗨!嗨!你们好哇!我是尼娜·卡扎马,"她挥挥手,跟大家打招呼,"这是我在凌云树堡训练的最后一年了。我和你们当中的一些人一样,也是从本土来的。"她挤挤眼睛,"我要带你们到厩栏去,这样你们和独角兽宝宝们都可以在日落前歇一会儿。跟我来吧,初出生们!"

"初出生?"博比不快地问道。

"对呀,第一年来凌云树堡的骑手都是初出生。"尼娜一边给大家发三明治一边解释道,"到了第二年,就是蒙稚生,第三年是英少生,第四年是若成生,而第五年——也就是我现在这个阶段,就是步威生啦。"

"噢,弗洛伦斯,你也在啊!"尼娜用一只胳膊笨拙地搂了搂银刃旁边的弗洛。银刃每走一步都在身后的蹄印里留下一摊滚烫的岩浆,这会儿因为突然有人侵犯了它的私人空间,似乎很不高兴。

"弗洛伦斯的父亲是一位鞍具商,"尼娜对身边的几位初出生说,"沙克尼鞍具,是这一行里最棒的。我每天都数着我的幸运闪

第八章 凌云树堡

电盼呀盼，就等他给我的闪电差配一副好鞍具呢！"

弗洛有点尴尬，但也很自豪。

尼娜向前走去，示意大家跟上。

斯堪德经过米切尔身边时，听见他小声地央求道："哎呀，小红，你要干吗啊？"

只见红夜悦不肯往前走，脑袋缩在小翅膀底下，就像小孩用手挡住眼睛那样，以为这样别人就看不到它了。

斯堪德觉得得告诉尼娜，让她帮忙才行。但尼娜实在太热情了，领着大家在树干间穿行时嘴就没停下过。

她向初出生们介绍医疗树屋，说一个是给受伤的骑手用的，另一个是专门治疗独角兽的。博比听了忍不住嘀咕起来：尼娜说起这个怎么如此兴奋呢。

斯堪德拆开第二份三明治，惊讶地发现里面夹着蛋黄酱，他高兴极了。他顺着尼娜的指点，兴奋地望向陇驿树岗——五棵枝干粗大的树，上面挂着五个标牌，写着初出生、蒙稚生、英少生、若成生、步威生。树干上还有许多小洞。他真想马上就给肯纳写信。

"我们可以给本土的家人写信吗？"刚好有人提问。

尼娜点了点头。"但你们不能透露太多关于凌云树堡的事，"她提醒大家，"也绝不能提起织魂人。骑手联络司的人对这些很敏感。"

走着走着，斯堪德发现身旁冒出个男孩。他脸色苍白，有一头金色卷发，虽然他的独角兽表现挺好，可他似乎很焦虑。"你是从本土来的吗？"他问。

"是啊。我叫斯堪德。"斯堪德点点头。

"我叫艾伯特。"男孩勉强笑了一下，"这地方叫我紧张。先是刺伤手掌，然后是日落时众目睽睽之下的引路仪式，之后还可能变成游民。"

"游民是什么？"

艾伯特压低了声音。福星恶童在一边哗哗地呼着气。"这里的教官可能会开除我们，随时！只要他们觉得谁朽木不可雕，成不了参加混沌杯的骑手，就会把他开除！被开除的人就成了游民，再也不能待在凌云树堡里了！反正就是这么个意思。"

"你确定吗？"斯堪德简直不敢相信，愁人的事怎么一件接一件啊。就算他没有因为驭魂者的身份被除掉，也有可能被赶出凌云树堡？

"不用担心这些，"尼娜听到了，"目前还没有哪个初出生成为游民。教官们希望给你们提升、进步的机会。哎呀，你们都还没去过断层线，担心这些干什么！"

"可是——"斯堪德还是忍不住问道，"万一……已经和独角兽有了联结，却又不能继续在凌云树堡训练，会怎么样呢？"

尼娜极力安慰他说："就算成了游民，也可以另学一种本领，一种用得上独角兽的本领。当然，就像混沌杯骑手一样，游民每年也要响应本土的招募，到那里去工作。世界上的游民成千上万，他们带着各自的独角兽生活得也很充实，没那么糟。"

斯堪德觉得尼娜这些话说得很没底气。

走到墙边的一座拱门前，尼娜突然停住了，骑手们不得不猛拉缰绳让独角兽放慢步子。

"这就是厩栏的西门，位于水、火两域之间。你们看，门左侧的墙上都是基于火元素的植物，多为红色、棕色，也有来自热带的植物如仙人掌等。门右侧的墙上则是与水有关的事物，比如珊瑚、睡莲、海藻等。如果你迷路了，看看它们就能知道自己在哪个区域了。围墙上一共有四座拱门，西门距离初出生的厩栏最近。来吧，进来看看。"

斯堪德和大家一起穿过拱门，惊讶无比地走进了凌云树堡的围墙内部。独角兽的声响在石壁上反射出阵阵回声，斯堪德胳膊上的汗毛都竖起来了，仿佛身体本能地已经知道，他正朝着某种猛兽的巢穴靠近。尖叫声、嘶吼声、咆哮声、哭喊声、呜咽声——都是混沌杯赛场上曾出现过的声音。斯堪德有点儿害怕。

"初出生的厩栏就在那边。"尼娜在前面领路。提灯亮着柔和的光，照亮了一间间铁打的厩栏，不同颜色的尖角从厩栏后面伸出来，独角兽冲着经过的陌生人哗哗吐气，似在示威。

尼娜挥挥手，跟几位正关闭厩栏的骑手打招呼。她一边走一边解释道："不训练的时候，独角兽可以自由活动。它们喜欢飞过围墙，到训练场下面的石滩上去吃草，或者抓小动物吃。要记住，独角兽有自己的社交——交朋友啦、吵架啦、焦虑担忧啦，诸如此类。但到了晚上，就必须保证它们的安全。如果有情况，只要守住厩栏的四个入口就可以了。"

"保证安全……是指什么……？"斯堪德忐忑不安地问道。其实他已经猜到答案了。

"荒野独角兽的惊扰。对于独角兽宝宝来说，哪怕是单独行动的荒野独角兽也很危险。当然，要防备的还有织魂人。"尼娜说着说着自己也害怕起来，"织魂人从不曾闯进凌云树堡，伤害训练中的独角兽。入口处有特勤把守，围墙上他们也会巡逻。不过这也不好说，织魂人以前也没抢过混沌杯上的独角兽啊。"

自从开始分发三明治以来，尼娜第一次陷入了沉默。她安静了好一会儿才说道："先别管那些了，看，咱们到了。"

面前是长长的一排厩栏，门大开着，各个厩栏里面都铺着干草，各配有一个铁打的水槽、一只饲料桶。桶里满满地装着肉——好像是灰熊肉。

福星恶童立刻发出渴望的嘶吼声，扯着缰绳，拼命地往最近的一个厩栏里冲。它乱踢乱蹿，迸出的电花击中了斯堪德的手指头。"哎哟！"

尼娜大笑起来。"哎呀呀，真可爱！我都忘了它们小时候是什么模样啦。闪电差如今就喜欢烧焦整棵大树。"

斯堪德喘着粗气，费劲地想把福星恶童从那些血淋淋的肉旁边拉走。他瞥见艾伯特、弗洛和米切尔也面临同样的难题。"噢，天哪，瞧我给忘了！"尼娜大声说，"快把它们带到厩栏里去吧！

第八章 凌云树堡

不管它们是小宝宝还是成年了，只要闻见血腥味就肯定拉不住了！"斯堪德及时松开缰绳，差点被福星恶童甩到墙上去。

"吃东西的时候最好不要打扰它们。"尼娜飞快地说道，"记得把门关好。拐角处有吊床，你们可以在日落前歇一会儿。今天可真是漫长的一天哪，是吧？"她高高兴兴地跟大家道了别，就往厩栏外面走去。

"还不能歇着，没完呢。"米切尔咕哝着蹭到了斯堪德旁边。这时，其他的初出生们都把各自的独角兽留下，离开了。"我们的问题还没解决。"他说。

"你还是想告发他，是吧？"博比扬起眉毛。

"不！我才没有！"米切尔气呼呼地说道。等弗洛安顿好银刃走过来，他才继续说："你们有没有想过，斯堪德进入分汇圈之后会怎么样？"

"那不就是告诉你，哪种元素是你所擅长的，然后就组队吗？"博比说。

"头斑还是遮住的，应该没问题吧，"斯堪德说，"他们应该不会把违禁的元素分配给我吧？"

"哎呀，你们这些本土生啊！元素可不是他们随便选的！"米切尔咬牙切齿地说，好像忍不住要破口大骂似的，"弗洛，引路仪式，你多少知道些吧？"

"我——呃，我不太知道，"弗洛忧心忡忡地说，"像斯堪德那样的骑手，会有什么问题吗？"

"天哪，当然了！"米切尔绝望地哀叹道，"我爸爸刚被选为七人委员会成员，所以知道很多内部消息。有一次闲聊时，他刚好讲起，和第五元素联结的人只要站上分汇点，就不可能瞒天过海。"米切尔夸张地顿了顿才说："四条断层线会同时烧起来，砰！"

三个人望向斯堪德，而斯堪德则倚着栏门，只管抚摸福星恶童的脖子。他不确定自己还能不能说出话来。他不明白，地面上的裂缝怎么能"烧起来"呢？但不管怎么说，"砰！"听起来可不妙。

"他可能并不是驭魂者啊，"弗洛怯怯地说，"你又不能——"

"他就是驭魂者，"米切尔打断了她，"白色头斑已经足以证明这一点了。而那头荒野独角兽当时的样子就更能证明这一点了。日落时，只要斯堪德站上分汇点，断层线就会像灯塔似的——"

"我知道，你不想跟我扯上关系。"斯堪德直截了当地说道。

"不是的，斯堪德，他只是想帮……"弗洛好像吓着了，紧张不安地解释起来。

"什，什么？不不，我并不想帮他，我只是实话实说罢了……"米切尔气势汹汹地说。

斯堪德叹了口气。"我明白，你们都不想惹麻烦，也确实没有义务帮我。但是，我很严肃地提醒你们，我不是任何人的麻烦、难题。"斯堪德很清楚，他需要尽可能多的帮手。他记得弗洛在孵化场里说过的话："你们俩都会没命的。"可他实在不愿意连累

第八章 凌云树堡

别人。阿加莎和北极绝唱倒在海滩上的那一幕仍然盘桓在他的脑海里。

米切尔提了提气，威胁似的朝着斯堪德跨了一步，他那头红色独角兽从厩栏后面喷出一个烟圈，有点儿破坏气氛。

"噢，是呀，你不是，"他阴阳怪气地说，"何必硬要占上风呢。你救了我一命，我可不想欠驭魂者的人情。这次帮你和那家伙——"他指了指黑色的独角兽，"瞒过引路仪式，咱们就算两清了。你听懂了吗？以后就谁也不欠谁了，再也没关系了。"

"我无所谓。"斯堪德平静地说，"但我觉得没办法——如果我真的是驭魂者，真要烧起来，藏也藏不住吧。"

米切尔扬起眉毛。"谁要藏它啊，"他说，"咱们来个声东击西。"

博比猛地抬起头："你是说'咱们'？"

第九章
断层线

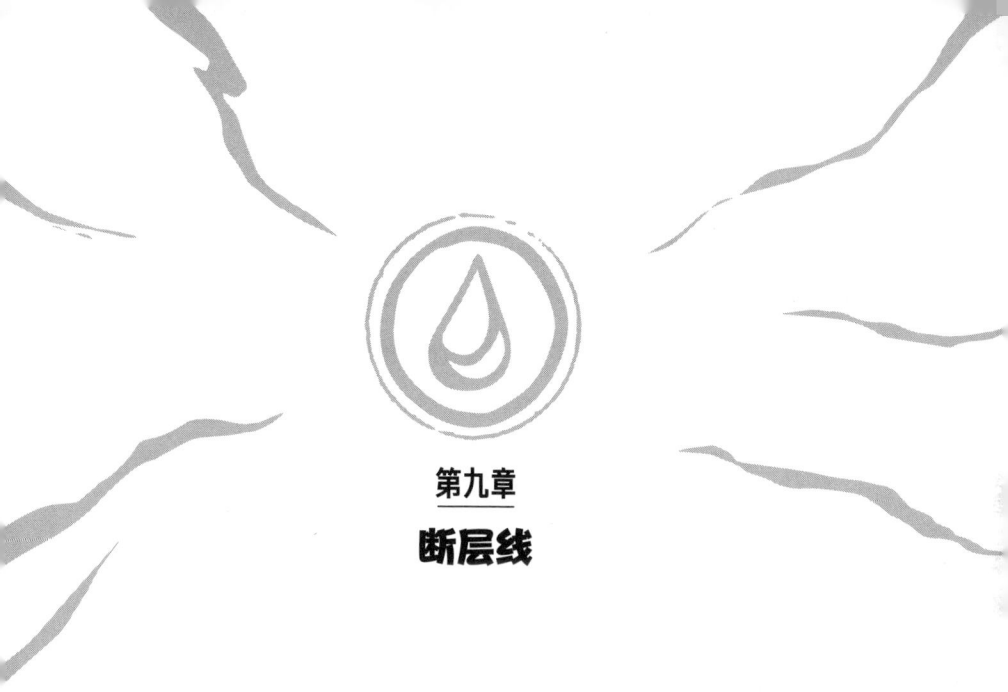

米切尔的主意不怎么样。但不幸的是,他们有且只有这一个办法。其他的新骑手不是躺在吊床上打盹儿,就是紧张地谈论着未来要打交道的元素,只有米切尔压低声音絮叨着他的疯狂计划,斯堪德却越听越绝望。

日落前,骑手们领着各自的独角兽来到了凌云树堡中间的空地上。金色圆环闪闪发光,围着正中央的分汇点,四条断层线就在此交汇。工作人员在队伍里穿梭,检查确保所有的笼头都戴好了、缰绳都扣好了。一群看热闹的骑手聚在栈道上,抖开一面绿色的旗帜,上面写着:驭土者,炫起来!斯堪德紧张得直反胃。

他将所有的希望都系于另外三人身上,而他们彼此认识也才几个小时而已。他和福星恶童能否躲过追捕甚至极刑,就看他们能不能出其不意引开众人的注意力了。他很希望根本没有这回事,没有什么魂元素和驭魂者,可是,四个人分散开之后,弗洛的担忧和米切尔的决绝竟让他感到了些许安心。当然,他还记得阿加莎的话:忘掉他们教给你的那些东西吧,规则在你身上不适用。她是不是早就知道他是个驭魂者?她所谓的"特别",又是什么意思?她为什么要冒险把他送来呢?

斯堪德看不见博比和米切尔了,他们的独角兽和其他新生的小家伙们混在一起了。但他还能找到弗洛,因为她的银刃映着落日余晖,愈发闪耀夺目。钟声响了。斯堪德循声望去,才发现钟就挂在那些树屋上方的枝杈间。

片刻之后,阿斯彭·麦格雷斯大步流星地走了过来。她披着一件金地儿斗篷,上面绣着蓝色的丝线,就像河流蜿蜒淌过丰收的田野。作为这一届混沌杯的优胜者,她是新一任的混沌司令——离岛的官方首脑。

空地上和树上都响起了窃窃私语声。斯堪德猜想,是不是历任司令都是骑着独角兽入场的?或许她本该骄傲地坐在新元飞霜的背上,可那头独角兽却被织魂人抢走了。尽管戴着围巾,他还是不由得后颈发凉。如果他像织魂人一样是个驭魂者,阿斯彭·麦格雷斯会怎么做呢?又会如何对待他的福星恶童呢?

工作人员从斯堪德右侧的一棵树上降下一座金属高台,阿斯彭敏捷地跨了上去,都没有伸出手来保持平衡。

阿斯彭·麦格雷斯讲起话来声音很清晰,但她那张苍白的、洒着雀斑的脸上却还是露出了明显的紧张。斯堪德觉得,她已经完全不是几天前冲过终点的那个意气风发的骑手了，但胜利者应该是什么神情，他也想不起来了。

"我作为新一任混沌司令，很高兴在这里见到诸位新骑手，以及刚离开孵化场的新生独角兽。我要对这当中的本土骑手多说几句：你们勇敢地接受陌生离岛的召唤，即将迎来曾经只出现于想象中的生活，欢迎你们。"四周响起了不冷不热的掌声。

阿斯彭张开双臂，继续说道："新骑手将遭遇诸多障碍，要学的东西不可胜数。如今，离岛正面临——"她顿了顿，似乎在挑选合适的词，"挑战。对上周死灰复燃的邪恶力量，我们都有责任除之而后快，将他掳走的……"她哽住了，"新元飞霜带回我们身边。"

栈道上和树屋里响起了赞同的叫喊声。斯堪德觉得自己的心跳速度加快了十倍。

阿斯彭再开口时，声音里流露出了真挚的情感。"十五年前，织魂人与一头荒野独角兽结盟，残害了二十四条无辜的生命，而现在，很多人渐渐淡忘了那段历史，盲目乐观起来。那些独角兽殒命之后，织魂人便像童话故事中的反派一样，躲进了极外野地，在神话和现实的边缘徘徊。孩子们私下里互相传说有人看见了黑色的裹尸布，狂奔的荒野独角兽身后跟着一个骑手；离奇的失踪和不明原因的死亡私下里被传得沸沸扬扬。我们当中是否有人信以为真？我们对织魂人的惧怕是否已经超过了对荒野独角兽的惧怕？"阿斯彭一拳挥向吊着高台的金属缆绳，声音回荡在她面前的空地上。

"现在,我们不能再假装一切正常,不能再对危险视而不见了。既然织魂人不再躲藏,那么我们也不能退缩。在这里,在我们共同称之为家的地方——尽管我们信仰的元素不同,我以混沌司令的身份向你们发誓,我一定会抓到织魂人,把新元飞霜带回来。不论织魂人有什么阴谋,我都会战斗到最后一口气。我身体中与独角兽的联结仍在,我将为之斗争到底。致命元素为织魂人所用,已经折磨我们太久。你们愿意一起保护离岛吗?你们愿意一起追捕织魂人,将他的致命元素彻底消灭吗?"

每一棵树上都爆发出呼号声和掌声,凌云树堡的围墙里回荡着独角兽的嘶鸣。斯堪德没有勇气加入他们。大家义愤填膺地跺着脚,发出震耳欲聋的巨响,斯堪德突然觉得这凌云树堡就像个笼子,里面装满了猎食者,而他和福星恶童就是猎物。

"我为什么要选择在引路仪式上跟大家讲这些呢?"阿斯彭的红发在微风中飘动,她继续说道,"因为我希望你们这些新骑手记住,经过训练,你们会拥有超乎想象的力量。你们享有特权握住这缰绳,而这缰绳的另一端是这个世界上最可怕的神兽,它们能够恣意施用元素魔法。你们与之共享这些魔力,而我对你们的所有要求仅是:存善意,行善事。"

斯堪德比其他骑手更能体味这句话的分量。如果他真的是和织魂人一样的驭魂者,他还能和福星恶童一起"行善事"吗?他们会不会无法自制,也变成恶魔?

钟声再次响起，人群中走出四个人，他们分别站到了四条断层线与金色圆环相交的四个点上，刚好将金色圆环四等分。他们斗篷的颜色各不相同，分别是：红色、蓝色、黄色、绿色。

在两位银面特勤的护送下，第一位新骑手牵着她的棕色独角兽走到了金色圆环边。阿斯彭念出了他们的名字："安布尔·费尔法克斯和梁上旋风。"这就是在孵化场里嘲笑斯堪德戴围巾的那个女孩。她站在前面，看起来非常自信，还不知朝着谁挥了挥手。钟声敲响，安布尔·费尔法克斯和梁上旋风踏上了分汇点。

这几乎是瞬间发生的：闪电噼啪作响，照亮了分汇点一侧的断层线。地面开裂，草丛分向两边，裂缝里涌出一阵阵狂风，电流蜿蜒，像蛇一般缠绕于狂风之上。裹着闪电的风卷起碎石块，发出响亮的怒吼，这小型龙卷风，在断层线上徘徊着。安布尔不像刚才那么镇定自若了，她跳上独角兽的背，鼓励梁上旋风跨出金色圆环内的安全地带。斯堪德不明白：她这是要干什么？

安布尔俯下身子，冲进狂风之中，但她随即大笑起来，因为她发现狂风并没有碰着自己。安布尔骑着梁上旋风，径直走到了身披黄色斗篷的教官那里。教官祝贺了一番，将金色徽章递给了她。两棵树间的栈道上爆发出欢呼声，骑手们挥着黄色的旗子庆祝起来。旗子上有螺旋形的标志，那代表风元素。

斯堪德觉得胃里一阵翻腾。这，就是所谓的"引路仪式"？骑手骑着独角兽，沿着断层线往前走，这其中的各种细节就够让人发愁的了，而当他和福星恶童踏进那个金色圆环时，还会发生什么意想不到的事呢？安布尔激发的风元素这么激烈，要多大动静才能达到声东击西的效果，掩盖住四条断层线一起烧起来的场面？米切尔的计划根本行不通啊。

越来越多的骑手踏上了命中注定的断层线，而斯堪德的感觉越来越糟。他不但害怕自己被发现，还羡慕其他的骑手。他希望自己是"正常的"。驭风者、驭水者、驭土者、驭火者，哪个都行。可他却不得不为所谓的魂元素担心——这是他闻所未闻的元素，也是离岛司令欲除之而后快的元素。

不久之后，阿斯彭·麦格雷斯点名道："米切尔·亨德森和红夜悦。"米切尔和独角兽刚踏上分汇点，代表火元素的那条断层线就熊熊燃烧起来。地缝中冲出两股火舌，顺着断层线，将它烧成了一条长长的火焰隧道。米切尔领着他的红色独角兽没入了烈焰之中，几乎难辨身影，过了一会儿才带着满身浓烟，咳嗽着冲出来。他笨拙地从独角兽背上滑下来，从身披红色斗篷的教官手里接过了徽章。人群中的驭火者们立刻抖动着红色旗子，发出胜利的欢呼。斯堪德觉得火元素很适合米切尔——他对自己的怒意来得迅猛，烧得热烈，就像干燥的森林沾了火星，一下子就能失去控制。

科比·克拉克和他的冰王子加入了驭水者的阵营，随后便轮到了弗洛。

围观的人群霎时安静下来，就连阿斯彭·麦格雷斯的声音都带有几分敬畏："弗洛伦斯·沙克尼和银刃！"

"我听说她连孵化场的大门都不想碰呢。"斯堪德身旁有人窃窃私语。说话的是个女孩,乌黑的长发像窗帘似的垂在浅褐色的脸两侧,所以看不清她的表情。但斯堪德注意到,她胸前已经佩戴上火元素徽章了。

"她爸爸就是那位著名的鞍具商。听说她本来打算继承家业的。"女孩旁边的男孩说道,他顶着一头黄发,脸色苍白。

"结果她竟然得到了一头银色独角兽,真不可思议!"女孩说道,"这么多年了,这可是头一遭啊。"

"啧!你看哪,梅伊,"男孩指着空地说道,"她根本搞不定它嘛。"

斯堪德不再偷听,转而去看分汇点。弗洛正费劲地把银刃往金色圆环里拉,独角兽的四蹄都擦出了火星。

脚下的地面突然震颤起来,大家的视线变得模糊。几棵小树倒下了,带起了泥土。有人惊叫起来——还没有哪个骑手在引路仪式上引发过断层线之外的破坏呢。弗洛爬上银刃的背,紧抓住它银色的鬃毛。他们沿着断层线疾驰,所到之处,泥土和岩石都从地底翻了起来。弗洛一见到那个披着绿色斗篷的教官就翻身跳了下来,毫不迟疑。教官递过金色的土元素徽章,擦了擦自己脸上的泪水。

人们又议论起来。

"以前有过与土元素结盟的银色独角兽吗?"

"太不寻常了!"

第九章 断层线

"你们有没有感受到魔法的力量？这真是及时雨，特别是在织魂人的力量一直在增强的时候。"

等待踏上分汇点的新骑手越来越少了。终于，避无可避轮到斯堪德了。阿斯彭叫出他的名字的时候，他觉得所有人都屏息以待，就连树叶的沙沙声也消失了。两位特勤来护送，斯堪德飞快地检查了一下福星恶童的头斑有没有遮好。他从没有这么害怕过，为自己，为福星恶童，为博比，为弗洛，甚至也包括米切尔。要是有人发现他们掩护一个驭魂者溜进了凌云树堡，那得引发多可怕的后果啊。斯堪德的每一步都沉重无比，距离分汇点越来越近，他真正的元素联结就要大白于天下了。

斯堪德在金色圆环外面磨蹭，等待着和伙伴们约定好的暗号。他的心跳得又快又重，说不定高台上的阿斯彭都能听到。太阳已经落下，但即使在暮色中，他也能感受到每一座树屋里、每一扇窗子后、每一条栈道上都有人在盯着自己。太久了。米切尔是不是临时改主意了？

是不是阿斯彭关于织魂人的讲话让他觉得这么做不值得？或许博比和弗洛这一次也站在了米切尔一边？

"来吧，福星恶童，"斯堪德喃喃地说道，"了结一切吧。"

突然，刺耳的尖叫声划破了夜空。弗洛的声调又高又骇人。"织魂人！织魂人抢走了我的银刃！快救救它！"阿斯彭·麦格雷斯从高台上跳下来，冲向弗洛、米切尔和红夜悦。博比不知道去哪儿了，米切尔大吼着："糟了糟了！银刃不见了！快拦住织魂人!""快拦住织魂人!"正是斯堪德等待的暗号。

正如他们计划的一样,场面立刻陷入彻底的混乱。断层线附近的小独角兽们慌张地使出了各自的元素魔法,火花、烟雾、碎石在黑暗的空地上乱飞乱炸,新骑手们则只想逃离织魂人的威胁,拼命地拉着缰绳,往哪个方向去的都有。凌云树堡的平台上、栈道上也爆发出惊叫,大家不是四散逃跑,就是惊慌失措地盯着米切尔和弗洛发愣。

趁着这一片混乱,斯堪德一拽缰绳,带着福星恶童跨进了金色圆环。

和米切尔说的一样,四条断层线同时爆裂开来,火焰冲天,水波涌动,飓风蓄势待发,土地震颤不已。斯堪德顾不上细看脚下亮起的白光,只管往黑色独角兽的背上跳。这有点儿困难,尽管福星恶童比北极绝唱矮小很多。斯堪德用肚子支撑着,摇摇欲坠地保持平衡,费了九牛二虎之力,才把腿跨到独角兽的背上。

福星恶童的尖角刺向半空,脑袋猛烈地左右摇晃,斯堪德只好用膝盖紧紧夹住它的身体。福星恶童似乎还不懂怎样使用翅膀,覆着羽毛的结实肌肉不住地撞击着骑手的双脚。脚下的白光越来越亮,他们不能停在金色圆环里不动。

斯堪德将手伸进独角兽的黑色鬃毛里,尽可能紧地抓住它。他学着其他骑手的样子,用双脚夹住福星恶童的身体两侧,引着它往代表水元素的断层线走。在斯堪德看来,所有元素中,水是最有意义的:他是海边长大的孩子,宁愿浑身透湿,也不愿意挨火烤、被土掩，而且，如果爸爸没记错的话，妈妈最喜欢的元素就是水。

斯堪德一离开分汇点，另外三条断层线就渐渐平静下来，这让他更像一位真正的驭水者了。但福星恶童可不管什么计划，它不傻，它知道他们不是基于水元素结盟的。它挣扎着想要掉头回去，四周的水花飞溅，把他们全身都打湿了。

"乖宝宝，拜托了。"斯堪德央求道。他用受伤的右手掌抚摸着独角兽湿漉漉的脖颈。"你要相信我啊。"福星恶童好像听懂了，它不再抗拒，向着水浪迎头而去，哪怕翻涌的浪头要把他们冲离断层线，也没有退缩。

走到一半的时候，斯堪德看见那位身披蓝色斗篷的女教官没有去找银刃和织魂人。她只是转过身，看着阿斯彭、米切尔和弗洛，未离开自己的岗位半步，仍然准备着颁出下一枚水元素徽章。斯堪德心里一紧：他和福星恶童全身都水淋淋的；如果他真是驭水者的话，根本就不会沾到一滴水。

福星恶童一步步走近女教官，斯堪德拼命地想找个借口来解释他们为什么会浑身湿透，可害怕加上力竭，他脑子都卡住了。他甚至都看不见福星恶童的脑袋，不知道他的头斑是不是被水一冲，已经露出来了。他们是不是白费力气了？米切尔的计划奏效了，可因为身上沾了水就要功亏一篑了吗？

这时，斯堪德突然觉得自己双腿之下热乎乎的，福星恶童体温上升，背上腾起了水蒸气。

斯堪德与独角兽
-126-

"你真聪明！"斯堪德轻声说道。福星恶童是想把他俩的身体烘干啊！斯堪德连忙把湿漉漉的帽衫袖子按在福星恶童滚烫的皮肤上，用烤热的手指梳理头发，把脸伸进水蒸气里——

"下来！"穿蓝色斗篷的女教官看见福星恶童走过来，于是命令道。她的短发是银灰色的，发梢尖尖的，她的声音也是尖而高亢的。"快下来！我不想吓着你，但织魂人很可能已经入侵凌云树堡了。"

斯堪德装出一副吓坏了的模样。

"你发烧了？"女教官皱起眉头，锐利的蓝眼睛上下打量着，就像危险的漩涡，"你的独角兽也热乎乎的？"

"呃，是啊，"斯堪德结结巴巴地说，"可能是跑得太快了吧。"

"嗯，是啊，确实叫人兴奋。你和福星恶童基于水元素结盟，你也是驭水者了，可惜今年情况不太好。"

她回过头，望着空地上的一片混乱，飞快地说道："我是凌云树堡的水元素教官，负责所有初出生的水元素训练。现在你已被认定为驭水者，以后就听我调派了。明白了吗？你可以叫我奥沙利文教官。"

"明白了，教官。"斯堪德迎上她锐利的目光。他简直不敢相信，米切尔的计划竟然成功了！他差点儿就忍不住笑出来了。

"你的徽章，"教官把那金色的小东西扔到斯堪德手里，"自豪地戴上吧。我现在得去帮忙了，真要命！"

这时，一头银色独角兽冲着它的骑手飞奔而来，它身后拖着一团火焰，四蹄踏在地上噼啪作响。银刃挥动着翅膀，突兀地停在了弗洛面前。所有人都松了一口气，有些人甚至鼓起掌来。

"虚惊一场。"奥沙利文教官也如释重负。弗洛伸出双臂，搂住了银刃的脖子——或许，斯堪德想，她是为了掩饰自己假装喜极而泣吧。

阿斯彭·麦格雷斯回到了高台上。"考虑到最近的非常事件，大家的反应可以理解，再小心也不为过。好了，继续咱们的仪式吧，只剩下几位了。罗伯塔·布鲁纳和鹰怒。"

"咱们成功了，好样的！"斯堪德在福星恶童的耳边轻声说道。他举起那枚水元素徽章。福星恶童闻了闻，还想咬两口，逗得斯堪德咯咯直笑。

鹰怒冷静而镇定地踏上了代表风元素的断层线，在猛烈的闪电和呼号的狂风中眼睛都不眨一下。但斯堪德没有太关注博比的引路仪式，徽章刺痛了手掌，让他留意起之前的伤口来。他数了又数：五根手指，每根手指都有一条线指向手掌中央，共五条线。他举着手，愣愣地看着。这又是他身为驭魂者的标志，藏也藏不住。

"喂。"突然有人在斯堪德的左耳边说话，吓了他一跳。"其实织魂人根本没出现，银刃也根本没丢。可谁能想到呢？"

斯堪德咧开嘴，冲着博比笑了。但当他看到博比胳膊上一块块的伤痕时，就笑不出来了。

"是银刃弄的吗？"他心惊地问道。

"可不就是被它烫伤的嘛！那个家伙！"她说。斯堪德没听出一点儿生气。"我几乎拽不住它。我还以为你和福星恶童永远也不打算跨出去了。还是我的鹰怒好,虽然灰色一点儿也不炫酷,但还是比银色好。"

斯堪德心有余悸:"真对不起,博比。把你们卷到我的麻烦事里来,真是抱歉。这可不是排队时谁前谁后那么简单啊。"

"哎呀,淡定点,好吗?一点儿烫伤而已,很快就好了。"

斯堪德沮丧地盯着地面,博比拍了拍他的后背——力气有点大。"和你做朋友会让这里的生活变得有意思,所以,小伙子,坚持下去啊。"

"我们是朋友了吗?"斯堪德惊讶极了。

"行了,开心点吧,快把徽章戴上。我真受不了你这愁眉苦脸的模样。"博比说着说着就笑了起来。

斯堪德伸开手指,把金色徽章别到了自己的黑帽衫上。这下,他就算有组织了,虽然真相与此相去十万八千里。

而拥有一个朋友,总比在本土独来独往好多了。

引路仪式结束时,夜色完全降临。空地上只留下了初出生。老骑手们都回到了各自的树屋,而司令也在钟声里离开了凌云树堡。

四位教官——仍然披着代表各自元素的斗篷——登上了阿斯彭刚才用过的高台,灯光映出他们的身影,一抖一抖的,像在跳舞。奥沙利文教官拍拍手,让大家安静下来。斯堪德这才注意到,她脖子上有好长一道狰狞的伤疤。

"上床休息之前,我还有最后一件事要叮嘱你们。"她大声说道。一些小独角兽搅乱了缰绳,龇着尖牙,拍着翅膀,咄咄逼人地互相吓唬着玩儿。奥沙利文教官没理会这些小插曲。"你们踏过不同的断层线,胸前别着不同的徽章,但在凌云树堡,你们要接受四种元素的训练。同盟元素固然是你们最突出、最擅长的元素,然而最优秀的骑手,从来都是各方面技能均衡发展的。我们发现,分享这些知识技能的最佳方式,是共同生活,彼此熏陶。因此分属四种元素的四位骑手,会共享一间树屋,组成小队。"

初出生们窃窃私语,悄悄地往朋友们身边挪动。奥沙利文教官举手示意大家安静:"我知道你们当中的很多人,尤其是本土来的骑手,才刚认识不久,不过这正是与不同元素的骑手建立长久友谊的好机会。仔细考虑,认真选择。好了,给你们五分钟时间互选队友。"

斯堪德仿佛瞬间回到了学校里——孤零零地站在冷飕飕的足球场边,等着别人选自己当队友。他的体育并不差,可就是不受欢迎,就连身高和肌肉都不能弥补一二。博比说过,他们是朋友了,但那是否意味着他们可以成为队友呢?他真希望肯纳也在——有她在,什么僵局都不在话下。

"斯堪德!嘿!听得见吗?喂!你怎么像棵装甲大树一样啊!"耳边突然响起了博比的声音。

"噢!"斯堪德连忙回头,看见博比领着鹰怒,弗洛领着银刃，正站在他身旁。

"我们想问问，你愿不愿意加入我们的四人小队？"弗洛怯怯地说。

斯堪德心里发慌，他害怕她们在戏弄自己，害怕这只是个玩笑。

但弗洛急切地继续说道："因为……因为我是驭土者，博比是风，你是——"

"水，但是假的。"斯堪德有些错愕，"你们就没问问别人？"他无比渴望加入她们，但他更不希望她们是出于怜悯才这么做。

"倒也不是。"弗洛说。

博比大笑起来："哎呀，来找弗洛的人可多了！我跟你说，回绝他们可费劲儿了！'弗洛伦斯·沙克尼，求你了，加入我们吧！这对我们来说意义重大！小队里有一头银色独角兽，这可是千金不换的选择！'"

"别说了，"弗洛轻声道，"我不喜欢引人注目。"

斯堪德简直不敢相信，她们拒绝了其他骑手，转而选择了自己——一个驭魂者。他真想大笑，这在本土是绝不可能发生的事。

博比一刻也不闲着："现在只要再找一个驭火者就行了。咱们倒可以试试三人组，但'三'这个数字在这儿有点儿奇怪，树屋也会有点儿空啊！"她兴奋地叽叽喳喳着，"我睡觉打呼噜。弗洛，要是声音太吵，你就跟斯堪德抱怨去吧！我爸妈说我打呼噜就像猪哼哼。"

第九章 断层线

斯堪德忍不住笑了出来。他很喜欢博比不在意别人眼光的性子。他就不愿意承认自己打呼噜，更不用说说什么"猪哼哼"了。

"肯定还有没组队的驭火者，"弗洛嘀咕着，看了一眼附近的骑手，"至少得找一找啊，按教官说的去做。"

博比翻了个白眼："你总是这么听话吗？"

弗洛皱了皱眉："对啊。难道你不是？"

"好吧，看来只能是我了，对吧？"米切尔·亨德森牵着红夜悦从树影里走了出来。

"噢，很好，是那个暴脾气。人家认为你会导致世界末日呢。"博比大声地冲着斯堪德"耳语"。

"你不是讨厌我吗？"斯堪德惊讶地问。

"要和你这样的人同住一间树屋，确实不是什么令人兴奋的主意。"米切尔说，"但这是唯一的选项。如果是另一位驭火者加入，你的秘密还藏得住吗？然后我们所有人都会因此被抓进监狱。"

"唉，烦人，"博比说，"他说得没错。"

米切尔叹了口气，好像很痛苦似的："没有别的办法了。"像是帮忙强调一般，红夜悦放了一个响屁，然后抬起燃火的蹄子一踢，把那个屁点着了。

臭烘烘的浓烟熏得四个骑手又是咳又是喘，这时，身披红色斗篷的教官走了过来。

"夏日夜晚，来点儿燃烧的胃胀气，多惬意啊。"教官咯咯笑着说道，"啊，完美。那么，驭土者弗洛，驭风者罗伯塔——"博比做了个鬼脸,"米切尔是我们的驭火者,斯堪德想必是驭水者了。组队成功!"

浓烟散去,斯堪德看见教官的耳朵外缘跃动着小小的火苗。

"安德森教官,你这突变可真厉害啊!"博比由衷地赞叹道。

斯堪德在驯育课上学过关于"突变"的内容:在训练过程中,有些骑手的外貌会出现变化,变得更特别,更——嗯,更神奇。斯堪德觉得,这或许是独角兽赠予的、带有独特元素内涵的礼物,就好像在说"这是我的骑手哟"。并且突变是可见的,和无形的联结不同。他和肯纳曾无数次地设想过,如果自己成为骑手,身上会出现什么样的突变。

安德森教官大笑起来。那些小火苗调皮地跳动着,映在他黝黑的光头上。"不是自夸啊,出现突变之后,《孵化场先驱报》还在头版报道了我的事呢。肯定是那一周没什么大新闻吧,哈哈!"他挤了挤眼睛,然后潇洒地从斗篷里掏出一张地图,"喏,你们小队的树屋就在……啊,在这儿!从西门那里上七个梯子,然后过四条栈道,右边第二个平台就是了。很好找!"

斯堪德正想请安德森教官再说一遍,可他已经转身去找下一队骑手了,只能瞥见红色斗篷在他身后飘动。

于是,四位骑手带着他们的独角兽,经由西门回到了厩栏。厩栏里的独角兽们现在安静多了,多数都在打盹儿,只有当斯堪德和福星恶童经过时,才偶有几声嘶鸣和低吼。斯堪德找到了挂在栏门外的临时牌子,上面写着"福星恶童",底下还潦草地标着水元素的符号。看见这个符号,斯堪德更不安了,他忍不住琢磨:魂元素会以什么符号代表呢……

米切尔的红夜悦就在右边隔壁的厩栏里。

"看来咱们是邻居啊。"斯堪德跟他打招呼,努力地表现出友善:既然现在是队友了,米切尔总不能一直讨厌自己吧?

可米切尔根本不理他,关上栏门,一言不发地走了。

"这一天折腾的……"弗洛走过来,倚在福星恶童的栏门上,长吁一口气说,"我还没有正式地认识你呢。"她伸出手,"你好,我是弗洛,很高兴认识你。我的独角兽没什么特别的哟。"

斯堪德隔着栏门握住她的手:"你好,我是斯堪德。我的独角兽没什么特别的哟,完全没有不合法的问题呢!"

弗洛咧开嘴笑了:"你家里人也叫你斯堪德吗?有没有小名?斯堪德听起来太……恢宏了……"

"我姐姐肯纳叫我小堪。"光是念出她的名字就叫斯堪德甚是想念。他一有办法就会给她写信的。

"那我可以叫你小堪吗?"弗洛小心翼翼地问道。

斯堪德冲她一笑:"当然可以。"

"米切尔对你不太友好,真是抱歉。"

斯堪德叹了口气:"他真的很讨厌我啊。"

"不不,他并不是真的讨厌你,"弗洛急切地说,"驭火者都是这个脾气。据说他们总是说得快,做得快,脾气也爆发得快。他只是讨厌跟你有关系的那些事,仅此而已。"

斯堪德忍不住笑出了声："好吧，你这么一说，我感觉好多了。"

弗洛却非常认真地解释道："噢，有帮助就好啊！你想想看，他爸爸是七人委员会的成员，是阿斯彭司令最信任的驭水者之一。而按照司令刚刚的讲话，她今年的所有行动都是为了找到织魂人，夺回新元飞霜，摧毁第五元素。米切尔的爸爸肯定也赞同这些——真的憎恶驭魂者——否则就进不了七人委员会了。可米切尔一来这儿就认识了你，他很难在几个小时之内把这些全都抛开。"

"那你不憎恶驭魂者吗？"斯堪德心里燃起小小的希望。

"我父母认为要给人机会，以观后效。我也这么想。我爸爸说，许多驭土者铭记于心的其实就是'公平'。我和银刃是基于土元素结为同盟的，这是今天最有意义的部分。不过我还是希望银刃别那么吓人。"

"谢谢你，弗洛。"斯堪德深吸一口气，"别担心银刃，你还不了解它呢。它会慢慢听话的。"

"但愿如此吧，"弗洛咕哝道，"一起去看看树屋吗？"

斯堪德有点儿犹豫，他觉得自己还没做好准备。他从出生就住在本土城市中心的高层公寓里，连楼梯都没怎么爬过，可现在他竟然要住进一座独幢树屋了，仰望时看见的不是星星，而是树的枝叶。更不用提那些独角兽了，它们就是奇幻本身。再加上驭魂者、织魂人、米切尔的不友好、关于阿加莎的种种疑问……种种压力之下再去适应新家，似乎有点难。

"我还想陪福星恶童待一会儿。"斯堪德小声说道,他以为弗洛会劝他。

但是她没有,她只是笑着点了点头。于是斯堪德想,她可能真的理解自己。

弗洛一走,斯堪德就搂住了福星恶童的脖子:"我想在这儿待一会儿,你介意吗?就一小会儿?"

他走到厩栏最里面,在冰凉的黑色岩石上瘫坐下来。福星恶童跟了过来,垂着眼看了他几秒钟,然后也在草堆上倒下,把那长着尖角的脑袋倚在斯堪德的腿上。一只迷迷糊糊的黄蜂从福星恶童的鼻子旁边飞过。斯堪德正想站起来躲开,却见独角兽一口叼住它,把它吞下了肚。这像是个好兆头。福星恶童蹭了蹭翅膀,心满意足地哼了几声。斯堪德突然感到了幸福,仿佛扑进了姐姐怀里,享用着全宇宙最美妙的拥抱。与独角兽的联结放大了这种感受,世界也像是变大了。在这一刻,他的所思所想似乎全都成为可能。

他望向独角兽的眼睛,对米切尔和魂元素的担忧一下子消散了。他们彼此的理解无须言说——联结在一起的两颗心自然而然就能交流。斯堪德知道,自己会不惜一切代价保护福星恶童。在它黑色皮毛之下、纤长的翅膀之间,隐藏着一股特别的元素之力,这会让他们陷入万劫不复之境。但他绝不允许任何人伤害福星恶童,永远。

第十章

危险的银色

第一夜之后,斯堪德和队友们花了几天时间来熟悉凌云树堡。斯堪德望着他现在称之为"家"的树屋,总是忍不住内心雀跃。它靠近凌云树堡的外墙,搭在几棵树上,只有两层楼高,是这一带最小的一座。他和博比、弗洛探索那些摇摇晃晃的人行栈道时,见过不少钢筋铁骨的巨型树屋,他们的那座就很小,不过很容易认出来:屋顶尖尖的,一扇小小的圆窗掩在繁茂的枝叶后面。晚上,斯堪德喜欢坐在门口的金属平台上,一边在速写本上画下福星恶童的模样,一边听着夜里的声音:蟋蟀嘬嘬的叫声、猫头鹰呜呜的叫声、围墙深处独角兽低沉的鼻息、骑手们聊天时偶尔爆出的笑声。

不过,初出生们很快就发现,懒散地躺在吊床上,或许还要像博比那样打呼噜,并不是凌云树堡里的常态。第一场训练来得太快了，斯堪德去厩栏里牵福星恶童时，紧张得双手直发抖。

和其他新出壳的小独角兽一样，福星恶童也没少闯祸。从树屋的窗户望去，斯堪德终于明白这地方为什么要全副武装、建得像堡垒一样了。对于小独角兽来说，把灌木烧成灰烬，给树木过过电，或是用小型龙卷风掀翻毫无防备的骑手，都太正常了。而福星恶童今天好像尤其不配合。它不是把火星崩到斯堪德的手上，就是扑棱着翅膀带起寒风，害得斯堪德一会儿挨烫，一会儿挨冻。

"你能不能安静安静？"斯堪德央求道。独角兽把脑袋扭到了一边去。"你不想学习火元素魔法吗？"

他听见隔壁的厩栏里传来一声冷笑。米切尔正瞪着他。

"怎么了？"斯堪德隔着墙问道。

米切尔耸耸肩，牵着红夜悦走了出来。"哦，没什么，只是在想，你这么费劲是不是因为你本来就不该出现在这儿？"

"小点儿声！"斯堪德厉声说道。福星恶童吓了一跳，用覆着羽毛的翅膀给了他一下。斯堪德已经努力改善和米切尔的关系了，可是，米切尔都不怎么讲话，共处一室也太难了。而且，马上就要进行第一次训练了，斯堪德因为自己驭魂者的身份而心里打鼓，就快承受不住了。

"走吗？"弗洛从另一边的厩栏里走了出来。银刃哼了一声，把火花喷到了正经过的红夜悦的尾巴上。

"你先去吧，"斯堪德说，"我等等博比。"

几分钟过去了，鹰怒的厩栏里还是没有动静。

"博比？你好了吗？"又冷又黑的石头通道里只有斯堪德的声音。

没人回答。斯堪德知道，鹰怒对于自己的外表很在意，所以它可能要求博比再把它的蹄子擦一擦。

福星恶童追着红夜悦，等不及地想要跟着一起离开。虽然骑手之间关系紧张，但独角兽们已经成了朋友。福星恶童和红夜悦逛遍了凌云树堡，恶作剧层出不穷，比如一有骑手路过就拉屎啦（便便并不是彩虹色的），用火元素和风元素的混合物炸掉大树啦，鼓捣一些介于烟花表演和篝火大会之间的玩意儿啦，等等。它们似乎有着相似的幽默感，但福星恶童总是出主意的那个，红夜悦则负责热情地付诸实施。

斯堪德走到鹰怒的栏门前往里看。和其他初出生的厩栏一样，写有独角兽名字和元素符号的临时标志，已经换成了金色的雕花名牌。

一开始，他没有看见博比，只见到鹰怒正拆着一头山羊的骨头。随后他才发现草堆后面有个人影，蜷缩着身子，膝盖抵在胸前，使劲地呼吸着。

斯堪德冲了进去："怎么了？出什么事了？你受伤了吗？"

"你……怎么……在……这儿……斯堪德？"博比喘不过气来，却还是很生气地说。

"呃……"斯堪德左顾右盼，不敢去看博比脸上的泪水，"我在等你，我……"他没有说下去。他不能丢下博比不管，可他知道,博比不愿意当着他的面掉眼泪,她会感到窘迫的。

"噢,那你……真是……太好了。"博比上气不接下气地说道。

她的喘息声让斯堪德想起了一件事:有一次,爸爸在超市里购物时,接到电话,得知自己又被解雇了,当时他的状态就和博比现在差不多。

斯堪德跳起来,冲到储物柜那里,在抽屉里一通翻找,终于找到了压在梳子底下的一个纸袋。

"给,"他跑回去,把纸袋递给了博比,"冲着这个呼吸。"

斯堪德手足无措地站在博比面前等着,不过确实,她的呼吸渐渐正常了。

"啊——"博比长呼一口气,把纸袋放在身旁的草堆上。

"怎么样?没事了吧?是惊恐症发作?"

博比手里揪着一根干草:"我常常会犯这种病,开学前、考试前、生日宴会、圣诞节……有时候根本没什么理由。我也不知道这到底是怎么回事。"

"没关系的,你不用……"斯堪德磕磕巴巴地说。

博比站了起来:"登岛以来这是第一次。"

"今天是个重要的日子嘛,第一次正式训练,"斯堪德给她找台阶下,"我连早餐都吃不下呢!"

博比耸耸肩:"配着蛋黄酱也吃不下吗?那可真严重了啊!"

"喂!"

"好了好了,赶紧走吧。"她说着把鹰怒从血淋淋的"剩饭"

前拉开。

斯堪德斜着眼睛看着她说:"博比,你会好好的,对吧?"

"不对,"她戳了戳他的胸口,"我会是最好的。"

斯堪德打开栏门往外走。博比跟在他后面,小声说道:"别告诉别人好吗,斯堪德?我不希望别人知道。"

"行。"他咕哝道。

博比破天荒地说了句"谢谢",但斯堪德也不确定那是不是自己想象出来的。

两头独角兽开始了长途跋涉:先是穿过凌云树堡的入口,然后经过银面特勤的检查,接着走下陡峭的山坡,最后才能到达训练场。鹰怒好像从草地里抓到了什么,那东西大声尖叫起来。福星恶童扯紧缰绳,环顾四周,汗沁了出来,眼睛又开始由黑色翻成红色,由红色翻成黑色。斯堪德连忙去摸它的脖子,结果——

"哎哟!"斯堪德的胳膊被电得直颤,他赶紧揉了揉。

博比大笑起来。看样子,她真的没事了。斯堪德放心了。

"鹰怒看上去真漂亮,它是不是又让你大半夜给它梳毛来着?"斯堪德故意气她。

"我们可是夺命美人。"博比一边说,一边让鹰怒扭头给斯堪德看。只见独角兽的鼻尖、嘴边、下巴上都滴滴答答地滴着鲜血。"可怜的小兔子,连一线生机都没有啊。"

"你说,安布尔·费尔法克斯会跟咱们一组训练吗?"斯堪德换了个话题。四十三名初出生被分为两组,在接下来的一年里,各组的骑手和独角兽会在一起训练。除了安布尔，斯堪德希望米切尔也分到另一组。当然，其他室友就别想逃开了。

"会啊，我知道。"博比答道，"今天早上我还看见她兴高采烈地吹牛说自己的火焰魔法特别棒呢。"

"可真是好极了。"斯堪德很不乐意地咕哝道。

小径盘着凌云树堡的山坡蜿蜒而下，他们终于到达了最下面的训练场。斯堪德这才知道这一趟有多远，他真希望福星恶童的翅膀快点长结实，好骑着它飞上飞下。初出生的训练场围绕在一个长满草的山坡周围，四元素的四个训练场平均分布在那里，整体看起来就像个罗盘一样。火元素训练场的一侧，楔入了山坡一部分，斯堪德注意到，场上的红色亭子有微微烧焦的痕迹。

安德森教官已经到了，骑着他的独角兽沙漠火鸟。与这黝黑的巨无霸相比，刚出壳不久的小独角兽就像玩具。沙漠火鸟咆哮了一声，警告艾伯特——就是跟斯堪德聊起游民的那个男孩——让他的晨鹰不要靠得太近。

"排好队，按四人小队站好，这样驭火者都分散开了，召唤火元素就非常容易了。"教官的耳尖上跃动着火苗，"你们这要是能叫作排好了队，我就是驭水者——站直了，初出生们！尽量别管那些元素引发的小爆炸。"像要印证他的话一般，斯堪德左侧的银刃咆哮着张大嘴巴，喷出冰凌，那冰凌带着巨大的力量插进了烧焦的土里。弗洛吓得瑟瑟发抖。

"这里是我在岛上的至爱所在，欢迎大家。"安德森教官笑了笑,"很荣幸由我带领大家进行第一次训练。在全年的训练中,我们这些教官将教你们骑乘、飞行、召唤元素,以及使用四种元素战斗和自卫。这些都是为了训练选拔赛做准备。"

骑手们立刻紧张地交头接耳起来。

安德森教官呵呵笑道:"是的是的,想必你们当中的离岛生早已知道——"博比不耐烦地做了个鬼脸。"训练选拔赛会在初出生学年结束时举办,有点像缩小版的混沌杯比赛。你们的家人将受邀观赛——对,本土生也一样。为了能继续在凌云树堡深造,你们的比赛成绩必须在倒数五名之前。"

"如果没能做到,会怎么样?"一个名叫加布里埃尔的本土男孩忧心忡忡地问道。

"会自动被归为游民,离开凌云树堡。"安德森教官略微严肃了些,耳朵上的火苗低低地晃动着。

马里亚姆倒吸了一口冷气:"我们当中要淘汰五个?"

斯堪德也惊呆了。教官挑人淘汰是一回事,末位淘汰是另一回事啊。

"火星四溅!①别这么沮丧!训练选拔赛距离现在还有一年呢!"安德森教官笑着安慰大家,"咱们先挑重要的事做!听我命令,骑上独角兽。"

刺耳的哨声之后,没有一个人动弹。

---

①在本书中是一种咒语,日常会被骑手们用作感叹词。——译者注

第十章 危险的银色

安德森教官呵呵笑道："这就是命令，是信号，懂了吧。"

斯堪德望望福星恶童的脊背，和成年独角兽相比，还不算太高。但自从引路仪式之后，它长大了不少，所以这个高度骑上去还是很有难度的。

在他们旁边，米切尔直截了当地表示了拒绝："安德森教官不打算讲解一下吗？就叫我们直接跳上去？"

"那好像不是他的风格。"博比咕哝着，轻巧地一跃就翻到了鹰怒的背上，看上去对自己很满意。

"你怎么那么容易就上去了？"米切尔嚷嚷道，"什么步骤？给我讲讲啊！"

斯堪德知道，再拖下去，福星恶童就要惹出乱子了，所以他决定忍住恐惧直接来。不骑到独角兽的背上，怎么能成为骑手呢？他跳起来一扑，一只手拽住缰绳，一条腿往上甩，只要再蹬一下就能坐直了。

可这时，紧张的情绪攫住了斯堪德，福星恶童一定也感觉到了。它开始颤抖，肌肉绷得紧紧的，还摇晃着脑袋上的尖角往后缩。斯堪德觉得自己就像坐在一颗随时都会引爆的炸弹上。独角兽焦躁地伸开翅膀往后扬，强壮的肌肉和结实的羽毛撞击着斯堪德的膝盖。

弗洛恳求银刃别再动了，可这只独角兽似乎对它的骑手没什么耐心。米切尔爬上了红夜悦，红夜悦也不太高兴，不停地踢着后蹄，米切尔只好紧紧地抓住它的脖子，免得自己被甩出去。

在这歪歪扭扭的队伍的另一边,独角兽归星突然冲出来,跑向了对面的红色亭子,尖角上还喷着水柱,而它的骑手马里亚姆只能死死地抱住它的脖子。加布里埃尔的独角兽普利斯女王正扯开嗓门大声咆哮,蹄下的土元素冲击波震得地面都裂开了。扎克的独角兽昨日幽灵伺机踹向亲亲睡美人的肚子。这可把骑手梅伊气坏了,她尖利的怒骂声激得独角兽们愈发兴奋,叫个不停。而可怜的艾伯特,已经从晨鹰的背上摔了下来。

"难道安德森教官不该在这种关键时刻说上几句吗?"米切尔咕哝着。他摇摇晃晃地趴着,而他的独角兽正踮着脚尖原地打转。

"哎呀呀,小米害怕了吗?"安布尔嚷嚷起来,"要不要请你那位高权重的老爸来帮忙呀?不如干脆承认自己就是游民吧,那样就能安安静静地自己待着了。"

"闭嘴!"米切尔回敬道。但他的反击被红夜悦削弱了——它放了一个长长的响屁,还抬起燃着火星的蹄子,把屁点着了。这似乎是它独有的小把戏。浓烟缭绕,呛得米切尔直咳嗽。安布尔坐在梁上旋风背上,乐不可支。

斯堪德看见一滴眼泪从米切尔的脸上滑落,于是骑着福星恶童上前阻止,挡在了安布尔和她的棕色独角兽面前。笑声戛然而止。

这时斯堪德突然感觉到了——一阵刺痛。他低头看看自己的右手掌,只见在孵化场里留下的伤疤正闪着白光。他曾在分汇点上见过这样的光,也曾在织魂人闯入混沌杯赛场时见过这样的光。

第十章 危险的银色

难道这白色的光就是……魂元素吗？

这顿悟似乎挤空了斯堪德胸膛里的空气，他喘不过气来了。惊慌之中，他想不出挡住白光的办法，只能将右手塞进黄色夹克的口袋里。斯堪德慢慢抬起头来，准备迎接最严重的危机。他望向面前，却发现安布尔早就带着梁上旋风离开了。斯堪德四下张望，想在一大群五颜六色、挤来挤去、乱施魔法的独角兽中找到她的身影——如果她一脸胜利的神情，那就意味着，她洞悉了他的秘密。

这时，仿佛有人按下了静音键，小独角兽们全都安静了下来。安德森教官将掌心朝上，举过头顶。沙漠火鸟的四蹄犹如炙热的燃煤，闪闪发光，烟雾像藤蔓的卷须般从草地中冒了出来；与之相应，安德森教官的手掌也亮起了红色的光。这光越来越亮，当他再次将手掌伸向天空时，一股火柱从他手中腾起。骑手和独角兽全都静静地看着，而斯堪德瞥见教官的光头上沁出了汗珠。随后，火柱击中了空中的某个地方，火焰四散开来，像瀑布一般倾泻而下，坠向训练场的外缘。

骑手们被笼罩在烈焰延展而成的穹顶之下：山那边的模样看不清了，拱卫着凌云树堡的那些大树也都变得模糊，仿佛整个世界都燃烧起来了。安德森教官慢慢地垂下手臂，骑着沙漠火鸟走近初出生们的队伍。火柱消失了，可烈焰穹顶还在。斯堪德被这强大的魔法迷住了，它闻起来就像几种气味的混合——闷烧的篝火、划着的火柴、微微烤焦的面包。肯纳一定会非常喜欢的。以前，每当他们聊起自己心仪的元素时，她总是选择火。

安德森教官的话打断了他的遐思。"完工了，现在可以开始第一次火元素训练了。"他说得轻松愉快，好像只是分发了几张练习卷，而不是徒手造出了一个烈焰穹顶。

"你们的独角兽只能使用沙漠火鸟创造的火源，并且不能召唤其他元素魔法。"沙漠火鸟听见自己的名字，龇了龇牙。

斯堪德松了口气。他把右手从口袋里抽出来，小心翼翼地张开手指。谢天谢地，白光不见了。

"这项训练的目的是，更自如地分享并最终反过来影响独角兽的能量。任何傻瓜都能坐在独角兽背上，任凭它随意释放元素能量，因为你们的独角兽自打出壳起就能这么做了。可这样释放的能量，只是简单的爆炸，没有一定形式。你们可以想想独角兽生气或胡闹时释放能量的样子。它们不需要和骑手产生联结，个个都能办得到。"

安德森教官骑着沙漠火鸟——它的翅膀优雅地拢在身体两侧——在队伍旁边走来走去。"作为骑手，学习驾驭魔法——进攻、自卫——并借助与独角兽的联结分享这些技能，才是你们的职责。你们要把独角兽当作有智慧的能量来源。经由你们的联结召唤元素，并将其注入你们的手掌，你们就拥有了控制元素的力量。随着你们的进步，独角兽也能学会观察、补充、完善你们所召唤的元素魔法。所以，你们并不仅仅是借用独角兽的魔法，而是要进一步塑造它。"安德森教官的话实在令人惊叹。

沙漠火鸟停下步子，金褐色的兽角对准了初出生们。斯堪德看见萨莉卡的黑色独角兽赤道之谜怯怯地后退了几步。

安德森教官继续说道："火元素的魔法，是最粗放的类型。身为凌云树堡的教官，我这么说可是带着爱意的。它很不稳定，很危险。这也正是我们第一次训练就要学习控制的原因。"

"下面我要说的很重要，"安德森教官清了清喉咙，"如果谁受了伤，流了血，请务必立刻离开训练场。我喜欢开玩笑，但这话是极其严肃认真的。在场的诸位，谁也没有能力控制住一头闻到人血气味的独角兽。你们自己的独角兽不会对你们怎样，但对其他的人可不会客气。"

"噢不，不，天哪，不不。"弗洛站在斯堪德的左边，不停地小声咕哝着。银刃喷出一阵阵热气，几乎完全遮住了弗洛的脸。

"现在，伸出右手——对，就是你们在孵化场里被刺伤的那只手，掌心向上，然后把手放在大腿上……对。尽量不要用语言来思考，要想象画面，比如手掌亮起红光，火焰钻进了掌心，诸如此类。闭上眼睛也会有些许帮助。"

斯堪德觉得这样坐在神兽的背上闭着眼，实在有点儿傻。

右边突然有人惊喜地叫了起来。博比伸着手给安德森教官看。"烧得漂亮！"他乐呵呵地说，"不错！驭风者最先成功召唤火元素，这种情况可不多见。"

安布尔似乎很不服气："她是怎么做到的？她都不是离岛人！"

"哦，我们本土人常说，"博比回敬道，"是骡子是马拉出来遛遛。"

"呃，你这说的什么啊？"安布尔转过头去不接腔了。

"博比，咱们什么时候这么说过啊？"斯堪德问道。他有些嫉妒地盯着博比手上跳动的火苗。他在心里使劲默念着"让火焰从我的手中生出来吧"，再用力他就要晕过去了。

博比眨眨眼睛说："那些离岛人总觉得自己无所不知。得让他们明白，本土的事儿，他们也不懂。"

"这有什么意义啊，"米切尔叹了口气，自言自语道，"我在书上读到过——"

"你刚才没听讲吗？"博比问，"我们不能用语言跟独角兽沟通。"

"我听了啊——"米切尔又想开始絮叨，但博比已经没兴趣理他了。火苗在她的胳膊上舞动起来。

斯堪德试着按照博比说的去做。他把手掌靠近福星恶童光滑的脖颈根部，想象着火苗从那里蹿出来的样子。手掌上一阵刺痛。他睁开眼睛，兴奋地看到手掌上的伤口泛起了红色的微光。他深吸一口气，继续勾勒脑海中的画面。

"斯堪德！你成功了！成功了！"弗洛突然叫了起来。斯堪德猛地睁开眼睛——真的！他的手掌上燃起了小小的火苗。那充满魔力的火苗忽闪忽闪的，并没有带来灼烧的疼痛，而是像伤口在抽动，像脉搏和心脏在跳动。福星恶童大叫一声，拍着两只翅膀，为自己干了件好事而兴奋。斯堪德的快乐翻了一番，像气球似的充满了胸腔，因为他知道，自己的情感可能终于有了分享的对象。

"太棒了！"斯堪德俯下身，拍了拍福星恶童油光水滑的脖子，"太好了！好孩子！干得漂亮！咱们成功了！"

第一次召唤火元素成功后，初出生们的进步堪称飞速，最大的困难反而是让独角兽们听话。斯堪德看见至少有四名骑手摔下来，他们的独角兽或是扬蹄，或是跳跃，或是肆意乱跑。一个名叫劳伦斯的男孩被直接从他的独角兽毒枭的耳朵上甩了出去，而斯堪德自己也差点儿从福星恶童的背上掉下来，只是因为福星恶童扬起前腿去咬一只从低空飞过的鸟儿当午餐。

尽管训练场上一片混乱，安德森教官还是很放松，他骑着独角兽在队伍中走来走去，时不时地指点几句。快下课时，大家进行了最后一项练习——将火焰掷向地面，为下节课学习火球攻击做准备。

斯堪德全神贯注地练习着，直到听见弗洛的尖叫声才意识到出事了。

就在几米开外的地方，银刃跃上半空，扬着前腿，直起身子，翅膀猛烈地挥动着。弗洛骑在它背上，紧抓着它银色的鬃毛，被高耸的火柱包围了。银刃眼睛泛红，鼻孔里喷出的黑烟缭绕在尖角上。

安德森教官冲着他们高声呼喊，但在火焰和浓烟之中，斯堪德几乎看不见弗洛的身影。其他骑手都停下了，惊恐地看着银刃。

裹挟着银刃和弗洛的火焰滚烫，浓烟呛人，就连斯堪德都觉得脸颊发干，眼睛也熏出了眼泪。他眨眨眼睛，挤掉泪水，努力想看清独角兽背上的朋友。

弗洛仍然用胳膊用力地抱着银刃的脖子。银刃嘴巴里喷出火焰，咆哮着俯冲向沙漠火鸟。但沙漠火鸟毫不退缩，坚定地站在地上怒吼着回敬。胶着了几秒钟之后，火光消散了，银刃重重地落了地。

安德森教官十分担忧地把弗洛从银刃背上扶下来。

"骑手们，各自训练吧！"他第一次露出了严厉的模样，耳朵上的火苗也蹿得老高。斯堪德看见他搂着弗洛颤抖的肩膀，把她和银刃送回了凌云树堡。

这之后，斯堪德几乎没法集中注意力了。当安德森教官终于宣布下课，放他们这些初出生去休息的时候，所有人都是一副愁眉不展的模样。他们差不多个个都挨了摔，脸上沾着泥土或烟尘，有人甚至烧焦了头发和眉毛。回到凌云树堡之后，斯堪德本来想先去看看弗洛好不好，但不知道为什么，银刃的厩栏外面围了一大群人。

他听出了离岛生梅布尔的声音："你真幸运呀！萨莉卡，快来看！"

弗洛背倚着栏门，无路可退。

"不可思议！但我猜，金属应该跟土元素有关系吧。这到底是怎么回事啊？"扎克絮絮发问，挡住了斯堪德的视线。

第十章　危险的银色

他又走近了一些，便听见弗洛啜嚅道："我不知道，就……这样了。"

他分开人群走上前，想把她从众人的围观中解救出来，可一看到她，他就愣住了。

她原本乌黑的头发里透出了银色。

当天晚上，斯堪德一个人回到了树屋。他无意间听见安德森教官告诉扎克，几个月之后就是丰土节，庆典一结束，烈焰穹顶就会散去。这让斯堪德很忧心。训练穹顶就像学骑自行车时的辅助轮，没它提供稳定性的帮助，斯堪德肯定会从独角兽背上摔下来的。

况且，他今天刚见识了弗洛的突变，很担心自己身上也会出现魂元素的迹象。于是，他先把福星恶童送回厩栏安顿好，然后就偷偷溜到了四元素图书馆，想查查有没有隐藏魂元素的办法。

树屋图书馆非常漂亮，屋顶模仿书本打开的样子，"书脊"高高地耸起，空间很大，有好几层，各个元素的标志装饰其间。比如水元素馆里的桌椅就是波浪形的，墙壁内外都绘有表现驭水者施展能量的装饰画。

斯堪德找到了四种元素的经典全集：《火之书》《水之书》《风之书》《土之书》。但涉及违禁元素的词，这里却一个都没有。斯堪德不由得开始担心，阿加莎把他这个驭魂者送到岛上来，是不是跟织魂人的什么阴谋有关。

回到树屋,斯堪德把自己的黄色夹克挂到了门后。另外三件夹克——绿色的、红色的、蓝色的——都放在楼上,要等到相应的元素节日之后进入下一个元素季时才会穿。初出生们的夹克很简单,而老骑手们的夹克就风格各异了——扯破的口子用各种带图案的补丁补好,袖子上用金属喷漆装饰彩绘,烧焦的地方用元素图案缝起来。而斯堪德的夹克上,只有右臂袖子上的一对翅膀,象征着他在凌云树堡的第一年。

四人小队的树屋很安静,只能听见炉子里木料燃烧、噼啪作响的声音。炉子连着烟囱,烟囱伸向外面。斯堪德一直想跟弗洛聊聊,他都没问过她是不是还好,更不用说提一提突变的事了。不过,尽管担心弗洛,担心安布尔看见了自己手掌上的白光,担心身上会出现驭魂者的突变,斯堪德环顾四周时,还是感到了满满的幸福感。

他喜欢那四个四元素代表色的豆袋沙发,喜欢那个摆满独角兽读物的书架,也喜欢那个充作冰箱的、沉甸甸的石头箱子。不过他最最喜欢的,还是贯穿树屋中心的一截树桩。金属阶梯揳在树皮上,一圈圈盘旋,通向楼上的房间。在顶层,还可以透过那扇小圆窗往外看,看整座凌云树堡和数英里外的更远处。在树屋里感觉很安全,像在家里一样。

这感受提醒了他。斯堪德从书架上抓过速写本和铅笔,准备给肯纳写信。因为骑手联络司会检查来往信件,所以他不能在信里提及魂元素，但是他可以把树屋的模样画下来，告诉她火元素的训练什么样、弗洛的突变什么样，还可以问问她独自照顾爸爸可还顺利。想到这儿他就一阵内疚。他坐下来，想到哪儿就写到哪儿。

亲爱的肯纳：

我好想念你，还有爸爸！不过更想念你！（要是当着他的面，可别念出这一句。）家里还好吗？学校里怎么样？爸爸的情况如何？对不起，我有太多想问的了。不能跟你讲话实在太别扭了。我们以前从没有哪天不聊天的，对吗？真不敢相信，我竟然在给你写信（在树屋里写的，给你画了图，附在后面）。我现在已经是正式的骑手了。我的独角兽名叫福星恶童，昵称恶童。你喜欢这名字吗？它很喜欢吃果冻软糖。（啊，对了，我离开家的时候，从你床头柜上顺走了一包，嘿嘿！）我挺希望你能再给我寄一些的，不知算不算不情之请啊？岛上很可能都没有这种软糖。这里倒是有蛋黄酱，不过这正是我担心的……

弗洛从树桩楼梯上下来，把斯堪德吓了一跳。

"啊！我不知道你在！"斯堪德本来挺高兴的，但一看见弗洛的神情就收起了笑容，"怎么了？"

她在距离炉火最近的绿色豆袋沙发上坐了下来,银色的发丝映着火光。斯堪德忍不住看了几眼。

"我今天没能控制住银刃,小堪,"弗洛平静地说道,"我觉得它想杀死我。"说到最后几个字的时候,她的声音哽住了。

"可是你们之间有同盟联结呀,"斯堪德安慰她,"它绝不会伤害你的。"

"你不明白,"弗洛抽泣着说,"我之所以在它出壳时那么害怕,就是因为这个。我根本就不想当骑手,我只想当个鞍具匠。我本来可以跟在爸爸身边学习,我都已经开始给他打下手了,可是,"她深吸一口气,一股脑儿说了出来,"现在,我的双胞胎哥哥埃比尼泽顶替了我,要接爸爸的班了。他没能打开孵化场的大门,我真的很为他高兴。你生在本土,可能很难理解,可我一点儿也不想去开什么门,真的不想。我知道这么说听上去太自私了。"

"可是你遇见了银色独角兽啊。"

"对!"她喘着气说,"这就更糟了!"

"为什么?"

"我并不是不爱它,我爱它,真的。我不可能不爱它。我们是一体的,是一起来到这个世界上的。它等了我十三年,可是它……它是银色独角兽。"

"呃,那又为——"

"小堪,银色独角兽与众不同,它们更有力量,与这座岛上的魔法也联结得更紧密。可是,还从没有哪头银色独角兽赢过混沌杯。今天发生的事情你也看到了，它们身上的魔法太强，以至于总是反过来影响到自己。可最糟的是，所有人都在为我高兴，为我自豪！岛上已经很久没有出现过银色独角兽了，而我将成为这些年来首个加入银环社的新骑手——那是个精英社团，里面的独角兽都和银刃一样。明年，我就得参加他们的例会，到那时就会有更多的期待压下来。"弗洛泣不成声。

"银环社就是掌管银面特勤的组织，对吗？"斯堪德想起了阿加莎和北极绝唱在渔人海滩的遭遇。

"对！"弗洛举起双臂，激动地说，"他们护卫着离岛，权力极大又很喜欢弄权。混沌司令和委员会成员年年更换，可银环社却是终身制——多里安·曼宁已经掌权多年，而且他的儿子也有一头银色独角兽。现在，我也要成为其中一员了。别无选择。"

斯堪德从未听她讲过这么多自己的事，好像所有的话语之前都被她包裹起来了。"事与愿违，真可惜。"他轻声说道。他知道梦想破碎是什么样子——溃败带来的悲伤，在弗洛与肯纳身上是一样的。他现在渐渐明白，与独角兽的联结意味着改变一切。它连起了两个灵魂，两颗心——永永远远地，牢不可破。弗洛永远也不能撇开银刃，也再无可能追求梦想，成为鞍具匠了。

她叹了口气："我也想勇敢点，可十头银色独角兽中，已经有三头无意中杀死了它们的骑手——当然，它们自己也死了。骑手死了，独角兽是活不下去的。"

斯堪德惊呆了："什么？为什么啊？它们为什么要杀死骑

手呢？"

"不是故意的，可它们身上的能量太强大了，元素一旦失去控制，就很容易误伤骑手……"弗洛摇了摇头。

树桩楼梯上冒出了一小片阴影——米切尔也在听。

斯堪德没理睬他。"那为什么大家还对银色独角兽那么着迷？引路仪式的时候，他们一见到你们就兴奋得大呼小叫的。"

"因为银色独角兽的出现象征着独角兽这一族群的魔法能量依然强大，尤其是现在，在织魂人进犯的节骨眼儿上，银刃给很多人带去了希望。"

"什么意思？"

"银色独角兽极其强大，就连驭魂者也杀不掉它们。"米切尔站在楼梯上插嘴道。

"我还不想告诉他呢！"弗洛抱着胳膊，冲米切尔皱起眉头。但她转而就恳切地望着斯堪德说："我不想让你以为我们做不了朋友。就算你是驭魂者，我是银环社社员，我希望我们还是朋友。"

"弗洛，我并不想杀死哪头独角兽。说实在的，得知我伤不到银刃，这可是今天最好的消息了。"

"这不是闹着玩的，小堪。在魂元素被取缔之前，这岛上最强大的两个团体就是银环社和驭魂者。他们之间的竞争古已有之……"

斯堪德耸耸肩说："那又怎么样呢？反正我们是朋友，这不就得了。"斯堪德不由得有些高兴，因为弗洛很在乎他们之间的友谊，所以才愿意一直保守秘密。

"你这种人总是说得好听，扭头就带着你的致命元素来找我们。"米切尔的声音回荡在整座树屋里。

"我不是那种人，米切尔，"斯堪德有点儿难过，"我和你是一样的。日久见人心吧。"

大门开了，博比大摇大摆地走了进来。她没跟大家打招呼，径直走到冰箱前面翻找起来。她往面包上抹了黄油和覆盆子果酱，还有马麦酱——一定是她从本土带来的，而其他人就那么眼巴巴地看着，都有点儿疑惑了。博比又挖了一大块切达干酪涂上，然后把面包折起来，一口咬了下去。看着大家流露出不同程度的恶心神情，博比把第一口吞下了肚。"这是救急三明治。"她解释道。

"救什么急？"弗洛看着料理台上的各种酱料，礼貌地问道。

"饿，明摆着的。"

外面的天空里突然传来爆炸的巨响。

第十一章
离岛的秘密

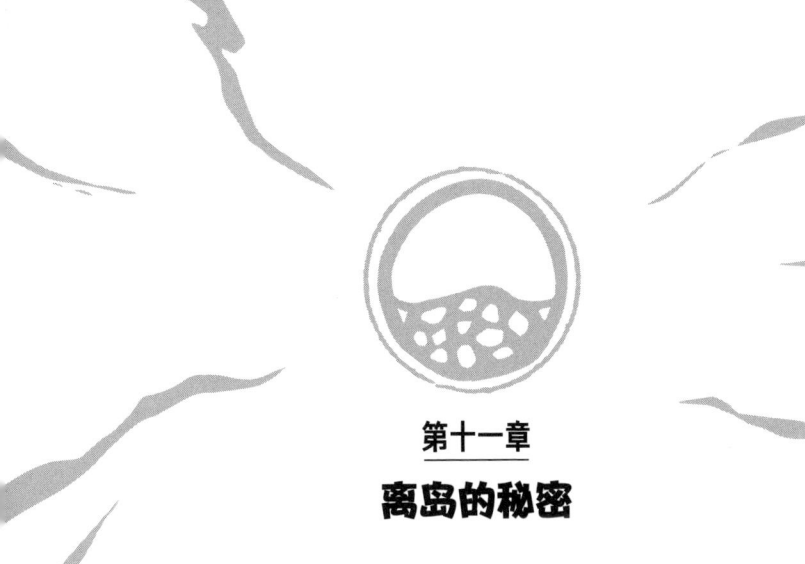

爆炸的声音不是很大，应该不是在凌云树堡之内，但听起来距离也不远。博比离门最近，于是立刻拉开门冲了出去。斯堪德、弗洛和米切尔也紧随其后。夜色已经降临，四周一片昏暗，凌云树堡的脚下，首府四极城灯火灼灼。四个人站在树屋之间的栈道上张望，只见黄色的烟雾在远处翻腾。

米切尔严肃地摇着头说："驭风者。"

砰——

这一声，斯堪德看了个明白。黑暗之中，有什么东西，喷出红色的烟雾，像烟花似的炸开来。红色和黄色的光混合着，照亮了天空。

"那是什么啊？"隔壁树屋的萨莉卡问道，烟火的余光缭绕在她棕色的脸上。她的室友们也全都跑出来了。

米切尔神色黯然，弗洛和梅布尔的脸色也很不好看。米切尔像背书似的解释道："银面特勤负责守卫离岛的战略要地，如孵化场、四极城、镜崖等。巡逻时，特勤制服上均有一根引线连接至鞍座上的信号弹，骑手一旦离开独角兽的背，就会引燃相应元素颜色的信号弹。"

"哎唷，所以刚才有两名特勤从独角兽背上摔下去了？"博比嫌弃地说，"于是就惹出这么大动静？"

"博比，特勤是不会摔下去的，除非——"弗洛顿了顿，才说，"除非他们死了。信号弹的意义，就是警示其他特勤，攻击导致了伤亡，防线需要补充人手。"

"可是，又是谁杀死了特勤呢？"加布里埃尔脸色苍白地追问道，"谁能连杀两名特勤？"

"我倒能想到一个。"米切尔咕哝着，手插在口袋里不知翻找着什么。

越来越多的骑手从树屋里出来张望，灯光照亮了一张张担忧的面孔，疑惑笼罩着全副武装的森林。

"安静！"奥沙利文教官快步走上附近的一个栈道，蓝色的斗篷在夜风中飘动。"安静，请大家安静。"她重重地喘着粗气，"四极城刚刚发来消息，凌云树堡一切正常。"

"那怎么——"萨莉卡忍不住问道。

"今夜牺牲的两名特勤已有新成员递补。"

"奥沙利文教官，特勤守卫的到底是什么？"扎克的声音微微颤抖。

"袭击他们的是谁?我们的家人会不会有危险?"梅布尔追问道。

"是织魂人干的,对吗?"博比问。但这已经不能成为问题了。

奥沙利文教官叹了口气:"可能是吧,但是大家没必要为此忧心忡忡。还是担心担心你们明天的训练吧。好了,都回去睡觉吧!"可她掩饰不了紧张的神情。

奥沙利文教官去安抚其他骑手了。她一走开,米切尔就跑到了平台的栏杆边。他不停地看着手里攥着的东西,随后又抬头望望远处的烟雾。

"呃,米切尔,你在干什么?"斯堪德小心翼翼地问道。

米切尔竖起一根手指,意思是叫大家别说话。

"是指南针吗?"博比打量着他手里的东西。

他啪的一声把那东西合上了。"没错,罗伯塔,就是指南针。果然,我推测得不错。"

"嗯?什么?"

"那两枚信号弹是从镜崖发射的。你们知道镜崖的特勤守卫的是什么吗?"

弗洛低呼一声,但斯堪德和博比都摇摇头。

"本土。"

斯堪德全身都僵住了。他脑海中浮现出织魂人的模样,荒野独角兽的尖角映着月光,森然可怖。肯纳,爸爸。

"奥沙利文教官为什么不直说呢?"弗洛疑惑地问道。

"可能是不想引起恐慌吧,"米切尔耸耸肩说,"大人们都在猜测织魂人的阴谋,如果这次把本土也卷进来了……"

"你可能看错了,"博比打断了他,不过她的声音里也夹着一丝疑虑,"你那个指南针看起来很旧。"

米切尔不以为然:"指南针用不着多先进,只要能正常工作就行了,指示方向而已。它怎么显示,我就怎么告诉你们。"

斯堪德转向米切尔:"按照你的猜测,如果织魂人把防线上的所有特勤都杀死,会怎么样?如果织魂人攻入本土,又会怎么样?"

米切尔沉默了一会儿,似乎想说些安慰人的话,但随即他就抿住了嘴唇:"你说呢,驭魂者?"

斯堪德双手环抱在胸前说:"你没必要这么讨厌我。你爸爸不愿意你交上我这么个朋友,可你不一定非得跟他意见一致啊。你就不能相信,我和织魂人不一样吗?"

"不能。"米切尔恶狠狠地说完就一个人回了屋。

几个星期之后的星期六下午,斯堪德走进了争春食屋。这是骑手们吃饭的地方。数十棵树的树冠相交,搭成绿荫长篷,巨大的圆形平台攀在高低不同的树枝上,直至顶层,桌椅就摆在这些

圆台上。骑手们要从地面上的长桌拿取食物,然后爬上圆台,找地方用餐。斯堪德已经习惯了一边稳稳地托着托盘,一边登高爬梯,于是这些依偎在枝叶之间的桌椅在他看来也变得舒适惬意了。唯一需要当心的是松鼠——它们最喜欢从盘子里偷东西吃。

不远处的圆台上,弗洛冲着斯堪德招手,指了指博比身旁的空位。斯堪德立刻心满意足——在本土,可从不会有人帮他留座位。

斯堪德过来时,弗洛和博比正聊着突变。自打弗洛的头发变成了银色,初出生们的话题就都聚焦到了突变和近期的特勤遇袭事件上。斯堪德也说不好哪件事更叫他忧心。其他初出生们纠结于牺牲的特勤究竟守卫着什么,而斯堪德满脑子都是阿加莎在海滩上说的话:"你也看见织魂人指着摄像机了。那绝不是偶然,那是一种威胁。"可织魂人到底在威胁什么呢?他掳走新元飞霜想干什么?米切尔的分析——织魂人的阴谋是入侵本土——是对的吗?

有这么多担忧缠绕不休,斯堪德对自己身上会出现什么突变一点儿也不好奇了。涉及魂元素的突变,可能会像分汇点一样,让他的身份暴露无遗。现在当然没什么风险,因为训练穹顶还在,他能压制住魂元素。他和福星恶童只要学着别人的样子,对准靶子投出小火球,喷出小水柱,或是召唤一阵风,让地面颤一颤,就不会有谁发现端倪。令他夜不能寐的是,训练穹顶迟早有消散的一天,那时候,他的手掌就会不受控地亮起白色的光。泄露秘密之余,会不会殃及其他独角兽呢?毕竟,魂元素的别称是"致命元素"。

"你看见加布里埃尔的头发了吗?"博比使了个眼色。

弗洛比她更兴奋:"之前土元素训练的时候他就有突变的迹象了,我全看见了!"

加布里埃尔和扎克、罗米利正坐在附近的圆台上。他原本深棕色的头发现在变成了大理石的颜色,配上一头卷发,看起来就像希腊石雕。这颜色和他浅灰色的独角兽普利斯女王一样。

"石雕真帅。"博比自顾自地笑了起来,"好笑吧?"

"萨莉卡和梅布尔这个星期也完成了突变,记得吧?"弗洛说。

斯堪德记得很清楚。不得不承认,萨莉卡的突变很酷——十个指尖都燃起了小火苗。梅布尔的也很不错——胳膊上的斑闪闪发光,像水晶粉似的。他真有点儿嫉妒了。

"他们都比不上我。"博比说着,把黄色夹克的袖子往上一撸,只见瓦灰色的羽毛从她的胳膊上竖了起来,从手腕一直蔓延到了肩膀。她是所有初出生里第二个出现突变的,这让她很自豪。她爱惜地摸了摸羽毛,继续吃起了苹果派。

"今晚要上本土生辅修课了,兴奋吗?"弗洛问。

"嗯,挺兴奋的。"斯堪德说。博比则很干脆地哼了一声。"我们根本不需要上什么辅修课,"她咬牙切齿地说道,好像这个词有毒似的,"我的训练表现可比某些离岛生强多了。哦,弗洛,我不是说你。"

"我倒是挺期待的,"斯堪德压低声音说,"我还打算问问教官特勤遇袭的事呢。"

"哎呀,小堪,这可不是个好问题,"弗洛小声地劝道,"万一教官因此对你起了疑心怎么办?"

"我不会此地无银的,"斯堪德说,"我只是想知道米切尔说的对不对,织魂人是不是真的要进犯本土。"

"可是——"

"我的家人在本土,博比的家人也在那儿,"斯堪德很坚定,"我们总该知道织魂人到底想干什么吧。"

"我会盯着他的,不用担心。"博比用勺子戳了戳斯堪德。

不远处的圆台上,安布尔突然大声说道:"本土生当然什么都不懂啦。要给他们上课的可是乔比·沃舍姆。他们会吓傻的!那家伙都算不上人类,更不用说骑手了。"

她的三位队友——梅伊、阿拉斯泰尔、科比——全都睁大了眼睛。斯堪德和弗洛偷偷地称之为"敌意小队",因为他们对待别人总是很刻薄。安布尔拨了拨蓬松的栗色头发,把它们拢到一侧。斯堪德也见过其他女孩这么做。他不明白这种不对称的发型有什么好看的。

"我见过他!"梅伊轻声说,"我妈叫我一定离他远点儿!像他那种人,谁知道什么时候会完全失控啊!"她故意哆嗦了一下。

科比摸了摸耳朵上方的辫子说:"几年前,我哥哥在凌云树堡训练时,有天夜里看见了沃舍姆。他当时正从最高处的一个栈道上走过,边走边自言自语,嘀嘀咕咕,像个疯了的鬼魂似的——唔,好像在寻找什么东西。"

这时,正从圆台上下来的艾伯特没拿稳手里的东西,掉下一只盘子,把科比和阿拉斯泰尔吓了一跳。

"哎唷,我可知道沃舍姆的一些好事,超级变态,任谁听了都要起鸡皮疙瘩。"安布尔夸张地吹嘘起来。

其他人都央求她讲讲细节,可安布尔却比画了一个"封口"的手势。"我只是想说,凌云树堡里怎么会有这种家伙!"她扬起眉毛,"我妈说,她一向反对让沃舍姆留在这儿任教。也是啊,新骑手为什么要有这种老师呢?他自己的独角兽都被杀死了,根本不是个好榜样啊。"

弗洛猛地站了起来,黑色的眼睛里满是愤懑。斯堪德和博比不明所以地看看彼此,但也跟着她一起爬下梯子,离开了争春食屋。

"安布尔怎么能这么尖刻,真是过分。"弗洛一走到外面的金属平台上就忍不住了。

"她说的是谁啊?"斯堪德皱起眉头,刚才的对话他根本没听懂。

"沃舍姆教官,本土生辅修课就是由他教授。"弗洛神色黯然地解释道,"人们总是对他说长道短,因为——"她压低了声音,"因为他没有独角兽了,它死了。"

博比耸耸肩："那些人很蠢。安布尔尤其蠢，而且也还没突变。哦，我不是说你啊，斯堪德。就算那位教官没有独角兽又怎么了？有什么可八卦的？"

弗洛叹了口气："独角兽死了，联结断了，可骑手却还能活着。"

"但是，如果我死了，鹰怒也会死，对吗？"博比要确认一下。

"没错。这就好像是，它的生命跟你相连，可你的生命却没跟它相连。独角兽死了，骑手仍能独活。这样的骑手必然会性情大变。你们想想，那么强大的能量和魔力，那么浓烈的爱，一朝尽失，随着你的独角兽烟消云散……这肯定会改变一个人，会让他变得……不完整。"

斯堪德觉得，弗洛说的那种"不完整"他或许也曾略微体验过一点。那就是他没能参加选拔考试被赶回家时的感受。然而，当时他所失去的，不过是对于独角兽的期待与想象。成为骑手，尚且是个梦想。可现在，他能实实在在地感受到自己与福星恶童的联结，就像心跳一样真实。有时候，他甚至能感知独角兽的情感。他的心神被独角兽吸住了。独角兽就像指南针，没了它，他就会迷失方向。斯堪德的脑海里突然浮现出可怕的画面：凌云树堡摇晃的栈道上，自己孤零零地走着，寻找着再也不会回来的东西。

第十一章 离岛的秘密

斯堪德站在沃舍姆教官的树屋外面,伸手推开了门。生锈的合页嘎吱作响,他的心跳也有点加快。

萨莉卡、加布里埃尔、扎克、艾伯特和马里亚姆已经到了,安安静静地坐在豆袋沙发或松软的地毯上。他们都有点儿害怕:萨莉卡紧张地摆弄着自己手腕上的钢腕带;艾伯特咬着嘴唇;加布里埃尔脸色苍白,好像下一秒就要晕过去。斯堪德不知道他们是不是也听了关于沃舍姆教官的那些传闻。

沃舍姆教官本人则坐在一个紫色的豆袋沙发上,盯着小窗户出神,似乎没注意到有人进来了。

"如果真是鬼的话,也太年轻了吧?"博比跟斯堪德咬耳朵。两人在一张毛茸茸的橙色小毯子上坐下——小小的客厅里只剩下这点儿地方了。

博比的话或许有点唐突,但斯堪德不得不承认,她说得挺对。沃舍姆教官的金发扎成了一个高马尾辫,整个人看上去不超过三十岁。

沃舍姆教官好像突然回过神儿似的,看见屋里这么多人,他清了清喉咙。有几个本土生吓了一跳。

沃舍姆教官的声音很温和,但他的蓝眼睛里充满了悲伤,目光也是散的。"名义上,"他笑笑,"我是沃舍姆教官,但你们叫我乔比就好。在座的诸位都是来自本土的初出生,"他指了指面前的他们,"我倒不是本土人,不过对那里颇有研究,自从有本土骑手莅临本岛,我就渐渐成了专家。不过不用费心计算我的年纪。"没有人笑。

"开设这门课的初衷在于,"他无视尴尬的沉默,继续讲下去,"由于生长于本土,你们在训练中,甚至在社交活动中,会遇到一些理解不了的问题。"他摊开双手,"回想数千年前的第一批独角兽骑手,也就是如今这些离岛土著的祖先,会令人感到安心,因为他们也是从世界各地跋涉至此,也是从陌生的新人开始。在你们这些初出生对这里熟悉之前,我会为你们提供讲解。这个听起来如何?"

还是没有人笑。大部分本土生仍然很紧张。艾伯特左顾右盼,就是不敢看乔比,好像只要不对上眼神,教官就看不见他。

乔比叹了口气。他的声音仿佛在悲伤中泡了很久很久:"看你们这害怕的样子,应该是有人跟你们讲过我的过去吧?"

没有人回答。

"好吧。"乔比做了个无奈的表情,干巴巴地讲了起来,这个故事他似乎已经讲了无数遍:"和你们一样,我也在十三岁那年成功地打开了孵化场的大门。和你们一样,我也遇见了命中的那颗独角兽卵,然后被它的角刺伤,留下了记号。"他抬起右手,给大家看手掌上的伤痕,"和你们一样,和所有骑手一样,我也与我的独角兽结成了同盟。它名叫冬灵。"乔比的声音发颤,缓了好一会儿才继续讲。斯堪德连大气也不敢喘。

"在凌云树堡训练的第一年，当我和你们一样还是初出生的时候，冬灵就被……杀死了。从那以后我就一直独来独往。"仿佛疼痛突然袭来，乔比猛地抓住了胸口，把T恤揉得皱巴巴的。如果斯堪德不知道独角兽与骑手是真的心连心，他可真要以为这位教官太浮夸了。可乔比又抓又捶的那个位置，正是心脏的位置，是冬灵曾与他紧紧相连的地方。

　　艾伯特和萨莉卡流下了眼泪，就连博比都有些动容了。

　　乔比倚着豆袋沙发，尽力冷静下来。"我不是鬼，不是妖，没有疯，没有病。我身上最可怕的地方，不过是我与你们不同。我的突变或许会渐渐消失，可在这里，我仍然是一名骑手。"他捂着胸口，"我与你们之间唯一的不同是，你们的联结是完整的，而我的永远破碎了。"

　　斯堪德只是想象一下自己和福星恶童永别，都能感觉到胸腔灼烧似的疼。他第一次发现，只要将精神集中于胸腔内，就可以完整地感知独角兽的存在，感知它的特点：聪明，淘气，厚脸皮，蓄势待发的元素能量，对果冻软糖的热爱……好像，它就存在于他的身体里。斯堪德想着想着，无意中喃喃地说道："真遗憾，请节哀，沃舍姆教官。"

　　乔比扭头看他，目光忧郁，但笑了笑："谢谢你，斯堪德。"其他本土生也说了几句安慰话，屋里的气氛好了许多。

　　乔比站了起来。"好了，你们来这儿，可不是为了了解我的过去的。你们需要了解的是你们自己，你们的独角兽，还有这座岛。

有人提问吗？什么问题都可以提，什么都行。"七只手全都举了起来。乔比笑起来，如释重负。

"成为游民会怎么样呢？"扎克忧心忡忡地问道，"我们都是从本土来的，是不是已经处于劣势了？"

乔比好像没料到第一个问题就这么棘手，但他还是答道："在训练选拔赛之前，初出生极少会被划定为游民。"

"可最后还是要淘汰五个人啊！"艾伯特高声抱怨道，原本苍白的脸都涨红了。

乔比无奈地笑了笑，一只手按着胸膛，仿佛在感受着过去的爱意："你们要记住，与独角兽的联结才是最重要的。成为骑手，并不只是意味着来凌云树堡接受训练，或是赢得混沌杯的荣耀。"

博比哼了一声，表示不认同。

乔比继续说道："没有这些联结，这座岛就成了死地，元素能量会毁掉庄稼、动植物，以及人。但独角兽有了我们——它们的驾驭者，能造成破坏的便只有那些野生的了。要不然，混沌杯为什么叫混沌杯呢？它就是为了展示联结的力量，展示骑手是如何控制、涤清混沌的。"

乔比回答了一个又一个问题。这些问题五花八门，从能不能参观元素禁区，到排灯节、光明节、圣诞节、开斋节能不能休假，甚至还有四极城内本土小吃供应情况。有时，乔比正说着话，会突然晃神儿，望向窗外。

快下课的时候，斯堪德终于鼓起了勇气。这个问题自从他打开孵化场的大门起就一直困扰着他。当然，他希望提问不会暴露自己的秘密。

"沃舍姆教官，呃，乔比。"他磕磕巴巴地开了口。每当他想隐瞒什么事的时候，脸上总会热辣辣的。"离岛是怎样通过选拔考试来选拔骑手的呢？你们怎么知道该让谁来大门前试一试？毕竟，有不少本土生都被遣返了，所以……"

"这个嘛……"乔比又露出了不太自然的神情，"斯堪德，其实，真正的考试，并不是填写答卷之类的。每次考试都有骑手监考官到场，他们与每一位考生握手，为的就是认出潜在的骑手。别问我怎么认出来的，反正他们就是能做到。或许有时候会出点儿小差错，但凡是能来这儿的本土生，骑手都是感受得到的。"

"所以选拔考试考的其实是命运和——天赋异能？"博比在说到最后一个词时嫌弃得像是在说脏话。

艾伯特摇摇头："他们至少应该告诉我们啊。"

"离岛就喜欢神神秘秘的。"乔比有点不好意思地说。

萨莉卡突然举手发问："你能跟我们讲讲第五元素吗？司令在讲话里提过。我知道我们不该打听这个，可是……"她欲言又止，让这个问题颇有希望地在半空里飘着。

"你也说了，你们不该打听这个。"

萨莉卡在地毯上挪了挪身子，有些尴尬。

"然而，所有的离岛生都知道得很清楚，想必他们的父母也都记得……"乔比闭了一下眼睛，再睁开时显得更加魂不守舍了。

"第五元素也就是魂元素。十多年前，织魂人用它和一头荒野独角兽结成了联盟。司令在讲话中提到的二十四条无辜生命，就是织魂人首次大开杀戒时的牺牲品。在混沌杯资格赛上，二十四头独角兽殒命，它们后来被称为'二十四难士'。于是，二十四对联结在同一天被斩断，骑手们只能残缺而痛苦地了却余生。这是一种无法想象的残忍。从那以后，'驭魂者'就成了禁忌。"

乔比的声音低沉迟滞。"那次事件之后，所有的驭魂者都遭遇了牢狱之灾。这是因为委员会无法确定其中到底谁才是那个织魂人，而且，他们也担心再有人利用魂元素作恶。唯一能杀死在辖独角兽的东西，就是魂元素。我的冬灵也是这样离开的。"

漫长的沉默之后，艾伯特终于忍不住问道："可是，要如何阻止驭魂者去碰孵化场的大门呢？我们怎么能确定凌云树堡里就没有驭魂者呢？"

斯堪德极力控制住自己的表情，但他能感觉到背上的夹克都湿了，两颊灼热，像被火元素燎过。

"对于本土生来说，选拔考试就有筛选功能，"乔比答道，"骑手监考官在考察你是否具备天赋的同时，也会粗略感应到你所擅长的元素。当然，这不一定和引路仪式的结果一致。不过，如果骑手在握手时就感应到了第五元素，那么这位本土生就自动落选了。对离岛生的考察跟这个类似。"

斯堪德恍然大悟。原来，阿加莎早就知道，只要他进入考场，和骑手监考官一握手，就会被淘汰，所以才大费周章地阻止他参加考试。不然的话，被鉴定为驭魂者，就根本没有机会碰孵化场的大门了。说不定，肯纳就是因此才没通过考试的！她和其他数不清的驭魂者一样，没有遇上阿加莎那样的人。可是，阿加莎为什么单单要帮助斯堪德呢？仅仅是完成他妈妈的嘱托？这风险未免太大了。

"原来如此，这就好了。"马里亚姆说道。她是个身材娇小的女孩，陷在豆袋沙发里几乎看不见人。"可不能让驭魂者接近独角兽，瞧瞧织魂人对那些特勤多狠哪！"

乔比没有说话，只是眼神空洞地望着窗外。而斯堪德盯着地毯上的图案，摸了摸胸前的水元素徽章。织魂人、二十四难士、魂元素，原来这些都是紧密相连的。他非常难受。

十五分钟之后，本土生们离开了乔比的树屋，而斯堪德和博比磨磨蹭蹭地留在了后面。

沃舍姆教官注意到了，蓝色的眼睛望着他们，手上则忙着把一只墨绿色的靠枕拍松。"你们还有什么要问的吗？"他很和气地问。

"嗯，算是吧，"斯堪德直截了当地说，"我们想问问几周前殉职的那几个特勤。"

乔比放下抱枕，叹气道："真是可惜，悲剧啊。"

"呃，是这样的。信号弹是从镜崖那里发射的吧？有人说，镜崖的特勤守卫的是本土，所以我想问问——"

"织魂人是不是有可能进攻本土？"乔比替他说完了后半句。

"对。"

乔比倚在客厅中央的树桩上。"官方点儿的回答是，我不知道那些特勤是在哪里遇袭的。但私下里说嘛——"他抠下一块树皮，"你推测得没错。跟你们撒谎也没什么意义，是吧？"

斯堪德一阵恐慌："那是不是意味着本土有危险？是不是应该采取行动？"

"不用担心。我们新上任的司令不是说了嘛，一定会抓住织魂人，一定会救回新元飞霜。不过这事吧，要是别老关着那些驭魂者，可能会容易很多。说起来很讽刺，但我认为，能阻止织魂人的只有驭魂者。这观点在这儿不算主流，你们听听就得了。"

斯堪德几乎说不出话来了："你是什么意思？那织魂人到底想干什么？驭魂者又能帮上什么忙？"

博比狠狠地踹了他一脚。

乔比眼神一晃，似乎是意识到自己透露得太多了。"我怎么知道呢？"他生硬地说道，"再说，想这些也没有用了，现在已经没有真正的驭魂者了。正如司令所强调过的，魂元素是致命元素，我们根本不该提起它。"

"对对，"博比说，"不该提。"她几乎是拖着斯堪德把他拽到了门口。

"管好你们自己吧。"乔比喃喃地说道。他的眼中露出几分好奇，转身关上了屋门。

第十一章 离岛的秘密

回到树屋之后，斯堪德就不停地踱来踱去。"所以阿加莎之所以阻止我参加选拔考试，就是为了送我登岛。她得亲自骑独角兽送我来！"

"我还是很生气！原来那么多复习题都是白做的！"博比耿耿于怀。

"现在可以确定，阿加莎也意识到织魂人的阴谋与本土有关。"

弗洛陷在斯堪德提出的问题里。这个问题，自从斯堪德跟着阿加莎绕过大楼拐角、第一次亲眼看见成年独角兽的时候，就一直困扰着他。

"阿加莎到底是谁？"她问，"我还是想不明白，她为什么偏偏要帮你登岛呢？只是好心吗？"

"或者，"博比语气沉重地说，"她是织魂人的人？"

弗洛哆嗦了一下："你为什么就不能把阿加莎往好处想呢？"

"可这样才说得通啊，不是吗？"博比坚持道，"织魂人想把斯堪德弄到手——想用他的魂元素，所以就派阿加莎去抓他。"

"我不是说过了吗，"斯堪德恼火地说，"阿加莎是要我对付织魂人！不然她干吗不直接把我送到织魂人的老巢里去呢！"

弗洛笑了起来："织魂人没有老巢。他生活在极外野地，和所有荒野独角兽在一起。"

"特立独行的吓人大反派。"博比似乎真的有点害怕了。

"可是，按乔比的说法，最最重要的是——"斯堪德又踱了一圈，"驭魂者可能有阻止织魂人的能力。如果真是这样，那么阿加莎送我来这儿，就是因为，我能帮上忙？"

"可魂元素是违法的呀，斯堪德，"弗洛叹了口气，"要帮忙就得坦白身份，你和福星恶童就都得进监狱了，说不定还会更糟。阿加莎肯定不希望你被捕吧。"

头顶之上突然传来叮叮当当的声音，三个人全都仰起了脑袋。

"米切尔也在！我完全忘了他了！"博比倒吸了一口冷气。

"他会不会听见？"斯堪德轻声说，"关于阿加莎的事？"

"我们刚才声音很大……"弗洛捂住了嘴巴。

斯堪德慌慌张张地跳上树桩楼梯，一把拉开了卧室的门。

米切尔吓了一跳。他正坐在地上，腿底下压着什么东西，似乎不想让人看到。

斯堪德瞥见了一张卡牌的边缘，颜色很鲜艳。"你在翻我的东西吗？"他质问道，瞬间将阿加莎的事抛到了脑后。"那是我的混沌卡牌。"他说着走近了几步。

"它们就放在你的吊床下面。我只是想看看本土……我们这儿没有这种卡牌。我喜欢这上面的数据。"他结结巴巴地说道，显然很不好意思。

斯堪德叹了口气，挨着米切尔坐下来。"虽然只是画的，可这些独角兽都像真的一样。真希望我也能画出这样的画。瞧这些细节，多逼真啊。"

第十一章 离岛的秘密

米切尔拿起一张卡牌，上面画的是残阳血——费德里科·琼斯的独角兽。"对啊！细节妙极了！要是比较历届混沌杯的优胜者，你就会发现它们的振翅频率很有意思——"米切尔突然停下来，清了清喉咙，不愿意说得太多。"不过，你来找我，是为了你非法登岛的事吧。不想让我告诉别人，我知道。你多虑了，那会给我自己惹麻烦的，我才不会那么做。"

斯堪德控制着自己，没有流露出太明显的如释重负。

米切尔突然噌的一下站了起来。"我本来可期待见到本土骑手了，想到要组队都有些迫不及待——另外三个队员都将是我最好的朋友！我只想有个新的开始，可你却出现了，把一切都毁了。"

斯堪德也站了起来，与他四目相对。"那你想过我的感受吗？我仅有的梦想就是成为独角兽骑手，可突然冒出来个我都不知道的元素！训练穹顶消散时该怎么办，我都不敢想！现在又说什么我和福星恶童或许能阻止织魂人的阴谋。可真要跳出来帮忙，我们却都得死！哦，对了，我的室友还讨厌我。什么叫'一切都毁了'，你倒是讲给我听听？"

米切尔爬上自己的吊床，神色抑郁："别再说这些了。要是你暴露了，我爸会以为我故意窝藏驭魂者的……天，他可是委员会里的司法委员，专门负责逮捕你这样的人！他会失望的，再也不会理我的。我还要考虑我们的家族……你太危险了。"

斯堪德摇了摇头："你知道我怎么想吗？我以为真正的米切尔·亨德森百分百值得成为朋友，可是那个假装顾忌他爸爸的米切尔我就不确定了。"

他走出卧室去找其他队友——既失望、伤心，又害怕。

然而，在他走下树桩楼梯时，一种突如其来的幸福感冲淡了痛苦。福星恶童？是你吗？也许他们之间的联结能召唤的不仅是魔法而已。

第十二章
突变

在八月初的丰土节庆典上,人人都要把黄色夹克换为象征土元素的绿色夹克,可初出生们却不能参加,这让博比大为恼火。按教官的说法,这是因为他们的训练正值"关键时刻",就算博比嚷嚷着"行个方便"也无济于事。到了秋天,叶子从全副武装的大树上纷纷落下,一张告示贴了出来,要求全体初出生参加几个星期之后的烁火节庆典。这可把博比高兴坏了。

斯堪德也迫不及待地想要参加,但弗洛却似乎兴趣寥寥。

"又吵又乱的,到处都是人,"吃过早餐,他们正往陇驿树岗走去,弗洛边走边说,"我宁愿在这儿待着,也不想在人群里挤来挤去。"

博比摇摇头说:"我可不会留下来陪你。听说到时候有烟火表演,还有小吃摊子。休想拦住我。"

弗洛大笑起来："博比，你就是个彻彻底底的驭风者。"

"怎么讲？"博比好奇地问。

"我妈妈说，驭风者大多外向，讨厌一成不变，热衷凑热闹，比如跳舞什么的，所以驭风者都很喜欢各种宴会。至于驭土者……"

"更愿意窝在家里看书或者吃巧克力饼干？"

"对。"弗洛咧嘴一笑，扭开了半金半绿两色的胶囊状信箱。斯堪德如今已经能够熟练使用这一通信设施了。陇驿树岗上，每位骑手都有自己的树洞，树洞里配有一个金属胶囊状信箱。他的信箱一半是金色，一半是蓝色——蓝色代表水元素，打开就可以看到寄来的信件。如果想要寄出信件，则需要将蓝色的一端朝外摆放，以示有信待寄。这一机制简单好用，而且色彩怡人：缤纷的信箱卡在树洞里，像一颗颗宝石。

斯堪德不慌不忙地打开自己的那个信箱，掏出肯纳寄来的东西，塞进了口袋里。听到关于元素和个性的谈话，总会叫他有些尴尬。各种元素都有人研究，比如：驭火者想象力丰富，点子多，爱生气；驭水者宽容大度，适应性强，善于解决难题……然而，从没有人谈起——也根本不能谈起——驭魂者是什么样的。他也不能照搬驭水者的性格特点，因为他本来就不是。去图书馆翻找也毫无结果。博比和弗洛都来帮忙，可他们查阅了四种元素的经典全集，其他的书也看了不少，连"驭魂者"这三个字都没找到。至于训练穹顶消散后斯堪德该怎么办，更是毫无头绪。

第十二章 突变

弗洛读着手里的信，突然惊呼一声。

"怎么了？"斯堪德连忙问道。他立刻联想到了特勤遇袭事件。虽然那之后的镜崖一直都很平静，可他还是常常做噩梦：织魂人攻入本土，杀到了肯纳和爸爸面前。

"我父母的朋友，住在四极城的一位医生失踪了。"

"失踪了？这是什么意思？"斯堪德压低声音问。

弗洛盯着信，看了又看："爸爸说两天前的夜里，荒野独角兽闯进了城，那之后她就失踪了。有传闻说，是织魂人干的。"

"为什么是织魂人呢？"博比问，"失踪的原因多了去了。"

弗洛的声音很小，斯堪德都快听不见了。"当然是因为，那位医生的房子上出现了白色标记——一道白色的条纹，就像织魂人脸上那种。"

也像福星恶童的头斑，斯堪德郁闷地想道。

弗洛叠好信纸。"爸爸真的很担心。每当有骑手和独角兽在极外野地附近失踪，大家就会怨恨织魂人，但其实荒野独角兽自己也可能攻击人。织魂人还从不曾盯上谁找上门去，更不用说留下标记了。"

斯堪德忍不住想到了他们的207号公寓：窗户上涂着一道白纹，眼神狂野、身上腐臭朽烂的荒野独角兽，织魂人的裹尸布在海风里飘着，一只手伸向了熟睡中的肯纳……

弗洛指了指手里的信："爸爸说，他觉得这个节骨眼儿上，岛上不该再举行什么节日庆典了。要不，咱们都别去了吧？"

博比翻了个白眼。斯堪德倒是有几分动摇了。

片刻之后，初出生们在土元素训练场上排成了一排。安布尔骑着梁上旋风，一边挑衅地甩着头发，一边大摇大摆地向着福星恶童、鹰怒和银刃走了过来，后面还跟着敌意小队的三位队友。

"嗨，斯堪德，"她冲他晃晃手指，"有个超级好消息，你听说了吗？"

博比眯起眼睛盯着她："哎哼，安布尔，你的脑袋上是不是沾了什么脏东西？噢，我想起来了，那是你的突变啊，抱歉。"博比嘲讽地欠了欠身儿。安布尔的前额上多了一颗噼啪作响的白星——和她独角兽头上的白色斑纹还挺配。

斯堪德和博比一样讨厌安布尔，但他希望博比可以无视她，而不是次次跟她针锋相对。他仍然不知道安布尔有没有看到他手掌里的白光。

"你们这些本土生总是什么都不知道啊，真可爱！独角兽的屁股和脑袋能分得清吗，诸位？"安布尔假惺惺地笑了起来。

斯堪德看见博比攥紧了鹰怒的缰绳。

弗洛牵着银刃走上前去。"我也不知道你说的是什么消息呢，安布尔，"她温和地说，"可我是这岛上土生土长的。不如你解释一下，告诉大家啊？"银刃的鼻孔里冒出了浓烟。

安布尔一下子尴尬起来。其实弗洛和平时一样，只是想息事宁人罢了。但因为她拥有银色独角兽，所以在其他骑手面前还是很有威望的。

"训练穹顶今天就要消失了。"安布尔的牙齿映着阳光,看起来像鲨鱼的利齿。

斯堪德只觉得后背发凉。他一直以为会提前通知!他一直以为还有时间准备!

弗洛愣了一下。"今天?现在?在这节土元素训练课上?"对她来说,这也不是什么好消息,因为银刃能同时召唤出四种元素魔法,她总得拼命控制它——它的能量太大了。而对于斯堪德来说,这简直太糟了,他差点儿吐在福星恶童的翅膀上。

"你干吗一直戴着这玩意儿?"安布尔骑着梁上旋风冲过来,一把拽住了斯堪德的黑色围巾,勒得他喘不过气来。福星恶童尖叫着反抗,一口咬住了梁上旋风的肩胛骨。

"别这样!"弗洛叫道,"那是他妈妈的遗物!是他仅有的纪念!"

斯堪德一脸不可置信地望着弗洛。被欧文欺负了好多年之后,他早就明白,向恶人透露任何个人信息都是不明智的。果然,安布尔扬扬自得起来,活像已经赢得了混沌杯。

"哎呀,那我们倒是有共同之处了,斯——堪——德!"她故意把他名字前两个字拉长念——这让他的名字听上去蠢兮兮的,"我爸爸英勇地与上百头荒野独角兽搏斗,最后牺牲了,可我也没有成天捧着他的遗物啊。瞧你那可怜相!"她突然松了手。斯堪德差点儿从福星恶童背上摔下去。

"还是说,围巾底下藏着什么东西?比如……突变?嗯?"

"斯堪德还没有突变。"弗洛说。银刃低吼了一声。"如果你爸爸真的死得英勇，那么他应该不会为你这样对待别人而感到自豪。这样做很不友善。"

安布尔气得脸都歪了。她骑着梁上旋风，领着她的敌意小队走到队伍另一边去了。

"祝您愉快！"博比冲着她的背影喊道，还假装抬了抬帽子。

"你们说，我是不是话说得太重了？他爸爸确实是被荒野独角兽杀害的，她也确实很伤心吧。不过当时到底有多少头荒野独角兽，她每次说的都不一样，所以我也不能肯定……"

"她知道了。"斯堪德盯着走远的安布尔立刻说道。

"知道什么？"弗洛和博比骑着银刃和鹰怒，靠近了福星恶童。

斯堪德避开其他骑手，压低声音说："安布尔知道我是……就那个……你们没听见吗？她说训练穹顶要消失了，还说我的围巾底下盖着突变的痕迹……她干吗非要说这些呢？"

弗洛皱起眉头："嗯……可是她也没举报你啊。"

"或许就想折磨折磨你，然后再举报呢。"

"博比！"弗洛责怪道，"别这么说！"

"实话实说罢了，"博比耸耸肩，"我就是这么控制不住地诚实。"

韦伯教官骑着他的瑶尘吹响了口哨。他稀疏的头发间掺着长了些土元素突变而来的苔藓，叫斯堪德看了不太舒服。"今天我们要尝试练习简单的沙障。空战时，可以用它来隔开对方的进攻。很实用，对吧？只要三个简单的步骤。好，现在召唤土元素，伸出右手，掌心朝外。"他抬起手晃了晃，好让骑手们看到他掌心的绿光。"抬起胳膊肘，指尖冲着左边。手掌置于面前上下平移。"细沙筑起结实的围墙，挡住了韦伯教官满是皱纹的脸。伴随魔法而来的，是新翻的泥土、曝晒的石头和松针的气味。

"韦伯教官，今天怎么没有浮埃穹顶呢？"艾伯特问道。他骑在晨鹰背上，和斯堪德之间隔着几头独角兽。

韦伯教官呵呵笑着从独角兽背上翻身下来，沙障随之消散了。"初出生们，今天起就没有训练穹顶了。就像雏鸟离巢，你们也得靠自己的能耐啦。教官们一致认为，你们已经准备好了。"

"没关系的。"弗洛轻声对斯堪德说。斯堪德勉强点了一下头。

他不住地垂下眼睛去看自己的手掌，看它还是不是原本的苍白肤色。队伍里的骑手们都召唤出了绿光，斯堪德没法继续拖延了。他深吸一口气，想象着细密的沙粒和泥土的气味，终于像其他人一样，让手掌中如他们一样亮起了绿光。他长长地叹了一口气，总算暂时放心了，于是接着挥动手臂，试着拉起沙障。

可毫无预兆地，福星恶童突然猛地冲出队伍狂奔起来。斯堪德紧拽着缰绳，手指插进它鬃毛里揪着，拼命地想要保持平衡。他看见自己的手指缝里透出了幽幽的白光。"不！福星恶童！不行！不行！"

斯堪德使出浑身解数，想要将手掌里的光变回绿色，可一股暴戾的火苗突然蹿了起来，遮住了他的视线。他愣了一下才反应过来，这是福星恶童在发脾气，因为斯堪德想隐藏魂元素。他们绕着训练场跑了整整一圈，黑色独角兽的嘴巴喷出火焰，前蹄扬起，将水花踢向半空。一会儿的工夫，队伍里所有的骑手都淋了个透湿。

水和汗滑过福星恶童的肚子，斯堪德的双腿开始打滑，眼看就要摔下去了。韦伯教官叫斯堪德拉紧缰绳，见不管用，便吹响了口哨，可谁知哨声更使福星恶童怒气上涌。它横冲直撞地飞驰而过，将教官撞倒了。瑶尘愤怒地嘶鸣起来。

"停下！福星恶童！快停下！"斯堪德大喊着。缰绳已经没用了，他唯有紧紧抱住独角兽的脖子。福星恶童咆哮着，怒不可遏地想要去咬斯堪德的手，一抹白光照亮了它翅膀上的黑色羽毛。斯堪德恐惧而绝望地呼喊起来，他又是求又是哄，可福星恶童就是不愿停下。翅膀间卷起了冰冷的风，刺得斯堪德脸颊生疼。他觉得自己像是吸进了太多的空气，胸口都要炸开了。魂元素的气味——甜美的肉桂香，带着一丝皮革的气息——飘进了他的鼻孔。

斯堪德不知不觉间完全忘记了土元素。有那么几秒钟，他感到自己和福星恶童之间的联结有一种充实而合一的幸福感。在这一刻，所有关于死亡和织魂人的思绪都消散了。他们是无所不能的。这是属于他们的元素，召唤它比呼吸还要容易。排着队的骑手们周围五颜六色的，斯堪德看到了红色、黄色、蓝色、绿色……灵动的白色光球在他的手掌里凝结，斯堪德无端地就相信，自己将这颗白色光球抛出去，就能攻击，就能防御，就能赢得混沌杯……福星恶童猛地转弯，左侧的翅膀撞到了斯堪德的膝盖。斯堪德清醒了。

"不行！福星恶童，不要！"他在呼啸的风中大吼，眼泪也掉了下来，"对不起！我做不到！我们会伤到其他独角兽的！我不知道——"

福星恶童一甩膀子，把斯堪德甩下了背，他重重地摔在地上。福星恶童跳起来，带着火星和烟尘的蹄子在斯堪德脑袋上方踢来踢去。斯堪德护着脑袋，生怕暴怒的福星恶童会一蹄把自己的脑袋踩烂。

突然，土堆拔地而起，挡在了斯堪德和福星恶童之间，韦伯教官骑着瑶尘，气喘吁吁地赶了过来。头发稀疏的教官一把拎起斯堪德，露出了少见的震怒神情。

"尘暴滚烫！[①]你的独角兽失控了！"他叫了起来，声音异常刺耳，"它会伤到你的，对其他骑手也很危险。"他指了指福星恶童，只见那黑色独角兽正咆哮着，眼睛里交替闪着红黑两色的光。"把福星恶童带回厩栏吧，让它安静下来。天哪，它这样下去会让你们俩同归于尽的！"

韦伯教官看了看斯堪德："孩子，你受伤了没有？胳膊怎么啦？"

[①]在本书中为一种土元素咒语，日常会被骑手们用作感叹词。——译者注

老教官掀开自己绿色的斗篷找眼镜,似乎并没有意识到这位新骑手刚才使用了魂元素。斯堪德松了口气,低下头检查自己的胳膊。绿色夹克的袖子已经被掀到了胳膊肘之上,他扭着胳膊,盯着自己的左前臂内侧出神。从手腕到肘窝,冒出了一条白色条纹,就像用刷子漆上去的。更诡异的是,那白色是半透明的,可以透过皮肤看到内部的肌腱和骨骼。他试着握紧拳头,果然,肌肉一条条绷紧,可以看得很分明。福星恶童蹭到他身后,高兴地咕哝着。

"这是烫伤了吗?来,我看看。"韦伯教官说。斯堪德正要伸出胳膊,却被人拽开了。

"沃舍姆教官!你这是干——"斯堪德吓了一大跳,话都说不利索了。

韦伯教官张了张嘴巴,又合上了。

"抱歉。斯堪德受伤了,我送他去医生那儿看看。"

老教官很惊讶,甚至还有点儿害怕。"可——可是,你在这儿干什么?这可不合规矩。嗯,不合规矩。我看你还是赶紧回自己的树屋去吧。"

乔比脸色一沉,比给本土生上课时吓人得多。"那我顺路送斯堪德去医疗树屋,"他生硬地说,"走吧,斯堪德。福星恶童可以跟瑶尘一起回厩栏。"

"不行,我不能扔下它——"斯堪德说着就去拉福星恶童的缰绳。但乔比硬是推着他往前走,离开了其他初出生。

第十二章 突变

"一直走,别停下,"沃舍姆教官在他身后轻声说,"把袖子放下来。一直走,到我的树屋去。明白了吗?"见到自己的骑手离开了训练场,福星恶童不安地叫唤起来。

"呃,嗯。"肾上腺素褪去,恐惧袭来。乔比是不是真的因为失去独角兽而精神错乱了?就像安布尔她们几周之前暗示的那样?

回到凌云树堡之后,乔比关上树屋的门,绕到斯堪德面前,直截了当地问道:"你刚才用的元素,是四种里的哪一种?"

"我……呃……什么……"斯堪德慌了。

乔比踱着步子,金色发辫随着他走动也晃来晃去。"我知道你是驭魂者!"他大声说,"我看到所有断层线都爆燃起来了!你这种把戏骗不了我!你的朋友们全都有份儿!"

斯堪德说不出话来了。他惊慌失措,只觉得脑袋嗡嗡响,就连树屋也一起摇晃起来。他都干了些什么?

"于是,你就决定今天训练时拿出魂元素试一试?你在想什么?幸亏福星恶童撞倒了韦伯他才没看见!"

"我不是故意的!"斯堪德忍不住了。反正现在怎么解释都晚了,他完蛋了。乔比会把真相公之于众,他和福星恶童将面临……他不敢想下去了。

"我不是故意的,"斯堪德稍稍平静了点儿,"福星恶童横冲直撞,好像控制不住了。我甚至都不知道自己用了魂元素,然后——"

"啊！"乔比拽着辫梢，痛苦地一仰头，"我们不能谈论这个，斯堪德！"

"是你硬要带我来的，"斯堪德反驳道，"我没事，根本没受伤——"

"如果我不把你带走，韦伯教官就会看到你的胳膊了。"乔比突然冲到斯堪德面前，扯起了绿夹克的袖子。

"这个，"他咬牙切齿地说，"就是驭魂者的突变。"

斯堪德低下头，一眼就看见了皮肤底下的肌腱和骨骼。白色条纹让他想到了福星恶童的头斑，还有涂在织魂人脸上的标记。

"你要把它藏好，一直都不能露出来。"乔比松开他的胳膊，喃喃地说道，"可你知道这有多难吗？"

"这还有什么意义？"斯堪德万念俱灰。

"什么意义？"乔比厉声责问道，"你这是什么意思？"

"反正你要告发我了，不是吗？"斯堪德不再遮遮掩掩，"我们基于魂元素结为同盟，是不合法的——现在你知道了，难道……"他没说下去，只是耸了耸肩。

乔比愣愣地盯着斯堪德，好像恨不得揍他一顿似的。"告发你？"他眉头紧锁，"斯堪德，我——"他一屁股跌坐在豆袋沙发上，怒意全然散去，"我不会告发你的。"

斯堪德的心跳得很快："为什么？"

乔比叹了口气："因为我也是驭魂者。或者至少，曾经是。"他脱掉了左脚上的靴子，扯掉了芥末色的袜子。

第十二章 突变

"在这儿，"他抬起脚，"原来也和你的一样，后来就渐渐褪掉了，因为独角兽死了。不过还是能看出点痕迹的，对吧？"

一开始，斯堪德只觉得乔比的脚白得奇怪，但细细观察，便能看到皮肤之下的肌腱、韧带和骨骼。有的地方长出了新的皮肤，和突变尚存的地方彼此交叠，就像一块块颜色不同的补丁。

斯堪德瞪着他："可你说，你的独角兽是被驭魂者杀害的。"

"不错！"乔比的声音里溢出了痛苦，他疯狂地环顾四周，像在寻找他的伙伴。"当年，我以驭魂者的身份成为这里的初出生，而织魂人首次现身，在资格赛上杀害了二十四头独角兽。不久之后，银环社把所有驭魂者都抓了起来……我们的独角兽也都死了。"

"可是，他们怎么能留下你、单杀了冬灵呢？以魂元素联结的独角兽，只能由驭魂者杀死啊。"

乔比哽咽了。"银环社声称所有驭魂者都有机会获得豁免，但只有一人信以为真。他们告诉她，她只有两个选择：要么和所有驭魂者一起死，要么帮他们杀死我们的独角兽，剥夺我们的能量。这个人后来被称为'夺魂刽子手'。"他抹掉眼泪，继续说："你要明白，在魂元素被封禁之前，驭魂者和银环社是这岛上最强大的两个骑手团体。他们彼此敌对。只要有人愿意当那个夺魂刽子手，银环社就实现了完美报复。"

乔比深吸一口气。"她留了我一命，也没伤其他驭魂者，但是——"他摇摇头，痛苦不已，"她害死了冬灵，我永远也不会原谅她。看看我现在这副样子，没有冬灵，我活得人不人鬼不鬼！你可不能让同样的悲剧发生在你和福星恶童身上！"乔比的眼神近乎疯狂，却迸发出坚定的决心，"你绝不能再使用魂元素了，斯堪德，永远也不能用。"

"我并不想用它啊，那是致命元素！我怕极了，怕误杀了独角兽！我今天根本没想用它。我不想变成另一个织魂人——"

"听我说，"乔比在斯堪德面前跪了下来，像在恳求似的，"驭魂者——比如你，比如我——确实有能力杀死独角兽，但那不会无缘无故就发生。如果驭魂者想要杀死独角兽，他必须有那个意愿才行。明白吗？别老担心自己会害了朋友的独角兽，别再折磨自己了，好吗？"

斯堪德瞬间如蒙大赦，膝盖一软，差点瘫下去。他点点头：太好了，他不是危险分子，除非他想。

"像四元素一样，魂元素也存在于所有独角兽和骑手的联结之中，"乔比说，"但是没有人教，没有人用，骑手们也就根本不知道它了。我不准你再用魂元素，不是因为它有多邪恶，而是因为银环社一旦知晓，便会杀掉你。死了那么多特勤，阿斯彭·麦格雷斯正急着找人背锅呢。他们可不会好心饶了你们。"

"可我今天实在控制不住福星恶童。魂元素硬是要注入我们的联结，我实在挡不住啊。"

"你要学会压制它。尽最大能力去想象别的元素，放大它们的能量。"

"我就是这么做的！"斯堪德嚷嚷起来，"可是不管用啊！"

"你得专注！"乔比严厉地说，"你的思想、你的意志，都得强大起来。你要管好福星恶童，不能由着它乱来。"乔比站起来，在屋里来回踱步。斯堪德从未见过他如此神采奕奕。"头斑是怎么遮住的？"他问。

"一开始用墨水，现在用的是黑色抛光蜡。"斯堪德解释道。

"都有谁知情？"

"博比·布鲁纳，弗洛·沙克尼——"

乔比愣住了："银色的那个？"

"她什么也不会说的，我们是朋友。"

"银环社员和驭魂者，这是危险关系。"

斯堪德没接茬儿。"哦，还有米切尔·亨德森。"

"艾拉·亨德森的儿子？艾拉可是委员会成员！"乔比不可思议地问道，"你是认真的吗？"

"啊，还有安布尔·费尔法克斯。我最担心的就是她了。"斯堪德飞快地说道。他觉得乔比就要气疯了。

可出乎意料的是，乔比只是轻巧地挥了挥手："她不会说出去的。"

"你是没见过这个人吗？"斯堪德不可置信地说，"她肯定会到处讲的啊！"

乔比转过身对他说："不会的。她不想跟驭魂者扯上关系，不想惹得委员会上门询问，也不想让自己的照片登上《孵化场先驱报》。"

"为什么？"斯堪德急吼吼地说，"登报长威风，不正是她这种人求之不得的吗？"

"因为她的父亲西蒙·费尔法克斯在监狱里。"

斯堪德气愤极了：自己的妈妈确实去世了，但安布尔怎么能拿这种事撒谎呢！"她说她爸爸被荒野独角兽害死了！"

乔比干巴巴地笑了一声："是啊，想必她和她妈妈都恨不得真能如此吧。可惜不是。斯堪德，西蒙·费尔法克斯是个驭魂者，和你我一样。"

斯堪德的脑袋里塞满了各种疑问，它们彼此撞击，就像鸟儿冲进了饥饿的独角兽群。他不管不顾地提出了最先想到的一个："为什么你不在监狱里？西蒙·费尔法克斯和其他驭魂者却在监狱里？"

"因为他们想向我展示'仁慈'。"乔比冷冷地笑道，"我是凌云树堡最年轻的驭魂者，而且我的独角兽死了，单凭我自己做不了什么坏事。他们让我饱读关于本土的书，专研相关知识，等本土生登岛之后，就给他们上上课。但我并不是自由身。自从冬灵离开的那一刻起，我就永远地失去了自由。今天把韦伯糊弄过去，我以后应该就不用再溜出去盯着你训练了。"

外面的栈道当啷当啷地动了，两人都抬头看了看。"听我说，斯堪德，再也不要使用魂元素，再也不要跟我提起魂元素。还有，看在老天的分儿上，一定把你的突变藏好了，别让任何人看见！"

第十二章 突变

"可我还有很多不明白的呢！魂元素不会伤人，那是否能助人呢？你之前不是说驭魂者能阻止织魂人吗？这是什么意思？你知道织魂人到底在谋划什么吗？我能帮上忙吗？我被人单独送上岛说不定就是因为这个呢？乔比——"

乔比把他往门口赶，好像生怕有人闯进来似的。"有人失踪，有特勤遇袭，这种情况下，只要跟魂元素扯上关系就完了，谁管你能不能帮忙。"

"可是我想知道啊！本土会怎么样？我的家人会怎么样？"

"'能做'并不意味着'应该做'。第五元素被称作'致命元素'自有其原因。斯堪德，可别把自己搭进去。"

乔比把斯堪德推出去，关上了门。

第十三章
巧克力蛋挞

震惊、恐惧和失望压得斯堪德浑身颤抖。他噔噔噔地往自己的树屋走着,不管不顾地越过平台间危险的缝隙,一步四级地从梯子上往下跳着。乔比——他唯一见过的驭魂者——竟然不愿意帮他,也不愿意多谈谈织魂人。回到自己的房间,他撕开了肯纳寄来的包裹,希望能以此获得一些平静。一大袋果冻软糖重重地落在地毯上他的黑靴子旁,他打开信,读了起来。

小堪:

真不敢相信,你已经开始练习元素魔法啦!我猜你最喜欢的是水元素,因为那是你和独角兽结盟的元素,对吗?我可真为你骄傲啊,小老弟!你敢骑独角兽,这真的很勇敢哪!我有好多问题想问,准备好了吗？我想知道一切的一切！同学们也是！因为你，我可出名了，大家总是围着我问：福星恶童怎么样？你的训练怎么样？生活怎么样？他们还想让我开个大会讲一讲呢！下一封信里，我一定把欧文的表情给你画个清楚！

对了，希望果冻软糖没有被压坏！

斯堪德把信纸揉成了一团。他一个问题也回答不了，更不能说真话。他没有感受到一丝勇敢，尤其是乔比的叮嘱还萦绕在他耳畔。唯一能让他忍住眼泪的，是胸腔里刺痛而鲜活的联结。那是福星恶童以自己的方式告诉他：我们永不分离，哪怕与全世界为敌。

最终，还是咕噜噜叫的肚子鼓舞了他。斯堪德到争春食屋去吃午餐，在外面碰见了米切尔。

"你成游民了吗？韦伯教官把你淘汰了？沃舍姆教官跟你说什么了？"米切尔明明把斯堪德当作恶魔，却又很关注他，真奇怪。

"没有，这次没有，不过挺悬的。"

米切尔皱起眉头："哦，那挺好的。要是你这么早就被淘汰了，我们小队就太没面子了。"

"是啊。"他把斯堪德弄得彻底糊涂了。

"你把这个落下了，"米切尔突然掏出斯堪德的黑色围巾，"掉在训练场上了。"

斯堪德连忙摸了摸脖子，真不敢相信，他竟然完全没发觉。"谢谢你，米切尔，真的非常——"

"那我去吃饭了。"米切尔飞快地转身走了。

片刻之后，饥肠辘辘的斯堪德正要端起盘子，又瞥见了米切尔。他正在挑选甜点，而安布尔带着她的敌意小队不怀好意地围了过去。

斯堪德听见安布尔用她那又甜又腻的尖刻语气说道："米切尔，还是独来独往没朋友呀？"

"安布尔，离我远点儿。"米切尔头也不抬。

"怎么了？不想跟我们一起玩吗？"黑头发的梅伊起哄道。

"我只想吃饭，又没碍别人的事。喂，科比，还给我！"科比抢走了他的碗，举得高高的，不让他够到。"那是我的碗，还给我！"

"不还。就！不！还！"安布尔霸道地连推米切尔三下。

过去的经历扯断了斯堪德心里一直绷着的那根弦。每一个说他古怪的女生，每一个说他爸爸是个失败者、说他会落得同样下场的男生，都借着安布尔的样子跳了出来。然而，斯堪德已经不是过去那个困在学校、没有朋友、依靠姐姐的懦弱男孩了。他现在是一名骑手。他有弗洛和博比，还有福星恶童。他再也不愿忍受霸凌了，尤其是谎称自己爸爸去世的那个家伙。

斯堪德大步走向米切尔。敌意小队正忙着大肆嘲笑，没人注意到他已经走到科比背后，一把扯过了盛着巧克力蛋挞的碗。

"喂！"科比嚷嚷起来。另外三个人停了下来。

"胆子可真大啊！"安布尔咬着牙，朝斯堪德迈了一步。

斯堪德有点儿慌。他只想阻止他们捉弄米切尔，其他的全都没考虑。于是，当敌意小队逼近时，他只能使出手里唯一的武器——米切尔碗里的蛋挞。

巧克力蛋挞正中安布尔的眉心，科比的脑袋上也挨了一大块，梅伊趴在地上尖叫，嚷嚷说头发上沾了奶油。只有阿拉斯泰尔暂时全身而退，但他攥紧了拳头，朝着斯堪德就要冲过来。而斯堪德突然想到了办法。

"你敢动我或米切尔一手指头，"他尽力做出恶狠狠的样子，"我就叫福星恶童给你好看。哪怕我们全都被赶出凌云树堡，我也不会叫你们再欺负人。"

敌意小队怒气冲冲地瞪着他。

"它今天训练表现如何，你们也看见了吧，"斯堪德耸耸肩，"不信就试试。"他没想到自己竟能如此镇定地说出这些话。

敌意小队紧张地看看彼此，不知道接下来该怎么办。斯堪德不想再理他们，但他还有最后一件事要办。他走近安布尔，安布尔正抹着鼻梁上的蛋挞。

"你再动一动，"她压低声音威胁，"我就告诉所有人……"

"随便你，"斯堪德怒道，"进了监狱，我会跟你爸爸好好打个招呼的。"

安布尔一开一合的嘴巴活像金鱼。"他不在那儿。"她愣了好一会儿才挤出这句话来。用她的秘密来维护自己的秘密,斯堪德本来还有点儿内疚,但她这句谎言叫他负担全无了。

他若无其事地走开,拿起盘子,可耳朵发烫,心脏也怦怦狂跳。他往盘子里堆了些吃的,又给米切尔的碗里塞了好几只蛋挞。等他再转过身时,敌意小队已经不见踪影了。

"还要再来些蛋糕吗?"斯堪德看着米切尔的表情,忍不住笑了出来。

"雷霆密布!你真干得出来,老天!这真是我这辈子见过的最棒的事了!"米切尔大笑起来。斯堪德从没见过他微笑,更不用说大笑了。

"你看安布尔脸上的巧克力!"米切尔笑得上气不接下气,"我老早之前就想这么干了!"

突然有人咳嗽。博比和弗洛站在两个笑闹的男孩身后,无奈地摇了摇头。

"你要叫福星恶童给他们好看?"博比扬起眉毛,"这真是你说出来的话吗?"

米切尔笑得眼泪都挤出来了。"对啊对啊!还有什么来着,斯堪德?哪怕我们全都被赶出凌云树堡?"

博比赞赏地点点头:"够坏的,不错!"

弗洛却没那么开心。"斯堪德,"从第一天来这儿起,她都是叫他"小堪"的,斯堪德收敛了笑容,"你可不该到处说这种话,有人会当真的。万一因此成了游民可怎么办?再说,大家会觉得你是个危险分子。"

"今天训练课上发生的事你也看见了,"斯堪德望着一脸忧虑的弗洛,平静地说道,"我们本来就是危险分子。"

弗洛绞着双手说:"话虽如此,小堪……把死亡威胁降到最低,不是更好吗?"

斯堪德冲她笑笑:"我会尽全力这样去做的。但我得告诉你,这将是一场苦战。"

这一次,四个人全都咯咯笑了起来。

几个星期后的一天,斯堪德醒来时时间尚早,于是他走下树桩楼梯,往炉子里扔了些木头,然后给肯纳写了一封信。把自己的感受告诉她总是能让斯堪德感觉好一些。写信的时候,仿佛她就坐在他旁边,边听他说话边若有所思地把头发捋到耳后。

小肯:

我不想跟你撒谎,所以……我在这儿的情况其实不太好。福星恶重有时会突然性情大变,我们之间的联结也控制不住它。它会乱叫乱跳,还会咬人,而我根本拦不住它。其他骑手都很怕它,还说应该把它赶出凌云树堡。我觉得这可能都怪我。

斯堪德不仅觉得错在自己，他也清楚地知道，事实就是如此。可他不敢在信里提起手掌里的白光，也不敢提自己为了保密每天都在奋战。他阻止福星恶童的时候心里很内疚，能感到自己的独角兽的愤怒直抵自己的胸膛。他们确实能感受到彼此间的联结，可这联结缺少深情，反倒更像拔河。这有什么意义呢？有几次上完本土生辅修课，斯堪德想向沃舍姆教官求助，可乔比只是把他推到门外，不理不睬。事情好像越来越糟了。这些，他全都不敢写在信里。

> 我之前跟你讲过吧，福星恶童喜欢跟红夜悦打闹，喜欢往鹰怒身上泼水，还喜欢嚼我的头发。现在它已经对这些事不感兴趣了，就连果冻软糖也不爱吃了，红色的也不行。小肯，我真希望你在身边。我有好多好多事想告诉你。真想你啊！
>
> 小堪

他附上一张素描，画的是福星恶童扬蹄站起的模样。然后他爬下树屋，到陇驿树岗去寄信。回来的路上，斯堪德突然觉得胸膛里的联结一跳一跳的，好像是福星恶童想让他高兴起来。于是他调转方向，往厩栏走去。

斯堪德一到厩栏就吓了一大跳。铁锤叮当叮当地敲打着金属，热铁咝咝作响，热闹的聊天声在墙壁间回荡，而这里原本只有独

第十三章 巧克力蛋挞

角兽的叫声。

福星恶童的厩栏前站着一个男孩,看上去似乎比斯堪德大一些。他双臂环抱,挑着眉毛,头发是金棕色的,两只眼睛有些奇怪:一只是褐色的,一只是绿色的。他看起来不太高兴。

"这怪物是你的?"他毫不客气地问道。

斯堪德不知道该怎样作答。毕竟,福星恶童的鼻孔里正喷出浓烟,嘴巴上还沾着早餐的血。

"它电了我两次,朝我的腿发射火球,还喷水把我赶出厩栏。这算正常吗?"

"福星恶童有时候是活泼了点。"斯堪德不好意思地说道,这真是百年来最保守的回复了。

"好吧,"那个男孩抱怨道,"谁叫我自己选了你们呢。"

"选了我们?"

"我是它的甲胄师。"

"噢噢噢噢。"还在本土的时候,斯堪德就梦想着这一天了。从小到大,他画过无数张身披铠甲的独角兽,还想象过自己的那头穿上铠甲会是什么模样。所有的小独角兽都配有全套铠甲,以便在空战中护体。而骑手的铠甲,因为彼此联结,能在保护自己的同时,也保护他们的独角兽。

"对不起,我没反应过来,"为了压过打铁的声音,斯堪德只能扯着嗓子大喊,"因为你看起来很——"

"年轻?你怕我是学徒,是吗?"男孩双手叉腰,倚着栏门,对斯堪德怒目而视。他身穿墨绿色的马球衫和棕色裤子，脚踩棕色短靴，并且和其他甲胄师一样，围着一条脏兮兮的皮革围裙，腰上挎着一条挂满工具的皮带。他或许只比斯堪德大一两岁，可在他面前，斯堪德就像个什么也不懂的小屁孩儿。

"不不不，我不介意这个。我只是为福星恶童差点伤到你感到很抱歉。"斯堪德没什么底气地说道。

"好吧，或许你在场能好些。"甲胄师粗声粗气地说，"我叫杰米·米德迪奇。"他说着伸出了手，手比围裙还脏。

"我叫斯堪德·史密斯。"斯堪德觉得他们这也太一本正经了。

"这我知道。"杰米答道。他从围裙口袋里掏出一根皮尺，满怀期待地看着斯堪德。

"噢噢噢，当然了，那，我先进去？"斯堪德说着抓起了刷子。男孩意味深长的目光让他觉得浑身别扭。

"对，你先。"杰米脸上露出了一丝奇怪的笑意。

斯堪德一打开栏门福星恶童就把水柱喷了过来，幸好他躲了过去。独角兽黝黑的皮毛上浮着滋滋作响的电流，日渐宽大的翅膀呼呼逼人地挥动着，有的羽毛还燃起了火苗。

"今天给点面子好不好？"斯堪德扬眉看看福星恶童，叹了口气。他摸了摸独角兽发烫的脖子，想让它平静下来。

"行了吗？"杰米站在栏门外面喊道。

"行了。"斯堪德答道。他转头冲着福星恶童轻声耳语："这是杰米，是给咱们打造铠甲的师傅。铠甲能在作战的时候保护你和

第十三章　巧克力蛋挞

我,所以拜托你,可千万别把他怎么样了!"

杰米走近了几步,福星恶童的鼻孔涨红了。斯堪德还以为它又要发脾气了,不过万幸,什么也没发生。杰米轻轻地哼着歌,旋律柔和而舒缓。独角兽垂下脖子,蹭了蹭他的短靴,又蹭了蹭他的围裙。杰米伸出手,想拍拍它的脑袋。

"别动!"斯堪德突兀地制止道,生怕甲胄师发现福星恶童的头斑。

福星恶童和杰米都愣住了。斯堪德灵机一动,解释道:"它不喜欢别人碰它的脑袋,真抱歉,我应该之前就告诉你。"

"哦,没事。"杰米转而去抚摸独角兽的脖子。

斯堪德惊讶无比:之前,弗洛想摸摸福星恶童的脖子,还差点儿被它啃掉手指呢。"太奇怪了,福星恶童一直不喜欢别人靠近它,可是——"

"这就是我们甲胄师的本事了。"杰米笑道,"只要它不想烤了我,我还是很喜欢它的。"

"我也这么想。"两个男孩咯咯笑了起来。

杰米开始量尺寸,福星恶童则自娱自乐,咬起了皮尺尾端。这时,斯堪德的脑海里冒出了一个念头。

"你最近听说过织魂人吗?"斯堪德不认识凌云树堡之外的离岛孩子,他觉得说不定能从杰米这儿套到什么消息。"我们只看到了信号弹,却没听到什么新闻。"

杰米背对着斯堪德,正用皮尺兜住福星恶童的腿。"我敢打赌,他们就喜欢把你们护在这全副武装的窝里，不让你们分心。"

"听说有位医生失踪了，"斯堪德想起了弗洛收到的家信，脱口而出，"你说会不会有人其实见过新元飞霜呢？"

杰米示意斯堪德坐到厩栏里面来，离门口远一点儿。"没有新元飞霜的消息，失踪的人倒是越来越多了。"他小声说道。

斯堪德等他继续。

"混沌杯以来，荒野独角兽进城滋扰的事比以往多了很多。人人都知道，就是织魂人在作祟，是他把那些怪兽从极外野地赶过来的。而且，每次兽群来，我们当中就会有人失踪。"

"你们？"斯堪德问。

杰米打了个寒噤："没有骑手失踪。他们似乎更喜欢你提到的医生，也就是普通的岛民，不是骑手的岛民，比如我这样的。"

"那一共有多少人失踪？"斯堪德大为震惊。

杰米叹了口气说道："一个店铺老板，一个鞍具学徒，一个酒馆老板，还有至少两个甲胄师。你能想象得到吗？我们原本以为不是骑手就安全了，就不用怕织魂人了，可谁知……"

"可我还是不明白，织魂人干吗要把这些人带走呢？"

"我也不明白。"杰米耸耸肩说，"但有人说是为了做实验。"

"什么实验？"

"不清楚，可能只是传闻吧。"

"就没人去找找失踪的人吗？"斯堪德有点儿生气。

杰米冷笑了一声。"阿斯彭·麦格雷斯急着想弄清织魂人的阴谋。但显然，比起这些普通人来，她更关心她的新元飞霜。当然，委员会张贴了告示，要求人们汇报所有可疑情况，可目前看来没什么用。"

斯堪德把绿色夹克的袖子往下拽了拽，好确保不会露出突变的痕迹。

"要我说，司令因为丢了新元飞霜，有点儿失去理智了。织魂人肯定是在谋划什么大事，比抢走新元飞霜、残害二十四难士更严重的大事。织魂人以前可从没碰过特勤，你还是当心点吧。"

杰米拍拍福星恶童的脖子，独角兽惬意地叫唤起来。"我可不希望福星恶童的铠甲落到织魂人的脏手里。"

斯堪德就这么看着杰米量尺寸，又见他举着几块金属跟福星恶童的腿比了比。"铠甲什么时候能做好？"他觉得，照此势头发展下去，护着自己别被独角兽伤着还是挺重要的。

"沛水节之后。"杰米站起来，舒展了一下身体。

斯堪德突然想到了他之前说过的话："呃，对了，你之前说……你选择了我们，那是什么意思？"

杰米笑了起来："教官拿来了独角兽的档案，我们都得选一个。"

"所以你选了福星恶童？"斯堪德问，语气里带着怀疑，"它最近表现不太好，有些反常，但这不能怪它。"他想了想，又加了一句："因为它……与众不同。"

"斯堪德，我知道'与众不同'是怎样的，"杰米叹了口气，

"我的家人都是吟游诗人，以传唱诗歌为生。但我却一直都想成为甲胄师。与众不同需要勇气。有勇气，才能赢得混沌杯。这就是我选择你们的理由。"

"档案里能看出这些？"

杰米大笑道："档案可有趣了。你经常从独角兽背上摔下来，是不是？"

斯堪德大窘。

"可你每次都要再爬上去，"杰米友好地说，"这就是我选择你们的理由。"

他甩甩皮尺，指指斯堪德："该你啦！"

当天晚上，雨滴落在凌云树堡的一个个屋顶上，就像一双双手在敲打钢鼓。每一间树屋都拥有独一无二的节奏，汇合起来，在夜色里显得尤为纷杂。但下雨也浇不息斯堪德高涨的兴致。明天就是烁火节了，他将骑上福星恶童，第一次到四极城去。最棒的是，朋友们也都会一起去。现在，训练穹顶消散了，斯堪德总是战战兢兢，生怕会暴露驭魂者的身份，但只要回到这四面被铁皮墙围起来的树屋里，他就总能感到安心。在巧克力蛋挞事件之前，斯堪德并没有意识到，米切尔的言行无意中加深了自己对魂元素的忧虑。但如今不同了，树屋更像家了。

"能让我再看看吗？"博比央求正在画画的斯堪德。

斯堪德拉起夹克袖子，露出了胳膊上的突变。他握紧拳头，博比盯着他皮肤之下活动的肌肉和筋腱，以及闪闪发光的骨骼。

米切尔躲在角落里，捂着眼睛，好像生怕被这一幕戳瞎似的。

博比朝米切尔翻了个白眼："哎哟喂，你得了吧！"

"拜托！"米切尔抗议道，"我花了五分钟才接受这个事实。抱歉，我需要更多时间来习惯驭魂者的突变！"他低下头望向书。

"你在看什么？"斯堪德不想闹出纷争。

"是关于独角兽鞍具的书，很有意思，我妈妈寄来的。"米切尔举起手里的书，给斯堪德看了看封面。"她是图书管理员。"他听起来很自豪，和提起爸爸时的恐惧全然不同。

"那她会不会知道《魂之书》？"斯堪德忍不住问。

米切尔皱着眉头摇摇脑袋："她在水元素图书馆工作。"

但博比对米切尔提到的另一件事更感兴趣："咱们什么时候才能有鞍具呢？"

"最早也是初出生结业时。"弗洛答道，"我爸爸说他明年带着他的设计来参加典礼时，肯定会让我感觉不好意思的。"她说着笑起来，仿佛在想象那时的情景。

"看来还得等好久呀，"博比哀叹着在豆袋沙发上扭了扭，"我屁股上全是淤青，都快和苹果奶酥一样了！"

"这是什么意思？"弗洛礼貌地问，"是本土特有的说法吗？米切尔，你说，和两个本土生组队是不是很有趣？岛上的人全都互相认识，就没有这种惊喜了。"

"哎呀，你别听博比瞎说，"斯堪德忍着笑说，"本土人才不那么说呢。"

"你就不能让我找点乐子！"博比抱怨道。

"你在画什么呢，小堪？"弗洛站起来，走到斯堪德身后，望向桌上的画纸。

斯堪德觉得自己脸红了。

他画的是四位队员和四头独角兽：红夜悦和福星恶童合伙儿炸了一棵树，米切尔和斯堪德躲在一旁；博比正在梳理鹰怒的鬃毛，这头独角兽非常讲究仪容；弗洛一只手抚摸着银刃的脖子，在冲着他微笑。

弗洛竟然哭了。斯堪德连忙扔下速写本："我没画好你吗？这是给我姐姐的，要跟信一起寄给她。我没有——"

"不不，小堪，你画得很好，"弗洛哽咽着说，"这正是我所期待的画面。可我和银刃之间的联结，好像和你们的都不一样。我看见你们和独角兽亲昵地相处，好像你们就是命中注定的伙伴。米切尔，你睡在厩栏里时，红夜悦会暖着你，会像炭火一样发光。我亲眼见过！"她转向博比，"鹰怒虽然像公主一样爱美，但它知道你很好胜，所以会为你拼尽全力。还有你，小堪，"弗洛缓了口气，接着说，"你说过，你已经能感受到福星恶童的情感了！这通常是英少生才能做到的啊！你们每一对都那么般配，你们都能感受到联结中的爱意。可银刃根本不喜欢我，也无法理解我为什么会怕它。"

博比以一种很不寻常的姿势走到弗洛面前拥抱了她："会好起来的，我会帮你的。"

弗洛抹着眼泪说："可是，我怕——"

"不要放弃！"博比生气地盯着弗洛说，"要是你放弃了，你就得唯我是从了！我告诉你，弗洛伦斯，我可比银色独角兽还可怕！"

"这我毫不怀疑！"米切尔跟斯堪德嘟囔道。

斯堪德轻声笑了起来。他看见博比紧紧地搂着弗洛，一点儿也不像她自己说的那么"可怕"。

砰！外面传来一声巨响。

斯堪德立刻拉开门跑了出去，博比紧随其后。他们冲到平台的栏杆边，紧张地望着远方。果然，镜崖方向的天空腾起了绿色的烟雾。

"又是特勤的信号弹吗？"弗洛和米切尔一起跟了出来，她一只手下意识地捂住了嘴。

"是驭土者的信号弹。"米切尔轻声说道，语气里含着悲伤。

砰！信号弹爆裂的声音回荡在凌云树堡里。这次是黄色的烟雾。

砰！红色也融入绿色和黄色之中。镜崖上方的天空像是焰火在翻腾。斯堪德知道此刻应该想到的是那些牺牲的特勤和他们的亲友，但不知为什么，肯纳惊恐的模样突然闯入了他的脑海。

骑手们都从树屋里跑出来，站在栈道上，指着袭击发生的方向。本土生——从初出生到步威生——惊呼的声音最大。

"那里肯定是镜崖啊!"

"三次吗?"

"一次紧接着一次?"

"织魂人是不是打过去了?"

"咱们得行动起来!"

"四极城有动静吗?"

混乱持续了几分钟,空地上燃起了火炬,火光将树木上的铠甲映得闪闪发亮。教官们骑着独角兽在树林里穿梭,边走边喊:"本土很安全!防线守备无虞!本土很安全!不用担心!"

"可还能安全多久呢?"斯堪德说。他们回到树屋,在豆袋沙发上坐下。"织魂人眼看就要攻进本土了,我们不能在这儿干等着啊。"

博比点了点头。她的眼睛里闪着同样的光芒。他们的家人都在本土,手无寸铁。这是和离岛孩子不一样的。

"你这是什么意思?"弗洛害怕地问。

但斯堪德的目光落在了别的地方。米切尔的书堆里露出了一角报纸。他冲上去就扯了过来。

"你怎么动我的东西!"米切尔抱怨道。

而斯堪德只是盯着《孵化场先驱报》的头版,不敢相信自己看到了什么。

"阿加莎还活着。"斯堪德声音嘶哑,他指了指头条新闻中的

第十三章 巧克力蛋挞

黑白照片，标题是：重归铁窗——夺魂刽子手越狱后被捕。

"是她？"米切尔急切地问道，"把你送来岛上的那个女人……是夺魂刽子手？就是她背叛了所有驭魂者，杀死了他们的独角兽？就是她害死了乔比的独角兽？"

"你确定吗？"弗洛盯着照片，"小堪，你要看仔细啊。"

"我确定。"斯堪德说，"我记得她脸上的伤疤。当时我还以为那是烧伤的痕迹。就是她，那伤疤其实是她的突变。"

大家面面相觑，默不作声。

"夺魂刽子手为什么要送你来这儿呢？"博比拧着眉毛问。

然而，斯堪德的思绪里涌起了另外的念头：阿加莎也是驭魂者，阿加莎把他送到岛上，那阿加莎一定能解开他的疑问。

"米切尔，你爸爸是不是负责管理关押驭魂者的监狱？"

米切尔警觉起来："对……"

"你能带我去一趟吗？"

米切尔睁大了眼睛："你想去哪儿？你再说一遍？"

"乔比不跟我谈魂元素，他也害怕。但阿加莎……她应该知道，织魂人要进犯本土了。她既然把我送来，总得让我知道为什么吧。就算她不愿意帮我，监狱里还有别的驭魂者呢，或许他们能告诉我该如何控制魂元素。说不定，他们还知道织魂人的事。"

"不行，太危险了，"弗洛立刻反对，"她可是夺魂刽子手啊！"

"可她之前帮过我！再说，她都已经在监狱里了，还能把我怎么样？"

米切尔看起来像快要晕过去了:"那我爸爸怎么办? 如果他——"

"这事可没法儿中立,"博比直截了当地说,"要么帮,要么不帮。选吧。"

"这……可这事真没那么简单啊,"米切尔结结巴巴地说,"溜进监狱,这怎么帮……你没在图书馆查查? 我要是帮了你,会不会……"

不等他说完,斯堪德就摇了摇头:"图书馆里根本没有魂元素的痕迹。这并非只涉及阿加莎或织魂人的阴谋。如果我控制不了魂元素,无法隐藏它,我迟早会被赶出凌云树堡的。福星恶童几乎每天都要把我甩出去。我会变成游民,就算参加了训练选拔赛,也只能以垫底告终。米切尔,但凡有别的办法,我肯定不会麻烦你。求你了。"

"嗯,我倒是有个建议……"米切尔沉吟道。

"那你答应了?"斯堪德问。

"你们全都疯了!"弗洛叫了起来。

斯堪德看着她说:"你们俩不用掺和。只有我和米——"

"不行!"博比嚷嚷道,"绝对不行!四个人必须一起行动!"

"我会参加的,"弗洛平静地说道,"我只希望有人能记得我曾说过这不是个好主意。"

"这得认真计划一下。"米切尔站起来,"我需要你们来参加我们四人小队的第一次全体会议。"

第十三章 巧克力蛋挞

"还是管它叫闲聊吧。"博比说。

米切尔眯起眼睛看着她说："这可是很严肃的。"

"好好好。那，说吧。"

"听着，想要溜进监狱而不被发现，"米切尔很有魄力地说道，"咱们就必须选择特勤还有我爸爸都忙着的时候行动。"

"忙什么？"斯堪德问。

"烁火节啊。"

"可庆典就在明天晚上！"弗洛惊呼。

"没错，"米切尔说，"就是这天。"

第十四章
烁火节

一夜之间，雨变成了雪。于是，烁火节的清晨，骑手们被钟声唤醒后，见到的是银装素裹的凌云树堡。从树屋的小圆窗户望出去，斯堪德看见屋顶、栈道上都积着厚厚的雪，树梢也被压得弯弯的。凌云树堡沐浴着十一月初的阳光，晶莹剔透，皑皑白雪没过了树干周围的部分铠甲。斯堪德仿佛置身于一个全然不同的世界——一个冬日仙境，而非训练学校。

弗洛兴奋得难以自制：岛上很少下雪，赶上烁火季就更罕见了。米切尔和博比睡眼惺忪地才刚从树桩楼梯上下来，她就已经裹好大衣，戴好围巾和手套了。

"来呀！快点儿！到训练场去！不然水元素训练课一开始，雪就要化了！我想让银刃看看雪，说不定这样它能放松些。"

"你这人怎么回事啊？"博比抱怨道，"对所有事都这么热情，不累吗？"

"也不是所有事啦，"弗洛冲过去，"下雪呀！博比，别这么扫兴嘛！"

"等你在我的雪球攻击下败阵，就会后悔说我'扫兴'了！"博比气哼哼地说，"我妈妈在西班牙的内华达山脉地区长大，那地方年年下大雪。我外公外婆现在还住在那儿，所以我的本事不可小觑。"

弗洛更兴奋了。

米切尔凑在火炉旁边，俯身看着四极城的地图。

"你也一起来吗？"斯堪德问他。

"嗯……我还没想好，溜进监狱的计划还不太完善，必须做好充分准备才——"

"可是下雪了呀！"弗洛拉着他央求着。她大笑着，拉着米切尔转圈，他的眼镜在转圈时甩到了鼻尖上。"我可是银环社社员，你必须听我的话。"她开玩笑地说道。

米切尔又局促又高兴，茶色的皮肤上泛起了红色。"听说打雪仗挺好玩的，"他略一思索说道，"我和博比一队，斯堪德和弗洛一队。"

"你怎么能霸占博比呢！"弗洛立刻抗议。

"喂！我不好吗！"斯堪德也抗议。

"要说也挺公道，"弗洛打开门，咯吱咯吱地踩着平台上的积雪说，"我们这队有一头银色独角兽和一头驭魂独角兽，公平。"

但独角兽们在打雪仗方面并无建树,它们和弗洛一样,对铺在地上的冰凉奇物感到兴奋无比。鹰怒适应了好半天才松弛鬃毛,小心翼翼地把积雪烤干,免得弄湿蹄子。可当福星恶童冲过来嬉闹时,它就把形象什么的全都忘了。红夜悦兴奋得忘了形,脚下一滑,把角卡进了雪堆里。福星恶童咬着它的尾巴,想把它拽出来,惹得弗洛和博比笑得前仰后合。就连银刃也躺在地上,一边打滚一边扑扇翅膀。

"噢,瞧瞧,致命的雪中天使!"斯堪德开着玩笑,笑得腮帮子都疼了。

"是雪中神兽。"米切尔纠正道,但随后他脸上就挨了斯堪德一雪球。

弗洛看着银刃在雪中撒欢儿的模样,叹了口气说:"要是它一直这么放松该多好。"

雪仗持续了整整一个小时。四个人像普普通通的初出生那样,和他们的独角兽滚在一起,嬉笑打闹。斯堪德完全忘了勇闯监狱的事,也不再去想阿加莎送他登岛究竟是好是坏。他暂时抛开了新元飞霜、织魂人、牺牲的特勤和失踪人口,就连即将到来的水元素训练也忘得干干净净。他一直担心自己控制不了福星恶童,最终会暴露真相。但在这短暂的时光里,斯堪德只顾着扎进雪里,躲开福星恶童,以免被它拽掉靴子。他笑得气都喘不过来了。

然而,当独角兽们因为玩得太尽兴而感到腹中空虚时,乐趣就戛然而止了。它们盯上了因为天气原因而不得不走出洞穴的动物，拖着它们的尸体在雪地里大快朵颐。洁白的积雪染上了淡淡的血色，还散发着浓重的血腥气，这样团出来的雪球可就一点儿也不好玩了。不久之后，其他前来训练的独角兽也加入了这场血腥盛宴，场面就更糟糕了。

奥沙利文教官好不容易才整顿好秩序。在凌云树堡呼啸的寒风中，她大声地讲解道："今天的练习内容是用水元素魔法召唤激浪。激浪在攻防之中作用显著，因为它能产生大量的水。举个例子，"奥沙利文教官通常都会举例说明，"我曾见过一位骑手用风元素叠加激浪，其威力之大，足以冲走混沌杯赛场上的一半独角兽。"斯堪德有时候会想，奥沙利文教官例证里的那些骑手，说不定就是她自己。

她的示范如行云流水般，看起来容易得很：她骑上天庭海鸟，伸出亮着蓝光的手掌，手指连贯而平滑地上下摆动，完美的激浪便出现在训练场上空，盘旋片刻之后，碎成了泛着泡沫的浪花。

"该你们了！"她命令道。

博比和米切尔几乎立刻就召唤出了小小的水浪，其他大部分初出生也是如此。弗洛正想好好给银刃讲讲什么是激浪，独角兽的鼻孔和耳朵里就涌出了水花。

"斯堪德？"奥沙利文教官骑着天庭海鸟走了过来，"让我看看你和福星恶童的表现。我见过不少驭水者借助激浪在年底的训练选拔赛中取得了好成绩，不知你们怎么样。"

斯堪德深吸一口气，不敢再惦记魂元素，尽力把全部精力集中在水元素上。他在脑海里勾勒着与水元素相关的画面：薄荷的气味、海水的咸味、湿漉漉的头发……他的掌心里亮起了蓝光。或许福星恶童捕捉到了骑手的意念，或许他们能安然闯过这一关。斯堪德模仿着奥沙利文教官示范的样子，伸出了手掌——

突然福星恶童嘶鸣着直立起来，它的反应比之前更快，腿也踢得更高。斯堪德的心中感受到了独角兽的怒意，一种不能使用他们结盟元素的愤怒。福星恶童猛地展开翅膀，击中了斯堪德的大腿，斯堪德再一次被甩下背去，扑通一声摔在潮湿的草地上。而斯堪德一旦放松了对魂元素的控制，福星恶童就平静了许多，它好奇地看着地上的骑手，好像很惊讶似的。

奥沙利文教官立刻从天庭海鸟的背上跳了下来。"别动，"她说，"摔伤了吗？"

"只是有点儿憋得慌，"斯堪德捂着胸口，长吁一口气，"应该没事。"

奥沙利文教官这才松了口气。"可能是肋骨骨折了，但也总比摔断脖子强。"她检查了一番，命令道，"走吧，我送你去医疗树屋。"

"啊，没这个必要吧……"

"谢谢你的建议，斯堪德，我说有必要就是有必要，"奥沙利文教官牵过福星恶童的缰绳，厉声训道，"去，你骑我的天庭海鸟。"

"不用了吧……"斯堪德央求道。但教官连反驳他的话都懒得说。

这真是斯堪德登岛以来最丢人的经历了。其他骑手留在原地，窃窃私语。奥沙利文教官牵着福星恶童往山上走，斯堪德自己则只能捂着胸口，趴在天庭海鸟的背上。

凌云树堡入口处的大树上出现一片漩涡，大门在奥沙利文教官面前打开了。

"我要给你看样东西。"她的声音很轻。

在身披铠甲的树林里走了一会儿，奥沙利文教官停下步子，指了指一棵孑然独立的树。

斯堪德眯起眼睛，看着在午后的阳光下闪闪发亮的树干。

"这是什么？"他从独角兽背上下来，走近几步才看清树皮上嵌着点点金色。

"如果一名骑手成了游民，他的徽章就会碎成四块，留在凌云树堡。"

斯堪德感到了恐惧，但这恐惧又仿佛令他着魔，引着他凑得更近。果然，他辨认出了火焰的边角、断裂的旋风、碎掉的土石、仅剩半滴的水——都揳进了树干里。

"游民所在小队的成员各自分得其中的一块，"奥沙利文教官解释道，"第四块就被送到这里，嵌进树上，提醒大家，他也曾与我们一同训练。"

"为什么要带我看这个？"斯堪德害怕了，他慌不择言地说，"难道你——我绝不能变成游民！成为独角兽骑手是我唯一的梦想！我一定会竭尽全力的！我要参加比赛，为我爸爸、我姐姐……为我妈妈而比赛……我妈妈很喜欢混沌杯……或许我只是能参加完比赛，也能令她骄傲！我定会更努力地训练的，我保证！求你了，再给我一次机会吧！"

奥沙利文教官摊开手掌，阳光勾勒着她当年孵化独角兽时留下的伤疤。"我不是要宣布什么，目前你还不是。但我确实认为你有可能往这个方向发展。"她指着那棵树说，"你和福星恶童的资质当然不至于沦为游民。训练穹顶还在的时候，我见过你的本领，属实可圈可点。但我不能把其他初出生置于险境。坦白地说，你最近的表现堪称灾难。所以，这是个警告：管好你的福星恶童，否则我将别无选择，只能请你离开凌云树堡。我不希望这种事发生在我们驭水者身上。"

"我会努力的，"斯堪德怯怯地说，"福星恶童只是在生我的气。"奥沙利文教官猛地回过头，追问道："你认为它生气了，还是你感受到它生气了？这可是两回事。"

"我，我觉得，我能感受到它的情感，"斯堪德结结巴巴地说，"今天我就切切实实地知道它生气了。我因为什么事而难过时，能感觉到它顶我的胸口，像要看看我好不好。它会把快乐的情绪传递给我，就像它的心在哄我的心……这……这是正常的吗？"

"斯堪德，这正是我要说的！"奥沙利文教官的眼神凌厉起来，"你现在就能感受到联结中的情感，这是非常超前的。这说明，你们的联结是真正有力的。"她摸了摸福星恶童的黑鼻头，"你真

第十四章 炼火节

得用用功了，为了你们俩。记住：如果它害怕了，你可以替它勇敢。联结让你们得以彼此支撑。我们得帮你成为一个优秀的驭水者。"她拍了拍斯堪德的肩膀，可末尾那句话却让他压力更大了。

突然之间，到阿加莎那里去讨一个答案，成了迫在眉睫的事。或许，无论他多么努力，也成不了驭水者。

那天下午晚些时候，所有骑手都换上红色的夹克，出发去参加烁火节庆典。到处都是独角兽，空气中弥漫着汗味和各元素的气味。自从训练开始，斯堪德就对这种气味习以为常了。第一天来凌云树堡时遇见的那头荒野独角兽浑身散发着腐臭，就像高温下腐烂的尸体。但有骑手联结的元素就不一样了。每位骑手对每种元素的气味都有不同的描述，所以斯堪德闻到的水元素，也和其他队员闻到的不同。而此刻，所有气味都混在一起，让斯堪德想到了橘子和烟尘。

凌云树堡的大门一开，老骑手们二话不说，骑上独角兽就飞上了天空，嘶鸣声、振翅声混在一起，像一支交响乐。

斯堪德和福星恶童将在几个星期后学会飞行，也不知道那会是什么感觉，此时想来，还挺令人兴奋的——只要福星恶童别在半空中把他甩下背去就好。

一片喧闹之中，红夜悦冲着鹰怒打了个嗝，臭烘烘的烟灰气泡爆裂开来，喷在了鹰怒的脖子上。

"我都跟你说了多少遍了,管管你的红夜悦行不行!"博比嚷嚷着,把独角兽翅膀上的烟灰掸掉,"你又不是不知道,鹰怒很在意外表!"

"红夜悦那样完全是自然反应。"米切尔不紧不慢地说道。

"哼,才不是……"博比没说下去。这对她来说可是很不寻常的。斯堪德发现她橄榄色的皮肤有些发白,刘海也黏在了额头上,像是出了汗。斯堪德意识到,她可能是惊恐症发作了,但他也知道,博比应该不希望他当着大家的面问起这件事。

他们骑着各自的独角兽离开了凌云树堡。弗洛一脸忧虑,不停地打量着福星恶童。

"没事的,"斯堪德安慰她说,"它今天心情很不错。是不是啊,小伙子?"他摸了摸福星恶童黝黑的脖颈。"哎哟!"小家伙电了他一下。

"真调皮。"斯堪德咕哝道。他敢肯定,要是独角兽也会笑,他们的联结此刻都会跟着乐得晃悠起来。

他们继续往前走,不知不觉,已经距离凌云树堡好远了。头顶上方的天空里,有独角兽正由东往西飞行,一双双翅膀在夕阳的余晖里翕动,仿佛在与夜色赛跑。从地面看去,很难分辨出它们到底是野生的,还是有骑手的。斯堪德觉得心脏四周咝咝作响,福星恶童似乎正絮絮地发出奇怪的低鸣,联结的悸动引得他莫名兴奋。斯堪德紧了紧脖子上的围巾,他希望妈妈能看见他此刻骑着福星恶童的模样。不论她在哪里,他都希望她能看看这些神奇

第十四章 烁火节

的独角兽。

据斯堪德推测,他们正在进入四极城。这里和本土的所有城市都不一样。道路两旁的树木五颜六色,似在狂欢。树屋有单层的、朴素的,也有大厦一般高耸入云的,座座颜色鲜亮——嫩红色映着淡黄色,天蓝色衬着翠绿色。就连树干和树枝也包上了织物,装饰一新。这里似乎没有刻意将元素区隔开来。斯堪德觉得这样挺好,像他们的树屋一样,让他自在。

再往前走,林荫大道上的商店鳞次栉比,可比马盖特的店铺有趣多了。许多商铺装饰着金漩涡标志,橱窗里陈列着独角兽、骑手和比赛所需用具。店面都开在地面上,这样顾客们就能在人行道上一路漫步选购。斯堪德盯着一家专门治疗烧伤的医馆出神,他发现商店的老板就住在店面上方的树屋里。遥望大道两旁的树木,尼姆罗鞍具店、贝蒂刷子大全、膏油购物中心、英姿制靴公司都是如此。在近距离见识了各种元素引发的爆炸之后,斯堪德完全理解这里的人必须搬离地面的理由。在辖独角兽尚且能惹出乱子,想到驯育课上看过的影片,斯堪德突然担心起荒野独角兽来。一旦成群的荒野独角兽受惊狂奔,那该有多危险!

"你信任他吗?"博比打断了斯堪德的思绪。

"谁?米切尔?"

"对,米切尔,除了他还有谁。"博比低声说道。鹰怒在她旁边叫唤起来。"他要是把我们引到了陷阱里,该怎么办?你想过吗?"

"没有，我……"

"你只是扔了几块巧克力蛋挞帮他打架，他就愿意召开四人小队的第一次全体会议？你不觉得可疑吗？几个星期前他还死都不肯跟你讲话呢，现在却答应帮你勇闯监狱？"

斯堪德耸耸肩说："你是不是觉得人人都有阴谋啊？"

"不错，人人有阴谋，就是如此，斯堪德。"

"得了吧，才不是呢！"

"瞧瞧你自己，"博比拎着缰绳，指着斯堪德，"乍一看，你只是个又笨又可怜的初出生，可实际上呢，你是个不合法的驭魂者，你的独角兽是以魂元素与你联结的，你连登岛都是由越狱的夺魂刽子手帮忙完成的。哦，对了，你还把独角兽的头斑遮住了，那头斑的形状跟织魂人脸上画的那个几乎一模一样——织魂人可是有史以来最邪恶的骑手。"

"你小点声！"斯堪德赶紧拦着她。福星恶童喷着火星，好奇地左顾右盼。斯堪德检查了一下福星恶童的头斑，还好好地遮着，没事。他不得不承认，博比说得有道理。就在几个月之前，博比也不小心泄露了自己的秘密：看似外向的驭风者，其实正与内在的心魔搏斗。或许，人正像元素一样。火元素不只是能引来火花或烈焰，这两者之间还有很多其他的可能。柔和的微风与暴戾的飓风也相去甚远。或许，归属某种元素并不意味着你就是某类人，元素和人一样，是由很多可见的、不可见的部分组成的。

斯堪德希望，如果那天不是偶然撞见，博比有一天会主动告诉他自己的惊恐症。不知为什么，现在他似乎更了解她了，仿佛看见了她的整个脸庞，而不是半明半昧的模糊面目。而这其实并不会有损她驭风者的形象。

博比耸耸肩："我只是说，你自己也藏着秘密嘛，怎么能轻信别人呢？我反正不会相信任何人，尤其是那个傲慢自大的米切尔·亨德森。"

"好吧，"斯堪德说，"可现在咱们也没有别的选择啊。如果我能问问阿加莎怎样控制魂元素，说不定就能保护福星恶童和我自己了。你不也担心留在本土的家人吗？也许阿斯彭·麦格雷斯不知道的事，阿加莎知道。要是她帮得上忙呢？要是我帮得上忙呢？这是唯一的办法了，博比！"

"我不喜欢这样。"博比咕哝道。鹰怒的翅膀上闪过星点电花。"如果你看错了米切尔，我们这就是自投罗网，陷入最简单的陷阱。"

拐下大道之后，四极城就变成了大杂院的模样。老门脸儿、木搭摊位、树屋酒馆都灰头土脸，街巷狭窄逼仄，独角兽和穿红衣的岛民挤在一起，半天也挪不了一步。初出生们赶在太阳下山时抵达了元素广场。广场中央矗立着四座石雕，周围环绕着火把。

广场上的独角兽挤挤挨挨，叫声震耳欲聋，各种元素魔法的气味浓得人喘不过气来。骑手们靠近石雕，渐渐看清了它们的形状：火焰代表火元素，波浪代表水元素，碎石代表土元素，闪电代表风元素。斯堪德暗自思忖，这里或许也曾有一座代表魂元素的雕像。这时，五头独角兽从天空中掠过，尾巴、鬃毛、蹄子上全都带着火焰。它们一会儿排成之字形，一会儿排成环形，一会儿又俯冲向地上的人群，激起阵阵欢呼。

"是火焰箭！"弗洛兴奋地告诉斯堪德和博比。仿佛听到了她的呼声一般，空中的骑手们炫技似的向黑暗中射出火花、火球和火苗，并用它们组成了漂亮的形状。斯堪德一如既往地闻到了火元素的气味——篝火、点燃的火柴、烤焦的面包。他真希望肯纳也在身边——姐姐喜欢烟花，而这一幕要比烟花表演美上千百倍。

广场上以长长的栅栏隔出了一块区域，里面竖着一排火把，两端各站着一头全副武装的独角兽。月光照在金属铠甲上，投下斑斑光影。骑手挥手，向聚集的人群致意。

这时，火把隔栅中央升起一面旗帜，两头独角兽相向全速飞奔。斯堪德看见骑手的手掌里亮起了光，一个是绿色的，一个是红色的，武器随之闪现。

驭火者亮出了完全由火焰构成的弓和箭，在即将与对方擦身而过时，拉开了弓，射出了箭。而驭土者以沙剑应战，在空中一晃，便挡住了燃烧的火箭，将它闷熄。沉甸甸的沙粒击中了驭火者的胸膛，发出砰的一声。人群中立刻爆发出欢呼声。

两头独角兽放慢了步子，小跑着回到了火把隔栅两端。裁判举起标有"2"的旗子，指向了驭土者。

米切尔见斯堪德看得入神，便大声问道："你们本土也有这种比武吗？"

第十四章 烁火节

"和这个不太一样！"斯堪德兴奋地答道。

"那个是不是尼娜·卡扎马？"弗洛眯眼望着下一对选手。果然，第一天带他们参观凌云树堡的那位步威生，此刻戴上头盔去比武了。

弗洛感叹道："她真的挺棒的。我爸爸认为她有机会参加混沌杯呢。"

斯堪德催促福星恶童往前走几步，好看得更清楚些，却发现前面挡着两个步行的岛民。

"要是来真的，就拿着这个。到时候告诉我，听懂了吗，嗯？不要告诉任何人。"一个红褐色头发的男人说着，把一张纸塞到了一个金发女人的手里。女人接过来的时候，斯堪德瞥见纸上有个标志：一条宽弧线底下画着一个黑色圆圈，一条锯齿状的白线把圆圈从上到下一分为二。他扶着福星恶童的翅膀，想辨认出那上面写的是什么字。

"你怎么了？"当那两个陌生人为弗洛的银色独角兽让出路来时弗洛问道。

"我看见……"斯堪德皱起眉头。对啊，他看见了什么？他系紧脖子上的围巾，抵御寒意。

"走吧，"米切尔催促道，"时间差不多了。"

"不能先吃点东西吗？"博比抱怨道，"弗洛说这儿有各种各样的小吃……"

米切尔打断了她："咱们可没工夫闲逛。计划，记得吗？进度已经拖后了。"

博比恨不得揍他一顿。

他们离开元素广场,先是遇见了一位吟游诗人,他口中唱着一首歌颂火焰与命运的优美歌曲。随后他们又途径几个售卖火元素小吃的摊位,其中一家名叫"威尔的火山椒",另一家推销"煤太妃",即直接用煤铲从焖烧的火堆里铲出的大块太妃糖。空气中弥漫着诱人的香气。后来,他们又碰见了叫卖"火焰巧克力"的摊位,斯堪德真希望能停下来尝尝。

除了在小吃摊上大快朵颐,在这里还能买到红色夹克、知名驭火独角兽的招贴画、红色围巾,以及当宠物养的火蜥蜴。四人小队骑着独角兽往前走,迎面而来的岛民个个欢天喜地,他们提着灯笼,举着火把,从头到脚都是红色。福星恶童不住地扭着脑袋咬斯堪德的靴子尖,利角危险地逼近了骑手的胫骨。福星恶童最近迷上了靴子的味道,但其他方面表现还不错。至于银刃,这一路上它都是大家驻足观赏的对象。

他们每拐一个弯,周围的人就少一些。远离元素广场之后,喧闹消散了,街巷立刻暗了下来,冷冷清清的,因为所有人都出门去过节了。米切尔和红夜悦仍然没有放慢速度,就这样他们一路赶到了四极城边上。

"到了。"不用他说也看得出来。月光下,半空里悬着一块巨石,铁链缠绕其上,四条铁链的另一端各缚在位于四角的一棵参天大树上。巨石的表面黯淡而光滑,看上去刀枪不入。

第十四章 烁火节

巨石监狱底下守着四名特勤，他们胯下的独角兽像雕塑似的一动不动，和凌云树堡入口处的那些卫士一样。看来，米切尔说得不错——今晚其他人都在忙着参加烁火节庆典。

"步骤一，开始吧，罗伯塔。"米切尔咕哝道。

博比瞪了他一眼，从鹰怒背上跳下来，把缰绳交给了斯堪德。四头独角兽都躲进了一片小树林里。

"礼貌些！"弗洛叮嘱道。

斯堪德听见博比的声音又洪亮又干脆："你们好啊，夺目闪耀闪瞎人眼的银色卫士！"

"她在干吗？"米切尔抱怨道，"什么乱七八糟的！"

博比煞有其事地清清喉咙，继续说："司法委员要求你们立刻赶往元素广场协助工作。"

特勤们纹丝不动。

骑着黑色独角兽的那位出面回答道："我们的工作是看守监狱，不能擅离职守。"

博比站得更直了："增援的人已经在路上了。别担心，我会守在这儿等他们到岗的。"

骑着栗色独角兽的特勤冷笑一声，讥讽道："你是骑手吗？你的独角兽呢？"

"你是在质疑艾拉·亨德森的命令吗？"尽管这是早就计划好的问题，米切尔听见爸爸的名字，还是有些畏惧。

特勤收住笑声："你又不是艾拉·亨德森。"

弗洛和斯堪德交换了个眼神，有些担心：关键时刻来了。

博比大声地说出了那个他们认为可以扭转局势的句子。

"激流洪涛！"

效果立竿见影。几秒钟之后，四头独角兽全都跑得没影儿了。

见特勤离开，斯堪德、米切尔和弗洛骑着各自的独角兽，牵着鹰怒，从小树林里溜了出来。

"还真是有奇效啊！"弗洛惊奇地小声说道。

"好用得不同寻常。"博比意味深长地看了斯堪德一眼。

"不懂你们在担心什么，那是我爸爸的暗号，代表有紧急事件。"米切尔耸耸肩说，"我早就告诉过你们手上拿本书，就不会有人怀疑你在偷听了。"

"而让别人来说这个暗号，就不会有人怀疑你闯进监狱了。"博比冲着斯堪德扬起眉毛，"不管怎么说，我们是不是应该赶在他们发现没有紧急事件之前实施步骤二？"

弗洛仰头望着巨石监狱："可是怎样才能上去呢？"

"好问题。"博比说，"我是挺喜欢挑战的，可这也太高了，至少得有五十米！"

"而且，大门在哪儿？"斯堪德盯着巨石表面，没发现一点缝隙。他猛然意识到，四根铁链分别涂着四种元素的代表颜色。这一刻，他更觉得自己这个驭魂者是个法外狂徒了。

"进入监狱的方法，我爸爸告诉过我。他说如果他死于非命，就要我替他去收拾那些文件之类的东西。"米切尔挺起胸膛。

第十四章 烁火节

"死于非命？"博比看着斯堪德，用口型重复道。

"他说这话时才像个父亲，"米切尔叹气道，"我们难得的亲密时光。"

"所以到底要怎么做？"弗洛催促道，"你也太不紧张了吧。"

"因为有计划，所以才不紧张啊。"

"那些特勤随时都可能找到你爸爸问个清楚吧？"

"好吧好吧，"米切尔有点恼怒地说，"相信我，好吗？现在特勤都走了，要进去也不难哪。看见那四条铁链了吗？用与之相匹配的元素魔法就能打开。四个人同时施法，效果更好。"

"四人小队第一次全体会议上你可没提这茬儿。"博比质疑道。

"因为这是次要信息。"

"呃，米切尔，"斯堪德说，"有个小问题啊。我是驭魂者，你知道吧，可不是驭水者。"

"用不着非得是驭水者啊，只要能召唤水元素就行了。"米切尔不耐烦了。

片刻之后，四人小队已在高悬的监狱底下各就各位，弗洛、博比和米切尔的手掌上分别亮起了绿色、黄色、红色的光，而斯堪德想等到最后一刻再召唤水元素——约束福星恶童、克制魂元素的时间越短越好。

米切尔开始倒数了："十、九……"

"好了，福星恶童，"斯堪德凑到独角兽耳边轻声说，"现在召唤水元素，为的就是将来某一天可以光明正大地使用魂元素。"

"六、五……"

"就一小会儿，好不好？表现得好，我就奖给你一整包果冻软糖，给你抓小鸟，训练完了你还可以跟红夜悦一起玩。"斯堪德知道独角兽不可能听懂自己的话，但他希望能通过他们的联结，传递强烈的渴望。

"二、一……"

斯堪德成功地召唤了水元素，手掌上亮起了蓝色的光。福星恶童叫了几声。

"来吧！"米切尔叫道。半空中出现了火焰、闪电、土石，以及水流。

"福星恶童，干得好！"水流击中了铁链，斯堪德欣慰地欢呼起来。

四根铁链泛起了四种颜色的光芒，魔法能量在金属链环之间盘绕穿梭，而后汇聚向中央的巨石监狱——

唰——

巨石底部，大门洞开，一架金属梯子像闪电似的射了出来，尖尖的支脚正戳在米切尔脚边。

米切尔顾不上庆祝就提醒大家："快，把独角兽领回小树林里藏好，以防特勤提前回来。"

现在，抬脚就能潜入监狱，斯堪德反而又紧张起来了。米切尔说特勤只守在监狱外面，可万一他的信息有误怎么办？他沿着梯子往上爬，每一步都心慌不已。他不愿意把福星恶童独自留下，博比的话也一直在他脑海里盘旋——"你信任他吗？""你信任他吗？"斯堪德会不会把自己还有朋友们，引到了陷阱里？这样轻易地把米切尔当作朋友，是不是太天真了？米切尔计划好了溜进监狱的方案，那出去的时候怎么办，他也想好了吗？或许，他的真实目的是帮爸爸抓住漏网的驭魂者？

进入监狱之后，斯堪德更担心了。这地方阴森可怖：圆形的石壁反射着脚步的声音，火把插在托架上，火苗噼啪作响，投下摇摇晃晃的影子，任何一点动静都像是有人在跟踪尾随他们。米切尔领着他们快速地通过了一条走廊，走廊两侧画卷高悬：有的描绘着残酷血腥的空战，有的则展示着胜利者睥睨失败者的姿态。走廊贴着弧形的外墙通向牢房，四人小队越往里走，越觉得诡异恐怖。斯堪德则思索着：画上的那些失败者会不会都是驭魂者？

"我觉得我应该单独去见阿加莎。"斯堪德说。再往里，内墙就被金属栏杆取代了。

"计划可不是这样的！"米切尔不同意，"问题清单还是我列的呢——"

斯堪德叹了口气："我知道。但我担心，要是大家都去，驭魂者们可能不会说出什么有用的东西。他们能相信这么多人吗？可我是见过阿加莎的，她认识我。"

"你能行吗，斯堪德？"弗洛一只手扶着斯堪德肩膀问道。

斯堪德点点头。他已经听见前方传来的窃窃低语声了。

"那我们就在这儿等你。"米切尔似乎重新调整了他的计划，

"我们给你放风,盯着特勤。记着,你可没有太多时间。"

越往前走就越黑,遥远的细语声渐渐清晰。

"阿加莎,你在吗?"他问。

无人应答。

"阿加莎,我得跟你谈谈,你在哪儿?"

仍然没有回应。

斯堪德心里一沉:看来她根本不在这儿。只能去问问其他驭魂者了。或许他们知道阿加莎在哪儿,或许他们愿意帮忙?怎样才能让他们开口呢?斯堪德绞尽脑汁思索着。突然,他想到了安布尔的爸爸——怎么把他忘了!

"西蒙·费尔法克斯,您在吗?"

栏杆后面的窃窃私语戛然而止。

"他不在这儿,"一个尖尖的声音应道,"你心知肚明,司令大人心知肚明。"

"他不在这儿?什么意思?"斯堪德的心怦怦直跳。

"你是谁?"一个粗哑的声音反问道,"听起来你年纪不大。"

"我……"斯堪德犹豫了。阿加莎知道他的身份,但向这些陌生人透露实情,似乎有些危险。

"我不是守卫。但我也不能告诉你我是谁。对不起,我也希望能说出来。"

栏杆后面响起了一阵好奇的低语。黑影憧憧,不肯露出真容。

"得了,管你是谁,反正西蒙·费尔法克斯不在这儿。"有人愤愤地说道。低沉沙哑的声音在铁栏杆间回荡。"这就是真相，小伙子，他们绝不肯透露的真相。他们根本没抓住西蒙·费尔法克斯。是啊，夺魂剑子手杀了他的独角兽，可他本人没踏进监狱一步。司令大人至今也不知道织魂人是谁呢。"

斯堪德的心跳加速了。这是真的吗？难道安布尔的爸爸就是……他张了张嘴想追问，但又停住了。用特勤暗号争取来的时间很短，他有更重要的问题亟待解决。

"夺魂剑子手在这里吗？"他的声音颤抖着，"阿加莎在不在这里？你们知道她的情况吗？或者北极绝唱的情况？"

"别在这儿提起这个名字！"有人嚷嚷起来。

"你到底是谁？"那个粗哑苍老的声音再次发问。

斯堪德扭头就跑，沿着弧形的石壁往前冲，想绕回同伴们身边，可他越跑越觉得不对劲儿。竖着栏杆的窗户透不进几丝月光。斯堪德不喜欢黑暗，从来都不喜欢。他停住了步子。驭魂者们的声音消失了。他迷路了吗？这下可麻烦了。他犯了个巨大的错误。他把福星恶童推进险境里去了。什么险境？安布尔的爸爸？如果安布尔的爸爸是唯一一个逍遥法外的驭魂者，那么是否意味着——

"斯堪德，"一个微弱的声音突然冒了出来，"等等。"前方不远的栏杆后面，探出了一只苍白的手。关节粗糙而扭曲，仿佛不久前刚经历过一番恶斗。

"阿加莎？"斯堪德愣住了，"是你吗？"

"我就知道我没听错!看在五元素的分儿上,天啊,你来这儿干什么?!"

"我来找你啊,"斯堪德朝着栏杆走了过去,轻声说道,"我到处找你,可其他人不愿意告诉我关于你的任何事。你还好吗?"

"我在这儿可不受欢迎。"阿加莎叹着气说道。斯堪德只能依稀辨认出她的轮廓。"他们把我单独关起来了。你找我干什么?"

找到了阿加莎,斯堪德反倒不知道从何问起了。

"不错,你是一个驭魂者。"阿加莎说。

"你是怎么……"

"直觉。"她说。斯堪德觉得这句话里暗含着一点儿笑意。

"魂元素,我该怎么藏呢?要怎样才能控制它?"斯堪德急切地问道,"我想压住它,可是不管用。再这样下去,我就要变成游民了……"

"把它和其他元素结合起来,"阿加莎飞快地说道,"压制是可行的,但我估计,你的独角兽有些麻烦吧?"

斯堪德咽了口唾沫:"我不让它用魂元素,它就跟我作对,就讨厌我。"

"它不是讨厌你,它只是不理解你的用意。不要摒绝魂元素,它可以帮助你控制其他元素,控制独角兽的行为。"

斯堪德松了口气,差点儿就要跪下了。他不知道自己还有多少时间:特勤什么时候回来?米切尔的爸爸会不会突击检查?

"织魂人。"斯堪德极力回忆着乔比的话,"驭魂者有办法找

第十四章 烁火节

回新元飞霜吗？你是因为这个才带我登岛的吗？我还应该学些什么？我能帮忙对付织魂人吗？"

阿加莎沉默了片刻。"我也不能肯定。我不清楚织魂人到底想干什么，但肯定与联结有关。织魂人一向对此感兴趣。而你能看见联结。"

"看见？不不，我看不见！"可他话一出口，就想到了自己突变时看见的那些奇怪的颜色。那会不会是其他初出生的联结？

"只要不再抗拒魂元素，你很快就会看见的。这就是只有驭魂者能制服织魂人的原因。只有驭魂者能看见联结。"

"可你能不能……"他的心脏跳得很快、很重，他感到胸口的皮肤贴着T恤一起一伏的。他还有太多问题，但时间不够了。他一直抱着一线希望，希望乔比说错了——他曾说没什么可帮的，说织魂人跟他没关系。

"全靠你了，斯堪德。我太虚弱，不中用了。而且，他们抓走了我的独角兽。非常抱歉，重担全在你肩上了。"阿加莎的声音愈发痛苦。

"可我要怎么学，怎么用？图书馆里根本没有关于魂元素的书，一旦被他们发现，我也会被关进来的！说不定，还会更惨……外面没人能帮我啊！"斯堪德急了，声调高了起来。

"拿着这个。他们认为它和我一样危险，所以一并锁在这里。"

从栏杆后面递出来一本厚厚的、白色皮面的书。光线只够斯堪德辨认出一个符号：彼此缠绕的四个金环。封面上赫然印着

"魂之书"。

"快拿着。"阿加莎催促道。斯堪德伸手接过了元素经典全集的第五卷，也是最后一卷。厚重的书页抱在怀里，沉甸甸的。

斯堪德忍不住随手翻开一页，粗粗读了几段。

驭魂者能够提升自己对其他元素的应用能力，这意味着，在与驭火者、驭水者、驭土者、驭风者对战时，驭魂者可以其人之道，还治其人之身……

魂元素不是攻击性最强的元素，但在所有元素之中，它的防御性能是无与伦比的……

原来，魂元素是真正存在的！这太令人振奋了！这本书里讲得很清楚，是五元素，不是四元素！他又翻了几页。

驭魂者对荒野独角兽有一种亲和力，因为他们与"联结"本身的关系非常特殊，这一点是其他骑手无法比拟的。荒野独角兽能感知到骑手身上的魂元素能量，并对其葆有兴趣和尊重，对其他人或动物则都没有……

以魂元素结盟的独角兽有能力转化其他元素，或在外表上呈现出其他元素的特点。

阿加莎再次开口："去找秘洞。那里有更多书，更多关于魂元素的信息。你要尽可能多地学习，练习。"

"秘洞是什么？"斯堪德问。可阿加莎正要回答时，警报突然响了。

"快走！快走！马上离开这儿！"阿加莎催促道。但她说着却抓住了斯堪德的手腕，把他拉近栏杆。

她的声音嘶哑而绝望："斯堪德，千万不要杀死织魂人。尽全力阻止织魂人的计划，但不要……"

"什么？"斯堪德想在刺耳的警报声中听清楚。

"算我求你，不要杀死织魂人。"阿加莎松了手，隐没在栏杆之后，仿佛从来没有存在过。

斯堪德疯了似的跑回去找他的朋友们，而朋友们此刻也正疯了似的到处找他。斯堪德以为是特勤回来拉响了警报。但弗洛和米切尔齐声叫道："荒野独角兽进城了！"

第十五章
惊跑入城

"火球威猛！"米切尔一看见斯堪德就嚷嚷起来，"这就是《魂之书》吗？"

"咱能先保命再聊书的事儿吗？"博比叫道。她做了个鬼脸，忍着刺耳的警报声，和大家一起往出口冲。

刚冲到外面，他们就听见低沉的吼声、雷鸣般的铁蹄声和远处的尖叫声席卷而来。

"得先去找独角兽！"弗洛越过最后几级梯子，直接跳了下去。

"什么味儿！"博比快要喘不过气来了。

斯堪德辨认出来了，那是他第一天登岛就遭遇过的恶臭。看来，荒野独角兽离这儿不远了。

他们飞快地跑向独角兽藏身的小树林。福星恶童一见到斯堪德就高兴地叫了起来，翅膀上流淌着丝丝电流，像是在欢迎自己的骑手。

铁蹄声震耳欲聋，步步逼近，像是冲着监狱这边来了。斯堪德跳上福星恶童的背，极力不去细听混在荒野独角兽低吼和嘶鸣中的人类的尖叫。

"上去！快点！"米切尔大喊。可只有他自己还站在地上，笨拙地解着红夜悦的缰绳。

福星恶童嗅了嗅空气里的气味。斯堪德感到他们的联结中溜出了一丝恐惧。"别担心，"他抚摸着独角兽黝黑的脖子说，"我会带你离开这儿的。"

米切尔骑上红夜悦，领着其他三人，在空荡荡的街上飞奔。斯堪德希望米切尔先弄清楚荒野独角兽从哪个方向来，可千万别迎面碰上。当他们冲进一片铁匠铺——金属板散放着，锤子凌乱地扔着——陷入死胡同的时候，斯堪德慌神了。他试着在联结中注入淡定。《魂之书》在胳膊下夹着，福星恶童呼吸平稳。可是，巨蹄踏地的声音实在可怕，仿佛整个四极城里都不安全，在任何一个转弯都可能遇见狂奔的荒野独角兽。

弯弯曲曲的小路把他们引到了元素广场。人群四散逃离，四座石雕显得更加高大。腐臭的气味越来越浓，斯堪德不得不张开嘴巴呼吸，免得自己呕吐出来。低吼声灌满耳朵，几乎听不清其他声响了。

斯堪德催促福星恶童往前走，穿过广场，但它却开始往后退。

其他三头独角兽也一样，元素能量在它们皮肤下酝酿，仿佛随时就要爆发。红夜悦的背上开始冒烟了。福星恶童的恐惧流向他们的联结，放大了斯堪德的恐惧。

"它们怎么了？"弗洛着急地想让银刃往前走。

"怕了。"博比直白地说道，她指了指广场对面。

荒野独角兽出现了。

弗洛吓得惊声尖叫，银刃嘶鸣着扬起了前蹄。福星恶童原地打转，扑打着翅膀。斯堪德推测，要不了三十秒，他们就会被迎面冲来的兽群踩个稀烂。

"飞呀！咱们能飞！"博比叫道。

"别傻了！"米切尔说，"咱们连一节飞行课都没上过！最快也要几周后才能安排！"

"我办不到！它们还不会飞呢！"弗洛尖叫。

"要是留在地面上，咱们就完了。荒野独角兽飞行能力很差，很可能不会追过来，而是转而去找更容易抓的目标！"博比坚持道。她抓起鹰怒的缰绳，俯下了身子。

"可能不会？"米切尔气急败坏地说，"你要为了一个'可能'去冒险？"

"走！"博比命令鹰怒，根本没理会米切尔。独角兽将它灰色的尖角对准了对面的怪物，然后径直冲了过去。

"她彻底疯了！"米切尔叫道。

"她会撞上去的！"弗洛捂住了眼睛。

第十五章　惊跑入城

然而这并没有发生。鹰怒猛地张开翅膀，迅速挥动，离开了地面，掠过那些荒野独角兽，飞上了天空。博比兴奋的叫声在元素广场上空回荡。

所有人都忘了疯不疯的事。米切尔骑着红夜悦，也朝着兽群冲了过去，弗洛和银刃紧随其后。而斯堪德和福星恶童留到了最后。他看见米切尔伏在红夜悦背上，而红夜悦展开了覆着厚厚羽毛的翅膀，扬起前腿，准备起飞。可这时，它的腿突然又落了下去，似乎无法凭借翅膀的力量将自己抬升起来。

"加油！加油！"斯堪德大气儿也不敢喘。他听见米切尔惊恐的呼叫声，看见他们距离荒野独角兽越来越近。但随后红夜悦就挥起了翅膀。一下，两下，三下——四蹄离开了地面，他们冲上了半空。

银刃似乎早就等待着这一刻了。它优雅地从福星恶童面前走过，拍打着翅膀，轻松自如地飞了起来。弗洛死死地抱着独角兽的脖子，斯堪德看见她紧闭着眼睛。不过这一次，银刃很体贴自己的骑手，稳稳当当地飞上了天空。斯堪德夹紧双腿，暗自祈祷福星恶童也能顺利飞起来，带着他离开险境。福星恶童黑色的翅膀蹭着他的膝盖动了动，徐徐展开，似乎比之前更宽大了。斯堪德用腿夹紧独角兽热乎乎的肚子，催促它快一点儿。黑色的羽毛兜住了风。那本《魂之书》夹在斯堪德胳膊底下，但他的肌肉绷得太久，有点没力气了，而且福星恶童助跑时又很颠簸，那么一晃，书就滑了下去。斯堪德慌忙间捏住了几张纸页，但整本书太重了,纸页一张张地从他指间溜走,只剩下一张时,福星恶童又猛地往前一冲,纸被扯破了,《魂之书》重重地掉在了地上。

"不!"斯堪德大叫。但这时,他已经顾不上思考要不要去把书捡回来了。福星恶童向上扬起翅膀,呼吸急促而粗粝,全速冲向那群狂奔的荒野独角兽。它们离得这么近,斯堪德都能看见它们头和脸之下透出来的骨骼,以及眼和鼻子里滴下的黏液。他松开缰绳,搂住福星恶童的脖子,尽量低伏身子,好减少空气的阻力。就在斯堪德觉得自己可能逃不掉的时候,他突然感到肚子底下一顶,福星恶童的四蹄离开了硬实的地面。

斯堪德突然感到头晕目眩,不敢去看福星恶童两只耳朵间露出的那道夜空。夜风呼呼地吹着,把他的头发掀过来又翻过去。他觉得这是他活到现在最不平凡的一刻。他觉得自己是个超级英雄,是个巫师。不,比这些更厉害,他是个独角兽骑手。

福星恶童飞向漆黑的夜空,把那些怪兽抛在后面。果然如博比所料,它们没有追上来的意思。

纯粹的恐惧倏尔变成了恣意的快乐,这是斯堪德从未体验过的。飞翔太棒了,宛如拥有一切。这和阿加莎骑着北极绝唱飞行是不一样的。福星恶童是他的独角兽,是他命中注定的伙伴,这是他们第一次分享空中之旅。斯堪德没有感到预料中的恐惧或危险,而是感到了笃定。因为他们之间的联结告诉他,要是他掉下去了,福星恶童一定会接住他。

四人小队的四头独角兽排成了菱形队列:博比打头,弗洛和米切尔跟在两侧，斯堪德殿后。随着福星恶童在冷风中飞行，他一直笑着，嘴都没合上过，以至于他的牙齿都冻得发酸了。他要把这一幕写信告诉肯纳。这是确确实实、真实不虚的，没有秘密，没有隐瞒，没有魂元素，只有飞翔。黑色围巾飘在身后，斯堪德真高兴，还好他听肯纳的话，把它带上了。今晚，他仿佛带着妈妈一起飞上了天空。

独角兽们轻柔地彼此呼唤，叫声在风中飘荡。斯堪德本来还担心博比不认识回凌云树堡的路，但福星恶童在星星之间悠然徜徉时，他觉得自己也不太在意了。阿加莎的话闯入了他的脑海："不要摒绝魂元素。"在空中，应该不会伤到别人吧？让魂元素注入联结试一试，就一小会儿？

斯堪德的手掌上亮起了代表魂元素的白光。福星恶童兴奋得大吼大叫，羽毛尖也泛起了白色的光，像是在呼应它的骑手。

这时，风中响起了弗洛急迫的声音："快看！看下面！"

"那到底是什么啊？"米切尔叫道。

但斯堪德看清了，他透过福星恶童黑色的羽毛，看清了令人不寒而栗的一幕。

荒野独角兽群向着四极城外狂奔，有一只独角兽跟在后面，且与其他不同。那些骨骼透出来的荒野独角兽，肌肉萎缩，翅膀瘦削，皮肤腐烂，尖角是透明的；但这一头却很强壮，翅膀健康，皮肤洁净，尖角是灰色的。

是新元飞霜，它背上驮着织魂人——黑色的裹尸布在他身后飞舞，脸上的那道白色斑纹闪着光。

"织魂人后面有个人！"博比叫道，"新元飞霜背上有两个人！"

"看起来很眼熟！"米切尔说，"我肯定在哪儿见过他。可是离得太远了。弗洛，你能认出来吗？"

白光仍然在斯堪德的手掌里闪烁，他眯起眼睛，也想看个仔细，却看见了别的东西。新元飞霜和织魂人的心脏之间连着一条莹亮的白色光索。那是联结。织魂人已经和新元飞霜形成了新的联结吗？那阿斯彭的联结呢？仍然存在，还是已经断开了？这怎么可能呢？

斯堪德抬起头，想告诉朋友们，但四周闪烁的色彩让他分了心：米切尔和红夜悦之间连着红色的光索，博比和鹰怒之间的光索是黄色的，弗洛和银刃之间是绿色的。他低下头看了看自己的胸口……什么都没有。或许驭魂者看不见自己的联结？惊奇和恐惧同时袭来。阿加莎说得对。使用魂元素就能看见其他骑手的联结。他回头遥望，看见织魂人和新元飞霜的联结莹莹闪烁，他们正把荒野独角兽群往极外野地赶。可是，这是否意味着阿加莎的每一句话都是对的？"全靠你了，斯堪德。"他想到这句话就害怕。

他们很快就飞到了凌云树堡的大门口。着陆可远不如飞在空中好玩。福星恶童也不懂减速，直接撞上了小山包，滑进了泥地里。幸亏斯堪德抓得够紧，才没被甩出去。

四组人马全都安全着陆后，博比就急着用手掌去按树桩上的按钮，希望守门的特勤不要多加盘问，可是——

"沙尘席卷！①你们几个是飞回来的？"

韦伯教官的身影从凌云树堡的围墙上冒了出来。他穿着一件苔藓做成的袍子，和头上的苔藓突变十分相称。

没有人回答他。

"好吧。想必你们已经知道烁火节庆典上发生了荒野独角兽惊跑事件。"他厉声说道，"所有人都以为你们这一整队初出生失踪了，遇难了。鉴于近期的情况，我们没法儿不这么想！另有五名特勤殉职。五名！还有两位岛民被织魂人掳走！你们没看见烟吗？"

"本土安全吗？"斯堪德问。

"暂且无虞，孩子。你们四个怎么样？我们都担心死了。想想吧，要是织魂人抢走一头银色独角兽……天，光是想想都觉得受不了！"

凌云树堡的大门在一片水漩涡中打开，又有四个人走了过来。火苗跃动，把他们的影子投在围墙上。

斯堪德认识其中三人。奥沙利文教官一脸震怒，拳头攥得紧紧的。斯堪德曾听说，她脖子上的伤痕是跟三头荒野独角兽搏斗后留下的。她的眼睛充满怒意，就像惊涛骇浪。斯堪德敢出一升蛋黄酱打赌，再来十头荒野独角兽也不是她的对手。安德森教官

---

①在本书中是一种土元素咒语，日常会被骑手们用作感叹词。——译者注

没那么生气，但很失望，耳尖上的火苗都不精神了。气质卓然的风元素教官塞勒看上去很平静，但她手臂上的血管里都缭绕着危险的电花。

另一个人斯堪德不认识。这个男人静静地站在三位教官中间，他的皮肤是浅褐色的，长长的深色发辫里有一绺蓝发，宛如瀑布倾泻而下。

"完蛋了。"看着他们渐渐走近，米切尔哑着嗓子说。斯堪德从没见他这么害怕过，连手指都在发抖。

"怎么了？"斯堪德轻声问，"那是谁啊？"

"我爸爸。"米切尔吸着冷气说，"他肯定知道了。闯监狱的事，你的事……所有的事。不然他为什么要来？"

斯堪德一下子就喘不过气来了。他本能地把福星恶童的缰绳攥得更紧了。谁也不能带走它。他绝不能变成乔比那样，否则他宁肯死。

"米切尔，"安德森教官最先开了口，他的声音很平静，甚至有一些担忧的意味，"你父亲带来了一些坏消息。"

"坏消息？怎么？妈妈还好吗？"米切尔望着爸爸问道。

"是你的堂兄阿尔菲。"艾拉·亨德森不耐烦地大声说道。或许他确实因儿子失踪而忧心忡忡，但并没有表现出来。"织魂人带走了你的堂兄。该死的《孵化场先驱报》明天就会大肆报道，不过我觉得还是先告诉你比较好。"他的眼睛和米切尔的一样都是深褐色，此刻在黑暗中闪着光。"如果有人问你的看法，什么也别说。我们得避免因为同姓而卷入丑闻。"司法委员的脸上没有半分温情。

"知道了，爸爸。"米切尔小声说。

博比、弗洛和斯堪德彼此看了一眼。米切尔的堂兄？就是坐在织魂人身后的那个人吗？

艾拉·亨德森转向奥沙利文教官。"我得走了，已经耽搁得够久了。我们今晚就得把夺魂剑子手转移到别的地方去。"他压低了声音，但斯堪德还是听见了几句，《魂之书》失窃了，这事别再往外传。今晚有人冒用我的暗号支走了看守监狱的特勤。实话跟你说，珀瑟芬，我怀疑委员会里有人暗中支持织魂人。不然还有谁能接触到这种机密信息？"

斯堪德强忍着不去看米切尔。

奥沙利文教官不可置信地连连摇头："这怎么可能！"

艾拉·亨德森清了清喉咙说："凌云树堡一定要高度戒备，今晚我会多派些特勤过来。"

他匆匆地瞥了大家一眼就消失在夜色中了，都没跟儿子多说一句话。

艾拉·亨德森离开之后，斯堪德挨了有史以来最惨痛的一顿狠批。但幸运的是，教官们并不知道警报拉响时四人小队在干什么。因此，耳朵里灌满了训斥和警告之后，他们就被放回去睡

觉了。

当然，他们谁都无心睡觉。四个朋友坐在豆袋沙发上，凑在火炉边暖着手，听斯堪德讲他惊险奇特的经历——从西蒙·费尔法克斯一直逍遥法外，到新元飞霜和织魂人之间的联结，只有一点儿细节他选择则了保留，那也是他最害怕的几句话："全靠你了，斯堪德。""非常抱歉，重担全在你肩上了。"

他一讲完，米切尔就噌地站了起来，径直上楼到卧室去了。

"他没事吧？"弗洛说。她胸前带金色石头图案的徽章闪闪发亮。"真不敢相信，织魂人竟然掳走了他的堂兄。阿尔菲是玛蒂娜鞍具店的学徒。那家店是我们的竞争对手，所以我哥哥认识他！"

"他老爸说话也太生硬了，都不知道委婉点儿。"博比咬了一口她的"救急三明治"，果酱和马麦酱从奶酪里挤了出来。斯堪德都不知道她从哪儿弄来的面包。

但米切尔很快就从楼上下来了，胳膊底下夹着一个长方形的大家伙。

"这是……黑板吗？"博比不可思议地问。

"没错儿，罗伯塔，"米切尔晃了晃手里的粉笔，"第一次全体会议时没来得及拿，现在可以物尽其用了。"

他清了清喉咙说道："现在是 2200 时，欢迎大家参加第二次全体会议。"

"2200？"斯堪德没出声，用口型问弗洛。"就是晚上十点。"弗洛忍住笑小声说。

第十五章　惊跑入城

"我还得再来一份大点儿的三明治。"博比咕哝道。

米切尔把眼镜往鼻梁上一推,一边说一边用粉笔在黑板上写。"现在已知的信息都有哪些呢?织魂人已经设法与新元飞霜形成了联结。织魂人杀死了卫护本土的特勤。织魂人不断地绑架平民——不是骑手。"他咽了口唾沫,补充道,"例如我的堂兄阿尔菲。"

"还有,银环社根本没抓到西蒙·费尔法克斯。"弗洛说。

"要我看,这就说明安布尔的爸爸就是织魂人,"博比说,"她竟然撒谎说他死了。天,谁会撒这种谎?"

"她这样真的很不好。"弗洛赞同地说,但她立马又一脸歉疚。

"我同意。"米切尔点点头,在"织魂人"和"西蒙·费尔法克斯"两个词之间画上了线,"他是头号嫌疑人。"

"这个要保密吗?"弗洛问,"要不要去问问安布尔?"

斯堪德叹了口气说:"没法儿问她。安布尔之所以没有举报我,唯一的原因就是她不希望别人问起他爸爸的事。如果让别人知道织魂人可能就是西蒙·费尔法克斯,那她就一无所有了,我也就没有筹码了。而且,那些驭魂者们也说,阿斯彭不相信是费尔法克斯。"

"再说,"博比冷哼一声,"我们是怎么发现的?怎么解释?"她压低了声音说,"难道说我们是毫无目的地在关押驭魂者的监狱外面闲逛,不小心才——"

弗洛吐了吐舌头说:"对对对。"

斯堪德插进来说："我们还得研究一下——"

"韦伯教官的袍子为什么是苔藓做的？"博比咧嘴一笑，然后又咬了一口救急三明治。

"呃，不是，"斯堪德说，"我们还得研究一下秘洞是个什么东西。眼下《魂之书》弄丢了，这是仅有的线索了。"他举起那撕下来的书页的一角，上面只有半句话——"荒野独角兽及修补"——什么用也没有。"我想回四极城把书找回来。"

"不行，太危险了。"米切尔立刻反对，"秘洞就在凌云树堡内部，其他的先别考虑了。"

"要找到它们真的很困难啊，"弗洛说，"太隐秘了。"

"所以你们知道那是什么？"斯堪德兴奋地问。

弗洛点点头："我不知道它们在哪儿，但确实听说过。秘洞一共有四个，嗯，现在想来应该是五个吧，位于凌云树堡地下，专门为各元素的驭者设立。如果能通过训练选拔赛的话，明年我们就能进去了。矿池属于驭土者，风巢属于驭风者，湛炉属于驭火者，沧渊属于驭水者。"

"原来如此。太棒了！"博比兴奋得眼睛都亮了。

"我挺喜欢关于秘洞入口的传言。"弗洛说，"有个蒙稚生曾经告诉我，得找到那些特定的树桩才能进入地下。如果你没有跟那种元素结盟，它就不准你进入。"她说着皱起了眉头，"魂元素秘洞肯定已经被封，怎样才能找到它的树桩入口呢？这可不容易。"

米切尔似乎另有担忧。"咱们真的可以相信阿加莎吗？我的意思是,她可是夺魂刽子手啊,斯堪德,所有驭魂独角兽都是她杀的。福星恶童也是魂元素独角兽啊!"

"可是也没有别的选择了,"斯堪德慢吞吞地说,"我必须尽可能多地了解魂元素,从秘洞起步应该还不错。"

斯堪德决定把自己隐瞒的事说出来。他们是他的朋友,是他在这座岛上唯一的帮手。

他深吸一口气说:"乔比说,只有驭魂者才能阻止织魂人。他说得对。阿加莎跟我说了同样的话。当我真的看见织魂人和新元飞霜的联结时,便知道他们不是哄我的。只有驭魂者才能看见这些联结。所以我必须弄清织魂人的阴谋……然后阻止他。只能靠我了。"

"可为什么偏偏是你呢?"弗洛反问道,"你才训练了几天啊!"

米切尔急吼吼地说:"得了吧,你可没有对付织魂人的能耐。而且,我们都不知道织魂人到底是谁!阿加莎指的可能是哪个高层,比如混沌杯的骑手,反正不是你这个初出生!"

"现在,以魂元素结为同盟的独角兽和骑手只有福星恶童和我了。只有我们俩是自由的,没有其他人了。"斯堪德轻轻地说出沉重的真相,"只能是福星恶童和我。"

屋里沉默了片刻。一只猫头鹰在窗外嘀嘀咕咕地叫着。

"噢,太棒啦!"博比叫道,"还是围着你一个人转!大家轮流来不好吗?"

尽管如此,斯堪德听了这话还是笑了。弗洛、博比和米切尔也笑了。斯堪德被朋友们紧紧地拥抱着,他觉得,这些爱足够支撑他去拯救世界了。

当天晚上，米切尔没有急着熄灯，而是又和斯堪德聊了起来。这在以前可从未发生过，他非常注重睡眠质量。

"斯堪德，我想……呃，在蛋挞事件之前，嗯，我可能不是很友好……呃，我——"

"没事的。"斯堪德在他的吊床里咕哝道。

"不！"米切尔粗声说，"不能没事！你是驭魂者，这也不能怪你。你一直都对我很好，可我对你，却像——"

"像欺负你的那些人？"

"不是别人。"米切尔揉了揉眼睛，"是我爸爸。你可能也发现了，他不是那种慈祥体贴的父亲。可是我总想让他为我骄傲，总想让他关注我。我很小的时候，爸爸妈妈就不在一起了，轮到他照顾我的时候，他也总是忙忙忙。你能明白吗？

"哪怕到了现在，我也仍然得不到他的关注，做什么都没用。他甚至都没想过可能是我冒用了他的暗号！我就是这么没有存在感！每次我试着跟他说话，他脸上都会露出失望的表情，哪怕他根本没怎么听。所以我活到现在，都是为了无愧于亨德森的名声，为了得到爸爸的认可，其他的一切都不重要。连交朋友都不重要。"

"米切尔，这太糟糕了……"

"可是自从遇到了你们,我发现,世界上还有比向父亲证明自己更值得花时间的事。你知道吗?既然连我老爸都觉得我是个无趣的家伙,我还怎么可能交到朋友呢?我觉得没有人愿意当我的朋友。然后,我遇见了安布尔那样的小霸王,也就更没人愿意做我的朋友了。"

米切尔长叹了一声。"我爸爸真的很憎恶驭魂者,斯堪德,他的梦想就是把他们全关起来!我小时候,他甚至压根儿不提第五元素,假装它不存在!所以,要是跟你扯上关系……那绝对会让他大失所望,会证明我确实一点儿用都没有。"

"米切尔,"斯堪德轻声说,"你可不是一点儿用都没有。"

"可这些都不能作为借口,"米切尔继续说道,"就算他憎恶驭魂者,也不代表我也必须憎恶驭魂者。我现在明白了。你是个好人,这个发现让我觉得,说不定我对别人的看法也是错的。"

斯堪德大笑起来:"在去凌云树堡的路上,我救了你;在断层线上,你救了我。现在你就想对我说我是个好人?"

见米切尔红了脸,斯堪德又有点儿不好意思了。"米切尔,咱们是朋友,好吗?就是这么回事儿。我们是朋友,我们会彼此关心,彼此照顾。今天你带着我们闯进监狱,跟你爸爸周旋什么的,你真的很勇敢。"

"我还没有太多做别人朋友的经验。"米切尔咕哝道。

"我也没有。"斯堪德说,"不过目前看来,我们做得还不错。"

"真的?"

"真的。"斯堪德站起来熄了灯,"帮个忙,别再说我要毁掉这个岛了,行吗?"

米切尔扑哧一声笑了出来:"行。"

"斯堪德……"

"怎么了,米切尔?"

"如果我们知道了织魂人的阴谋,你会去阻止它吗?不管多危险?"

在本土的时候,斯堪德无力改变他的生活,但是在这里,他或许能做些什么。他想起了乔比说过的话:"'能做'并不意味着'应该做'。"不过,斯堪德并不完全认同这句话。他怎么能看着其他人陷入危险,而自己躲在凌云树堡里苟活?

于是,在黑暗之中,他答道:"是的,我想我会的。"

其实,斯堪德想多了解魂元素还有另一个原因,但他没跟米切尔说起。他觉得米切尔不会理解。米切尔生在岛上,长在岛上,他打开了孵化场的大门,拥有了一头红色的独角兽,成为驭火者……他的来处清清楚楚,他知道自己是谁。但斯堪德却觉得还没找到适合自己的地方。他好像既不属于本土,也不属于离岛。他甚至没见过自己的妈妈。到目前为止,他对自己所结盟的元素的了解仅限于《魂之书》里的片言只语,以及织魂人的邪恶行径。走近魂元素,可能是走近自己、寻找归属的机会。说不定这样真能改变些什么。

米切尔打了个哈欠:"当朋友总是这么累人的吗?"

第十六章
空战

　　凌云树堡里驻扎了更多特勤的消息像野火一样传得飞快,从初出生到步威生全都知道了。但大家热衷谈论的话题却不仅限于织魂人。十二月过去,一月到来,训练选拔赛越来越近了,排名最后的五位学员将离开凌云树堡也成了步步逼近的压力。

　　所幸,烁火节时,阿加莎教给斯堪德的方法不错:只要把魂元素和他想使用的元素结合起来,就能更顺利地控制福星恶童了。现在,斯堪德已经可以像其他学员一样轻松地召唤风、水、土、火四元素了。虽然还不能肯定地说不会在训练选拔赛上垫底,但至少不会现在就被认定为游民。

　　很快,所有初出生都学会了飞行,当然,斯堪德、博比、弗洛和米切尔在上飞行课之前就偷偷尝试过了。随着课程的深入,斯堪德自豪地发现福星恶童飞得很快,是他们这一届飞行速度最快的独角兽之一。在每晚都要开的四人小队全体会议中，学习整齐划一地起飞和着陆、分析风向和借助气流便成了最受欢迎的消遣。

寻找秘洞就像弗洛说的那样困难。米切尔花了好几个小时泡在图书馆里，寻找凌云树堡的旧地图，可每次觉得哪本书能派上用场时，就会发现那些关于魂元素秘洞的内容被撕掉了。一天晚上，米切尔又一次无功而返，终于忍不住掉了眼泪。斯堪德觉得，他可能很担心堂兄阿尔菲，只是没有讲出来罢了。

弗洛和博比在凌云树堡摇摇晃晃的栈道上穿梭，尽可能多地寻找线索。她们甚至请教了年长的骑手，本土生和离岛生都有，可他们都只是神秘地笑笑，什么也不肯说。"你们明年就知道了。"一位英少生告诉她们。另一位若成生则居高临下地提醒道："得先通过训练选拔赛才行哟。"

斯堪德遍地搜索——在凌云树堡里找树桩可有点傻，因为这里到处都是树。他连乔比的门都敲了，可那位驭魂者不但不帮忙，更是拒绝在本土生辅修课后跟他独处。

既然找不到秘洞，四人小队就一遍一遍地整理他们目前已知的所有信息：阿加莎是夺魂剑子手；西蒙·费尔法克斯还活着，而且没有被捕；特勤不断伤亡；普通人持续失踪；织魂人与世界上最强大的独角兽形成了联结；织魂人的目标是本土；最最重要的，只有斯堪德能阻止织魂人的阴谋。但问题是，他们至今也不知道那阴谋究竟是什么。

二月末，沛水节已过了几个星期。一天早上，斯堪德披上蓝色夹克，戴上妈妈的围巾，去了陇驿树岗。金蓝双色胶囊信箱里躺着肯纳寄来的信。他希望信里的字句能减轻自己的担忧，能让自己暂时相信姐姐和爸爸是安全的，镜崖特勤的遇袭和织魂人的阴谋没有关系。可他心里清楚，事情根本没这么乐观。

亲爱的斯堪德、福星恶童：

你们好！你问我有什么消息，来，我告诉你。我最近在网上聊天，有一个组织专门帮助像我这样落选骑手的人，嗯，我还是不太能接受自己的失败。你不用多想，这不怪你。只是有时候，我觉得自己生活在黑白两色的世界里。我忍不住搜寻独角兽的影子，也总是梦见它们。可糟糕的是，老爸心情一好，就只惦记着你和福星恶童。我也挺喜欢说起你们的事，但偶尔就不那么情愿了……

悲伤和内疚溢满了斯堪德的胸口，仿佛要翻上来把他淹死。他一直在寻找秘洞，所以最近没怎么给肯纳写信。厩栏那儿传来一阵悸动，撞击着他心上的联结，像是在问："你怎么了？"训练开始前斯堪德在朝围墙走去时，满脑子想的都是肯纳。她本来也拥有一头独角兽，本该来到凌云树堡，成为上一届的初出生。如果她也是驭魂者，那么就会在选拔考试时被刷掉，本该与她联结的魂元素独角兽就会沦为荒野独角兽，陷入永远无限接近死亡的绝境，这太残酷了。这些都是织魂人干的好事。

福星恶童的厩栏外面有个黑影。

斯堪德蹑手蹑脚地靠近，心跳得厉害，直到黑影露出真容，他才松了口气。

"杰米！"斯堪德跟他打招呼，"你好吗？"

但下一刻他就看见了福星恶童，他差点儿认不出它来。泛着微光的黑色护胸紧紧扣住了福星恶童的胸部，金属护甲从膝盖包裹到了小腿，锁子甲护住了肚子，盔帽一直盖到了耳朵。它全副武装的模样，就像混沌杯上的选手。

福星恶童一见到他就叫了一声。斯堪德觉得这叫声里满含着快乐和满意。

杰米斜眼看着斯堪德，等着看他的反应。"这套铠甲能有效抵挡各种元素的攻击。要是哪位甲胄师说他的盔甲能完全防住所有元素，那肯定是撒谎。"

"真不可思议！"

"你是指好得'不可思议'？"杰米的声音有点儿颤抖。斯堪德没想到这会让这位年轻学徒如此忐忑不安。

"是，非常好。"斯堪德努力打消他的疑虑。

出于习惯，斯堪德检查了一下福星恶童的头斑，确定那儿好好地涂着抛光蜡。他突然有些灰心。厩栏里的福星恶童就像夺冠的胜利者，可如果他不能真正地使用他的结盟元素，他还能赢得

第十六章 空战

比赛吗?

斯堪德的铠甲也很合适。胳膊和腿上的锁子甲不影响运动,胸甲也不太重,还有余量能套进一件夹克,好让他既能遮住突变,又不至于紧得憋气。

他们一起离开厩栏,在凌云树堡的林间漫步。身穿铠甲的斯堪德走在中间,一侧是福星恶童,另一侧是替他捧着头盔的杰米。

"沛水节庆典上,你看见那些巨大的冰霜独角兽了吗?"杰米的声音比平时低落。

"没有,训练太忙了。"他撒谎了。庆典当天,他们在米切尔的黑板前开了一整天的会。

"哦,你没去呀。我和好朋友克莱尔一起去的,我们——"杰米突然停下了。

"怎么了,杰米?出什么事了?"

"她,嗯,她被织魂人掳走了。"杰米难过地说,"我竟然一点儿动静都没听见,你说怎么会呢。我们和其他甲胄师学徒都住在同一幢树屋里,她的房间就在我隔壁,可我什么声音都没听见。后来是警报响了,我去找她,才发现她不在屋里。我跑出去,就看见我们的树屋外面涂上了那个标志,织魂人的标志。"

"天哪……"斯堪德喃喃地说道。

杰米叹了口气说:"我觉得最奇怪的地方就是她可能早就知道要出事。头一天晚上,她甚至还送了我一件礼物,是在铁匠铺里打的小独角兽模型,就好像跟我道别一样。唉,我想那可能只是巧合吧。"

斯堪德知道杰米的意思：那绝不是巧合。先是米切尔的堂兄，然后是杰米的伙伴？织魂人似乎越来越近了。

"那个标志怎么擦也擦不掉。我们什么办法都试了。每次我看见它都会想：下一个是不是就轮到我了？最近所有人都这么害怕。"

"我真的很为你朋友的事难过。"斯堪德按着杰米的肩膀说。

"唉，是啊。"他紧接着换了个话题，"你能把围巾摘掉吗？这样戴头盔可能不太方便。"

"噢，我——"斯堪德有些犹豫。他知道这样很傻，但他觉得妈妈的围巾能带来好运。哪怕一丁点儿的寄托他都不想放弃。

"要是你想戴着它的话，可以压在底下。"杰米善解人意地说道。他捏了捏围巾，估摸了一下厚度。"这是从哪儿买的？四极城吗？"

"这是我妈妈的围巾。"斯堪德轻声说。

"喔，"杰米皱了皱眉，"奇怪啊，你不是本土人吗？这围巾看起来像是岛上产的。"

"是吗？这我倒没看出来。"斯堪德一边嘀咕，一边摆弄着肯纳缝的名签。

"好了，"杰米说，"我得走了，得去占个好位置。"

"什么好位置？"斯堪德问。杰米扶了他一把。福星恶童太高了，没有人帮忙他已经骑不上去了。

第十六章 空战

"当然是空战啊！不然你穿这身铠甲干什么？走秀吗？"

福星恶童在训练场的土丘上着陆。斯堪德一看见其他全副武装的独角兽就立刻紧张得肚子里直翻腾。这样的独角兽他以前只在电视上见过。红夜悦穿着锈红色的铠甲，显得很华丽。鹰怒的气势很吓人，金属头盔还给它的尖角留了个洞。银刃的银色铠甲反射着阳光，刺得斯堪德眼睛都有点儿疼。

独角兽们不再像平时一样被限制在四元素的独立训练场内，而是所有小队、全体四十三组人马都集结在覆着草的土丘上。各种元素引发的小规模爆炸挡住了视线，从这里都看不见凌云树堡了。四位教官骑着各自的独角兽站在队伍中央。

斯堪德看到土丘边摆好的座位，就像缩小版的混沌杯赛场，他一下子就紧张起来了。有些离岛生冲着看台叫着挥手。斯堪德忍不住想：弗洛和米切尔的家人可能也在。他的紧张里混进了一丝悲伤。他希望爸爸和肯纳也能坐在这初春的阳光里，看着他身披铠甲，骄傲地微笑。可他只能等到训练选拔赛才能见到他们。

斯堪德骑着福星恶童往前走，突然瞥见了乔比。他的目光越过土丘，望向远方，蓝色的眼睛里有说不出的阴郁，额头上挤出了深深的皱纹。他四周有一圈空位，其他岛民都远远地躲着他。显然，对失去独角兽的骑手的疑虑和偏见，并不仅限于凌云树堡之内。

福星恶童焦虑地喷着鼻息，翅膀尖闪动着电花。身披铠甲增加了它的负重，又像是暗示着危险。它肚子下面的锁子甲撞击着斯堪德的黑靴子，发出当啷当啷的声音。斯堪德让它打了个小圈，想控制住它。奥沙利文教官敲着一块牌子，说起点在风元素训练场。斯堪德看见她身上伸出一条蓝色的纽带，一直连到了土丘另一边的天庭海鸟。斯堪德眨眨眼睛，握紧拳头，摒绝了魂元素。他需要全神贯注，他需要战胜它。

风元素教官塞勒吹响哨子，组织骑手们排好队。斯堪德因为看到好多陌生的独角兽而分了心，不等他哄福星恶童站好，哨子就又响了。教官要求大家安静。

"今天起，我们开始空战练习。"塞勒骑着北风惊梦在队伍前面走来走去。她是凌云树堡迄今为止最年轻的教官，也是最漂亮的教官。她留着蜂蜜色的弹润卷发，披着一件绣有旋风图案的黄色斗篷。她的声音总是那么平静而柔和，但发脾气的时候，手和脖子上的血管就会噼啪作响，划过小小的闪电。她今天讲话的语气尤其冷静，这反倒让斯堪德更紧张了。

"在过去的几个月里，大家做了一些基本的攻防练习，这些都是为实战服务的。在训练选拔赛上，一场空战的输赢，也许就能决定你是继续留在凌云树堡，还是成为游民。只依赖于飞行是不够的，还要运用元素魔法进攻和防御，提升自己的名次。"

"嘘！"

红夜悦朝着福星恶童的右肩挤了过来。米切尔的眼睛里闪着兴奋的光，这让斯堪德很奇怪。米切尔可不是那种喜欢惊喜的人，而今天的空战无疑是最不受欢迎的那种"惊喜"。

"你看见我爸爸了吗？他也来看了！"米切尔大声说道，"他竟然愿意从监狱赶过来看我的第一次空战！凌云树堡一定是通知了离岛生的家人。他来了，来看我了！你能相信吗？快看呀！"

斯堪德从没见过米切尔高兴成这样，哪怕安布尔脸上糊着蛋挞渣，他也没这么开心。斯堪德顺着他手指的方向望去，果然看见了梳着瀑布辫子的艾拉·亨德森。他脸上的表情就和米切尔被博比惹恼时一模一样。

"你们能不能安静一会儿？"弗洛骑在银刃背上说道，"再聊下去可能就要惹麻烦了，而且我也得听听教官说什么呀。"

米切尔含糊地道了歉。博比则翻了个白眼。

"两人一组对战。"奥沙利文教官说，她的声音比塞勒教官粗一些，"规则是——"她顿了顿，"嗯，其实没有一定之规。你们可以使用任何元素，几种结合也行，但我还是建议以你们结盟的元素为主。第一个到达终点的人即为胜利者。"

安德森教官耳尖上的火苗突然蹿了起来，他大笑道："别这么愁眉苦脸的呀！用不着担心，有趣得很！"

"有趣？"马里亚姆害怕地小声嘀咕，"万一把我分到弗洛和银刃那组可就不是'有趣'了！"

斯堪德心里一沉。他们这就要实战了吗？要是福星恶童在半空中把他甩下去怎么办？要是他一战惨败、就此成为游民怎么办？他看见医生也带着担架到场了，就感觉更糟了。

而当塞勒教官公布分组名单时，斯堪德只觉得天旋地转——他要对战安布尔·费尔法克斯。

斯堪德忍不住哀叹："另外四十一个都不选，偏偏选中了她。"

博比和艾伯特先上场。可怜的艾伯特，开始的哨声还没响，他的手就攥着缰绳直哆嗦。有那么一会儿工夫，晨鹰的白色尾巴在空中飘动，美得像一幅画，然后——砰！博比摊开手掌，唤来飓风，直接抛向了对手。狂风掀翻了晨鹰，把它推离了飞行路线。艾伯特则拼命地想要拉起水盾抵挡。

"你们说她会不会用电啊？"弗洛望着空中晶莹的水帘，很担心地问道。可飓风推着水帘拍向艾伯特，将晨鹰推得更远了。博比骑着鹰怒着陆，飞快地奔向了终点。风立刻停了，艾伯特和晨鹰灰溜溜地从山丘前面跑了过去，尴尬极了。

博比回到了队伍里。"干得漂亮！"斯堪德和弗洛叫道。

博比却只是耸耸肩说："啊，好啦，反正我总是会赢的。等我拿下训练选拔赛再祝贺我吧！"

其他的几组实力相当。萨莉卡和阿拉斯泰尔战况激烈，赛程过半了还缠斗得难分胜负。

"萨莉卡，加油！"斯堪德高呼，"冲啊！"

空中火云密布，寻暮突然打着旋儿往下落，阿拉斯泰尔全身悬空，吊在独角兽的脖子下。他们笨拙地落了地，阿拉斯泰尔摔得不轻。萨莉卡骑着赤道之谜在终点前着陆，几步就冲了过去，

第十六章 空战

指甲上的火苗迎着风跳跃舞动着。

弗洛惊叫道:"快看寻暮的翅膀!火还没扑灭呢!"

"阿拉斯泰尔好像流血了。"斯堪德说。

赤道之谜淌着口水,一个劲儿地往阿拉斯泰尔跌倒的地方凑。其他独角兽闻到了血的气味,也饥肠辘辘地叫了起来。寻暮警惕地站在它的骑手旁边,一副守护之态。医生们及时赶来,把脸色苍白的阿拉斯泰尔抬上担架,送走了。

"安布尔·费尔法克斯,斯堪德·史密斯。"奥沙利文教官喊道。

"用火元素,"米切尔给他出主意,"从统计学上说,你占优势。"

"尽力就好。"弗洛鼓励道。

博比咧嘴一笑:"给她点儿颜色看看。"

梁上旋风站在起跑线后咆哮着,蹄子刨着地面。福星恶童龇着牙挤过去,想给它一口。独角兽的胸甲边缘相互摩擦着,翅膀也撞到了一起。

"你要完蛋了,你这个驭魂者。"安布尔咬牙切齿地说。

斯堪德也气势汹汹:"恰恰相反,我赢定了。"

哨声响起,福星恶童起飞顺利,比梁上旋风飞得更高、更快。它的翅膀撞着斯堪德的双腿,斯堪德则迎着气流,努力地适应着铠甲的重量。

他将几个星期以来努力的成果付诸实践,想象着魂元素和火元素共同发挥能量，想象着白色和红色融合在一起。但安布尔不会等对手准备，她手掌下面的空气闪着幽幽绿光，锋利的石块像数百枚小飞弹似的射向了福星恶童。斯堪德措手不及，他原以为安布尔会使用她结盟的风元素，没想到她选择了土元素。

福星恶童一下子被激怒了，咆哮着就要应战。斯堪德觉得魂元素的引力比以往任何时候都要强，甚至超过了他发生突变的时候。魂元素好像从联结的中心不断涌出，他的胸膛里仿佛有颗气球，越涨越大，马上就要爆开了。"福星恶童！"他警告它。

"哎哟，还戴着妈妈的围巾呢！"安布尔追着石块向上飞起。福星恶童灵活躲闪，反倒是斯堪德压不住心中的愤怒了。

"你就这么心安理得？你爸爸明明还活着，你却到处说他已经死了！"

"他是个驭魂者！"安布尔冷漠地叫道，"我宁愿他死了！"她一边叫，一边甩出更多的石块。

斯堪德叫福星恶童后退，这时，他在挥动的翅膀间隐约瞥见了一道白光。"你怎么敢说这种话？你没体验过父母去世的感受，有什么资格说宁愿如此？你根本不懂自己在说什么！"

斯堪德让福星恶童降低高度，好避开对方的石块攻击。但安布尔紧追不舍，额前的星形突变闪着电花："你这个妈宝！你这个驭魂者！你是不是还希望你妈妈——"

斯堪德忍不住了。魂元素突然无限扩张，成了他唯一能感受到的东西。它在他的头脑里，在他的皮肤下，在他的每一次呼吸

第十六章 空战

间。魂元素的气味与其他元素不同，像肉桂的香甜气味。他与福星恶童之间的联结滋滋作响。认了吧，认了吧，这就是你命中注定的元素啊。斯堪德无比清晰地看见安布尔手掌上虽然浮着一层绿光，但掌心伤痕上的那道黄色的光索还是紧紧地连着梁上旋风的胸膛。

出于本能，斯堪德伸出了手掌。福星恶童兴奋得高声嘶鸣。独角兽的情感回应着斯堪德的情感，让他的心如在歌唱。在这一刻，他不去管别人会不会看见，也不在意乔比的警告。他知道自己该怎么做。这是属于他的魔法，根本没有"会不会用"的困扰。他手上亮起一颗光球，抛出后击中了安布尔掌心的伤痕。安布尔一晃神儿，手掌上的绿光就消失了，石块从半空中径直掉了下去。

斯堪德的脑海中浮现出《魂之书》中的句子："魂元素不是攻击性最强的元素，但在所有元素之中，它的防御性能是无与伦比的……"是这个意思吗？他能够从联结内部切断对手的魔法？

安布尔疑惑地叫了一声。斯堪德清醒过来，意识到自己是在冒险。他必须使用其他元素，必须像其他骑手那样对战。

慌乱中，他急忙召唤火元素。但奇怪的事情发生了：魔法来得相当容易，但他仍然能感觉到、闻到魂元素的气味。福星恶童咆哮着，吐出一个又一个暴烈的火球。

安布尔镇静下来，转而使用水元素，但她的眼睛里流露出了恐惧。她很清楚，自己顶不住福星恶童的火球攻势。斯堪德的手掌里也射出了火焰，这时，他突然看见安布尔指着福星恶童，惊恐地大叫起来。

斯堪德低下头，发现福星恶童裹在铠甲下的脖子，以及身体的两侧，都燃起了熊熊烈火。鬃毛和尾巴有时会因为元素魔法闪起火花或电花，但整个身体都燃烧起来，这可太不寻常了。《魂之书》里那些语焉不详的句子的意思突然明晰了："以魂元素结盟的独角兽有能力转化其他元素，或在外表上呈现出其他元素的特点。"但他可不能让福星恶童就这么恣意燃烧。即便在这么高的空中，也是人人都能看见的，他们很快就会反应过来这意味着什么……

"福星恶童，稳住！"斯堪德叫道。

福星恶童低吼一声，又朝着梁上旋风喷出一颗火球。安布尔来不及拉起水盾，只能调转方向躲避。斯堪德瞅准机会，抄起福星恶童的缰绳就催着它冲向了终点。最终，他抢先几秒落地，闯过了终点线。

"下来吧！"奥沙利文教官喊道。胸甲之下，斯堪德的心跳很快。教官看见了吗？其他人看见了吗？

"表现不错，斯堪德，你赢了。"

斯堪德松了口气。要是奥沙利文教官看见他使用了魂元素，肯定不会这么轻松地祝贺他。

"下次努力吧，安布尔，水盾还要再练练。"

安布尔低着头不说话。

"握手啊。"奥沙利文教官催促道。

安布尔只是碰了一下斯堪德的手,就一脸嫌恶地跺着脚走开了。斯堪德毫不怀疑,她肯定已经知道空战中发生了什么。

"作为驭水者,你的火球攻击相当猛烈,"奥沙利文教官评价道,"倒更像个驭火者了。"

斯堪德紧张地拽了拽蓝色夹克的袖子,但教官没再多说什么。

"你赢了安布尔!比扔蛋挞那一仗还漂亮!"博比骑着鹰怒走过来说道。弗洛则领着银刃原地转圈,好让它安静可控。"应该奖给你一份救急三明治!"博比说。

"哈,快算了吧,一点儿也不诱人,"斯堪德飞快地说,"我可不要你的三明治。"

"别那么紧张嘛。对了,你的火元素怎么用得这么好了?自己偷练了?应该叫上我一起练嘛!"

"小点儿声!"斯堪德连忙说,"之后再告诉你。"

博比皱了皱眉头,没有再追问。"米切尔要跟驭水者尼亚姆对战了。你看,她的独角兽叫浮雪。"博比指了指起跑线后的一头白色独角兽。"但愿他能赢,要不然咱们就得听他没完没了地叨叨了。"

"他爸爸看着呢。"

"没有,人家十五分钟以前就走了。"

"这就走了?"

"对,你跟安布尔对战之前就走了。"

哨声吹响,红夜悦咆哮着飞上天空。但斯堪德和博比被看台后面两个人的大声对话吸引了注意力。

"这可惨了,安布尔,真的。他们明年可能都不会让你进秘洞。只有认真的骑手才能进入风巢。"

斯堪德的头发都竖起来了,这个女人声音里的嫌恶很像欧文。以前在学校里,欧文也是用这种语气说他"惨了"。

"可是,妈妈,斯堪德违反了规则,他——"

"这些都是借口,"她提高声调,"我第一次空战时,只用十秒钟就冲过了终点线。"随后她又轻描淡写地说道:"也许你更像你的驭魂者父亲吧。"

就连博比也因为这些扎心的话皱起了眉头。

"对不起,妈妈,我会好好练习元素转换的。我一定更努力,我保证。"

那个女人哼了一声:"但愿吧,不然你不如干脆自认游民算了。"

斯堪德听见了安布尔的啜泣声。"咱们走吧。"他低声说道。他们牵着对战后疲惫的独角兽,快速离开了。

"难怪安布尔那么喜欢欺负人。"博比一走远就说。

斯堪德也有点受不了:"是啊,看来说自己爸爸死于荒野独角兽的袭击也不是她的主意。"他不敢相信自己竟然会为安布尔感到难过。

这时,从远处飞奔来一头血红色的独角兽。斯堪德不用细看就知道,那是红夜悦。因为它每一步都伴随着高兴的屁声,惹得

第十六章 空战

福星恶童兴奋地尖叫。"他看见了吗？我赢了！"米切尔摘掉头盔，额头上汗涔涔的。他擦擦眼镜说："我用大火球把尼亚姆打翻了！哇，大火球！我这就去找他！"

斯堪德和博比内疚地看看彼此：米切尔的爸爸没看见他的空战，他们也没仔细看。

"呃，那个——"斯堪德不知道该怎么说。

博比单刀直入地说："米切尔，你爸爸没看空战，已经走了。嗯，好像是七人委员会要开会，监狱有急事。"

米切尔的脸一下子就垮了下来："他——没看？"他强忍着才没哭，斯堪德听得出来。

博比摇摇头，斯堪德则强装镇定，忍住没问监狱到底出了什么事。

"他说红夜悦的盔甲很棒，"博比主动安慰道，"呃，那个，虽然不如鹰怒的，但也很有混沌杯选手的模样了。"

米切尔的眼神里少了几分绝望："他真这么说？"

博比连连点头。米切尔这才高兴起来，把红夜悦牵到凉亭那里，要给它擦擦汗。

"你真是个很好的朋友。"斯堪德喃喃地说道。

博比耸耸肩，用手梳理着鹰怒的灰色鬃毛。"失望，尤其是对父母失望，是最最糟心的事了。"她迟疑了一下，接着说，"有好长一段时间，我父母都不相信我真的患有恐慌症。他们以为我是装的，为了惹人注意。"

"他们现在还是那样认为吗？"斯堪德小心翼翼地问。

博比摇头道："不了，他们后来闹明白了。但我觉得，米切尔和他爸爸，还得再努努力，才能像饼干和果酱那样好好相处。"

斯堪德忍不住大笑一声："又来了！像饼干和果酱一样好好相处？这次离岛生也不会信你！"

"可上周我把这句话教给了梅布尔，她信以为真了。谁叫她胡说什么离岛生比本土生突变得早。现在，她的朋友们应该都学会了吧。"博比得意极了。

不久之后，轮到弗洛和银刃对战梅伊和亲亲睡美人了。博比、斯堪德和米切尔都骑在各自的独角兽背上观战。

"加油，梅伊！"安布尔叫道。梅伊扭过头，冲着她的队友们甜腻地一笑。"虽然对手是银色独角兽，可那位骑手却是个胆小鬼，连自己的影子都怕！她根本配不上银刃。当初那些卵肯定弄混了，不然哪轮得到她！"

"才不是那样呢！"米切尔叫道。不过梅伊早就走远了。

"还是那么刻薄，本性难移啊。"斯堪德对博比咕哝道。但博比没听见，只是盯着弗洛。在草甸的起跑线后，她正摸索着自己的头盔。

"她好像要吐了。"博比说。

即便穿着闪亮的银色盔甲，弗洛脸上的恐惧也一览无遗。

第十六章 空战

"应该还没有哪位银环社成员变成游民吧。"米切尔自言自语。

"米切尔!"斯堪德吓了一跳,"别瞎说啊!弗洛肯定没问题的。"

事实证明,他们多虑了。奥沙利文教官的哨子一响,银刃就像子弹似的冲了出去,比亲亲睡美人快了一秒。这一秒的领先已经足够了。弗洛骑着银刃在空中调转方向,掌上亮起绿光,一坨泥伴着大堆沙子砸了下去。而亲亲睡美人的后脚还没离开地面,就已经晕头转向了。弗洛拉起土幕,把梅伊和亲亲睡美人围了起来。土幕像一座泥巴筑成的监牢,困得他们动弹不得,更遑论起飞了。弗洛满意地指挥银色独角兽在空中掉头,冲过了终点,独角兽的浑身银光令人目眩。

观众席上爆发出响亮的欢呼声。但唯独博比不为所动,反而皱起了眉头。

"自打从荒野独角兽惊跑事件中脱身之后,弗洛和银刃的关系就变好了。我可不喜欢。这样下去,训练选拔赛上我就赢不了他们了。"

"斯堪德,"沃舍姆教官一脸怒容地走了过来,"借一步说话。"

他领着斯堪德和福星恶童来到蓝色的水元素凉亭边。乔比的脸色很差,像是几天没睡似的。

"你在干什么?竟然在空战中使用魂元素?观众席里可有委员会的人!要是他们发现安布尔的联结中断了怎么办?幸好你飞得够高,可这实在太鲁莽了!"

斯堪德极力解释："我不是故意的。我让魂元素进入我们的联结，是为了好好控制福星恶童，不让它再闯祸啊。今天是没掌握好分寸，仅此而已。可我发现这样真的有效，它可以和其他元素结合起来，发挥作用。"

"没掌握好分寸？斯堪德，你的本事根本不足以控制它！你必须把它压制住，懂吗！"乔比压着声音，唾沫飞溅，气疯了似的。

"压制不住！太难了！"斯堪德也忍不住了，"你试过压制它吗？你试过阻止你的独角兽使用它吗？这根本不是压制那么简单！福星恶童知道自己是与魂元素结盟的，我要是一直回避，它会发疯的。现在这样处理要好得多！"

"银环社、委员会、混沌司令，无论谁发现了，都会置你于死地。斯堪德，求你了，搞清状况好吗？"乔比像要挥拳，又像要哭，手足无措得不知怎么办才好。

"我很清楚。"斯堪德牵过福星恶童，"你是因为害怕才不肯帮我的，我理解。可这是你的事，而我一定要进入魂元素秘洞，不管找多久——"

"你怎么知道秘洞的事？"乔比狐疑地问，"进入魂元素秘洞更是鲁莽之至。它就在凌云树堡的空地中间，你去了就被一抓一个准！你拿一切冒险，到底是为了什么？"

"我没法像你那样生活，"斯堪德伤感地说，"我不想假装一辈子。我明明有机会阻止织魂人的阴谋，怎么能躲在凌云树堡里什么都不做呢。"

第十六章 空战

他骑上福星恶童走开了，走着走着，突然想起了乔比刚刚说过的话："它就在凌云树堡的空地中间。"他知道魂元素秘洞的位置了！

斯堪德急着要把这个好消息告诉朋友们，没有回头去看。他不知道那位驭魂者脸上的神情已从绝望变成了坚定。

第十七章
魂元素秘洞

混沌杯资格赛即将举行。对于凌云树堡的骑手们来说,这宛如一场预赛,他们将最先知道登上本年混沌杯决赛赛场的都有谁。初出生们尤其期待,这能让他们暂时不去担心几周后的训练选拔赛。鉴于大家都会离开凌云树堡去观赛,斯堪德的四人小队就决定在这一天去寻找魂元素秘洞。

米切尔对错过即将举行的资格赛耿耿于怀。比赛当天晨钟敲响时,他已经醒了。他躺在吊床上,若有所思地望着树屋的天花板,夸张地叹了一大口气:"唉,我对资格赛比决赛更期待,有太多可看的了。"

斯堪德翻身下床躲了出去,在树桩楼梯旁边撞见了博比。博比的心情也不怎么好。"不敢相信!我们竟然要错过真正的混沌杯资格赛!"她抱怨道,"要是乔比记错了呢?要是魂元素秘洞根本不在那儿，那岂不是亏大了？"

"你不用跟我一起去啊，"同样的话斯堪德也跟米切尔说了，"我一个人去找就行了，不会有事的。"

"别犯傻了。"博比转向窗户，望着萨莉卡、尼亚姆和劳伦斯走过栈道。他们三人脸上都涂着油彩，以表示对喜欢的骑手的支持。博比气呼呼地瞪着他们，又说道："你一个人是万万不行的，斯堪德，你连衣服都穿不利索。早上起床梳头了吗？你看着就像个疯狂科学家。"

弗洛穿着睡衣出来了，一脸颓丧，仿佛这是她这辈子最糟糕的一天。斯堪德干脆躲出了树屋，到厩栏去找福星恶童。至少，他不会因为没去成资格赛就抱怨连天吧。斯堪德任由福星恶童咬他的鞋带，他抓住这难得的清净，在给肯纳的信里添了几句话。杰米之前透露的消息一直困扰着他。

> 对了，小肯，你给我的这条围巾有什么特别的地方吗？福星恶童的甲胄师杰米说，这像是离岛生产的。妈妈是从哪儿买的？或许爸爸知道？你能趁他心情好的时候问问吗？

到了中午，凌云树堡里几乎空无一人。斯堪德从没见过这么空荡荡的景象，简直等不及了。四人小队一起走过摇摇晃晃的栈道，爬下了树干。在空地边缘的树荫里，斯堪德压低声音说道："咱们从中央往外围找吧。"

一只鸟儿飞过，弗洛吓了一跳。

"我对计划不感兴趣，"博比抱怨道，"赶紧开始不行吗？"

"典型的驭风者，"米切尔说，"风风火火。"

"我数三下，"斯堪德说，"然后就跑到分汇点，分头去找入口树桩。一，二，三！"

他们飞快地冲向空地的中心，找到了四条裂缝交汇的点。斯堪德跪下来，在春天的草丛里摸索，但只摸到了泥土，偶尔还有几条蚯蚓。

突然，他的指关节撞到了什么硬硬的东西。他兴奋地按了按四周的草地，摸出了一个圆形的轮廓。那是一截很矮的树桩，没在高高的草丛里，上面爬满了藤蔓。

"我这儿有发现！"斯堪德向跪地摸索的伙伴们喊道。米切尔和博比立刻跑了过来，弗洛深一脚浅一脚地跟在后面。

"确实是树桩。"米切尔也摸了摸草地。

"不是故意泼冷水啊，"博比叉着腰说，"万一只是个普通树桩呢？"

但斯堪德已经摸到树桩的顶部揳着什么东西。他拨开草叶藤蔓，心跳一下子加速了，那是四环缠绕的标志。

"就是这个！"他激动得喘不过气来，有点不敢相信。他往后挪挪身子，让其他人看："《魂之书》上也有这个标志！"

"你确定要进去?"米切尔问,"我们真的可以信任阿加莎吗?"

"可能有危险。"弗洛说。

斯堪德伏在地上,皱眉看着大家:"这是关键啊。我们没去看资格赛,不就是为了它吗?"

"你可能会发现魂元素就是那么邪恶,大家没说错,"博比说道,"也可能找不到任何关于打败织魂人的线索。进去了说不定反而更糟心。"

"你不懂我的感受!你们都不懂!"斯堪德脱口而出,"就连乔比都觉得驭魂者是见不得人的、是可耻的,哪怕我打开了孵化场的大门、拥有了自己的独角兽,也不该进入凌云树堡。我的家人都在本土,我从没见过我的妈妈。我只想找到归属,有机会找到好好利用我的元素的方法,哪怕只有几分钟。如果你们不能接受,那就不用一起来。"他一口气说完,胸口剧烈地起伏着。

米切尔尴尬地拍了拍他的背,说道:"我们会一起去的。但你也该知道,你属于这个四人小队。"

博比一挑眉毛:"你可真是难得感性啊,米切尔。"

"我只是说出简单的事实啊。当然,要是他成了游民,那肯定就是另一回事了。"

博比连连摆手:"呸呸呸!不禁夸!"

弗洛深吸一口气,冲着斯堪德点了点头。

斯堪德先是用手掌上的伤痕对准树桩上的标志按了一会儿,可什么动静都没有。他又沿着树桩边缘摸索了一遍,想看看有没有什么裂缝、口子，但也都没找到。斯堪德冥思苦想，琢磨着这个入口到底是什么机制，他把手指戳进树桩顶部的标志凹槽里，心不在焉地滑来滑去，就像画画似的。

突然，空地上响起木头发出的巨大而低沉的响声，树桩上弹出了几个生锈的金属把手。"快抓住！"斯堪德冲着另外三人叫道。

四个人立刻在杂草覆盖的基座上围成一圈，各自伸手抓紧，随后便坠进了黑暗之中。他们声嘶力竭地尖叫，仿佛在坐过山车一般。下坠速度极快，斯堪德只觉得肚子里直翻腾，连脸颊也跟着一块儿颤抖。

在黑暗中垂直下坠整整一分钟之后，树桩终于颤颤悠悠地停住了。斯堪德松了手，跌跌撞撞地走到一边，咳出了嘴里的泥土和灰尘。当树桩吱吱嘎嘎地上升回到地面时，斯堪德才睁开眼睛。但这儿实在太黑了，睁不睁眼都没什么区别。

弗洛呜咽着，米切尔则哼哼唧唧的："我要吐了。"

黑暗中突然响起了划火柴的声音。微光勾勒出博比的脸。"你们算什么探险家呀！"她得意地走到墙边，点亮了支架上的火把。火焰燃烧起来，照亮了圆圆的洞顶。"这种探险竟然不知道要带火柴，太业余了吧！"

这黑色大理石砌成的圆形房间以前一定很漂亮，很雅致。但如今，优雅不复存在，取而代之的是白色颜料的潦草涂画——文字、示意图案，且删删改改——覆盖了所有平面，墙壁、地板、陈列柜无一幸免。有些字，笔画尖细难辨，就像学步的孩子用粉

第十七章 魂元素秘洞

笔乱画出来的。

斯堪德转向朋友们,看见他们恐惧而困惑地大睁着眼睛。"我没想到会是这样。"他哑着嗓子,心里有些内疚。"看,"他指着一个空书架说,"我想是有人把所有的书都偷走了。"

"是谁干的这不是很清楚吗。"米切尔指了指对面的墙壁,脸色阴郁。

斯堪德立刻认出了上面的字迹。他刚才竟然没看清。

白色的图案和难以理解的字句之间,挤满了一个一个的"织魂人""织魂人""织魂人"……

"我真的害怕。"弗洛说,"织魂人会不会突然回来?有没有其他的入口能通到这里?"

"别说傻话。"博比厉声说道,可她的声音里也含着恐惧。

斯堪德仔细看了看墙壁。"这些涂料不是新刷上去的,"他慢慢地说,"是旧的,非常旧。看,都剥落了。"

"这是不是意味着某种警告?"米切尔哆哆嗦嗦地问。

但斯堪德正研究着一系列示意图,根本没听见他的话。第一幅画的是一个人伸手去摸一头独角兽的脖子,上面歪歪扭扭地写着"寻找"。第二幅添了一个人,只见他手掌中射出光线,光线旋转盘绕凝成光索,将第一个人和独角兽连在一起,画上写着"织魂"。在第三幅画中,第一个人骑上了独角兽,掌心摊开,上面标着两个字"联结"。

"我知道织魂人为什么要掳走那些人了。"斯堪德的声音回荡在大理石房间里,显得空虚缥缈。

"什么意思?"米切尔急切地问道,"你怎么看出来的?"

他们围过去,一起看着三幅图。

"我看不懂,"米切尔说,"这不就是简笔画的人形吗?"

斯堪德没有告诉过他们自己是如何使用魂元素战胜安布尔和梁上旋风的。他也没有详细描述过自己的魂元素是怎样阻绝了安布尔使用的土元素魔法,以及又如何用白光斩断了黄光。他不知道朋友们会怎么想,所以一直不敢提。

但现在,他全部讲出来了。他在这三幅图里看得很清楚。第一个人不是骑手,是普通人。第二个人是能够看见联结的织魂人。图中的独角兽长着透明的尖角,是野生的。织魂人名副其实,正将二者的灵魂织在一起。织魂人在仿造联结。

"杰米提起过实验。"斯堪德沉重地说,"他告诉我,有传闻说织魂人在拿普通人做实验。这就对上了!这就是织魂人的阴谋!他先拿自己和荒野独角兽做实验,然后是新元飞霜,下一步就轮到那些被掳去的人了!"

"弄清联结的原理,"米切尔喃喃地自言自语,"然后让普通人和荒野独角兽之间形成联结?你是说,这种事要发生在阿尔菲身上?发生在杰米的朋友身上?这可能吗?我可没在哪本书里——"

"可是,织魂人干吗要把这些阴谋计划画在这儿呢?"博比打断他,"这不是太傻了吗?当然,鉴于织魂人就是安布尔的爸爸,这么傻也不奇怪。要我说……"

弗洛嘘了一声，让博比小点声，好像怕织魂人偷听似的。

"我们研究的可是织魂人，"米切尔恼怒地把黑发往后一捋，"他可能都不算是'人'了，干些不合逻辑的事也用不着吃惊！"

弗洛望着那些图画说道："我觉得你分析得对，斯堪德。这就能解释织魂人为什么要抢走新元飞霜了。那可是世界排名第一的独角兽，控制调教起来要比荒野独角兽容易得多。或许，织魂人认为这样能加快实验的进展？说不定，新元飞霜已经……派上用场了？"她指了指墙壁上的图画。

"可是总得有个理由吧，织魂人到底为什么要这么做？"米切尔坚持道。

"这不是明摆着的吗？"博比第一次露出了恐惧的神情，胳膊上的灰色羽毛全都竖了起来，"西蒙要组建一支军队。"

"别叫他西蒙！"米切尔厉声道，"织魂人的身份还没有确认呢！"

"本土。"斯堪德的心跳得很快，"我怎么一直没想到呢？织魂人的计划绝不仅仅是进犯本土。你们想想看，织魂人闯入本土，让那里的人，像我姐姐那样的普通人，和荒野独角兽形成联结。一旦有了这么庞大的荒野独角兽军团，织魂人想拿下本土和离岛，简直轻而易举！"

织魂人在混沌杯赛场上指着摄像机镜头的那一幕突然跳进斯堪德的脑海。阿加莎是怎么说的？"那绝不是偶然，那是一种威胁。"

"不行不行，这扯远了！"米切尔抗议道，"好吧，织魂人杀死了卫戍镜崖的特勤，这看起来确实很严重。"

"不是'看起来'很严重,是'的确'很严重!"斯堪德激动起来,"织魂人已经要——"

"但截至目前,织魂人掳走的人并不多。"米切尔强势地说。"就算这个实验在——"他顿了顿,"在我堂兄那样的人身上成功了,织魂人也不可能有足够的兵力入侵本土。况且,特勤、银环社、混沌杯骑手,都会严阵以待,怎么能让他轻易得逞?"

"可我们这些骑手都乖乖地待在凌云树堡里呢!"博比毫不客气地说道。

尽管大家都一脸坚毅,但斯堪德的心还是沉了下去。寻找魂元素秘洞本来是为了弄清阻止危机的办法,为了向朋友们证实过去的驭魂者不都是坏人,为了证明自己也可以运用魂元素做好事。可现在,搜寻回到了原点,他们找到的仍是织魂人作恶的事实。

"咱们得去找乔比,"弗洛坚定地说,"织魂人都要组建军队了,他总不能袖手旁观了吧?他不能不管!如果织魂人真的要仿造联结,说不定斯堪德有办法力挽狂澜。乔比就帮这一个忙总可以吧?"

他们研究了一会儿才想出返回地面的方法。树桩落地的地方有一截树干,弗洛在树皮上发现了魂元素的标志。斯堪德如法炮制,用手指描画那些圆环。树干咔嚓咔嚓地往下沉,变成了矮树桩。四人抓住把手,嗖的一下被推上了地面。

谢天谢地,凌云树堡里仍然空荡荡的。博比以十足冒险家的姿态提议,择日不如撞日,应该马上去找沃舍姆教官。但斯堪德有些顾虑，因为乔比得知他要寻找秘洞时就很不高兴。他希望乔比能明白，这不是为了他自己和福星恶童，而是为了离岛和本土。织魂人能否如愿组建一支军队，现在可就看他们的了。

几分钟之后，斯堪德敲响了乔比的门。"沃舍姆教官？"他叫道，"你在吗？我是斯堪德！我想问问你——"

门慢悠悠地开了。

"乔比？"斯堪德招呼道，"你在吗？"

"小堪，别进去。"弗洛提醒道。但斯堪德已经走进了摆着豆袋沙发、铺着地毯的客厅。

"也许他在睡觉！"弗洛阻止博比。但博比还是跨上楼梯，跑到了树屋的上层。

"他不在！"几秒钟后，博比叫道。

斯堪德瞥见客厅边上有一扇门半掩着。要不是露出一条缝，他可能会以为那是金属墙的一部分。

斯堪德把那扇门拉开一些，让树屋里的光线洒进去。"乔比？你还好吗？你在吗？"

博比、米切尔和弗洛都挤到了门口。乔比不在，小屋子里只有一张桌子，上面摊着一幅地图。

米切尔凑近了一步："这是什么地方的地图？"

博比也走向桌子，笑道："很好，你也有不知道的事，瞧你脑门儿上都挤出皱纹了！可我却知道，这是——"

斯堪德打断了博比："是本土。"

"山崩土裂！①"弗洛惊呼着拿起另外两卷，"这些都是地图啊！都是乔比画的吗？"

"我猜是的。"斯堪德展开另一幅地图，一张纸掉到了地上，看起来像一张传单。斯堪德把它捡起来，看到上面有个符号。他觉得眼熟，似乎在哪儿见过。斯堪德盯着它，努力回忆。他想起来了！在烁火节庆典上，两个岛民传递的纸上面也有这种弧线和圆圈组成的符号。"你们看这个！"

这时，树屋的门突然开了。"快走！"弗洛尖声叫道。斯堪德把传单塞进口袋里，大家一起冲了出去。

客厅里不再空无一人，可来人也并不是乔比。

"飓风呼啸！②"多里安·曼宁大声嚷嚷起来。孵化场主管、银环社社长和四位教官与斯堪德他们迎头撞上，双方都吃了一惊。

米切尔先发制人："我们是来找沃舍姆教官的。"斯堪德觉得他的声音里有一丝轻蔑，就像他们关系还不太好时那样。

"你们怎么没和大家一起去看资格赛？"塞勒教官问道。她打量着博比的神情虽然还算平静，但皮肤之下的血管里已经泛起了电花。

"我们——"

"这可太不正常了。他们是不是知道些什么？是不是跟此事有关？"多里安·曼宁咄咄逼人。

奥沙利文教官像是极力忍着才没有当场翻白眼："或许我们该

---

①②在本书中都是一种咒语，日常会被骑手们用作感叹词。——译者注

第十七章 魂元素秘洞

问问他们有没有线索，得先找到乔比·沃舍姆才行。我很担心他，他最近有些反常。"

"乔比失踪了？"斯堪德问。

多里安·曼宁抢上来说道："珀瑟芬，乔比去了哪儿，我们其实心知肚明吧！"

"是吗？不是吧。"奥沙利文教官冷然道。

"没有逃亡的迹象，没有挣扎的痕迹，"多里安·曼宁指了指屋里，"也没有其他证据表明这位驭魂者是非自愿地从他不该离开半步的地方消失的。我想我们可以做出合理推测：他是投奔了某人，至于是谁，大家都有数。我早就说过，应该把他也关起来。看看，这下热闹了吧，又是特勤遇袭，又是平民失踪，我们面临的危机比二十四难士更甚！"

"你是说，乔比主动去找织魂人了？"斯堪德脱口而出。

米切尔狠狠地踩了他一脚。

"啊哈！看吧，他们果然知道！"多里安·曼宁胜利似的大叫道。

弗洛走上前去，走近多里安·曼宁，她的银发映着窗外的阳光，熠熠生辉。"社长，"她轻声说，"大家没去看资格赛都是因为我。我睡过头了，而且，我也不想在织魂人这么猖狂的时候冒险带银刃出门。其他队员是为了陪我才留下的。我们听说沃舍姆教官也没去看比赛，于是就来了。斯堪德和博比有些关于离岛的问题想问他。"她一股脑儿说完，喘了一大口气。

"这个解释听起来挺合理的,你说呢,曼宁社长?"安德森教官微笑着看看大伙儿,耳尖上的火苗轻盈地跳跃着。

不等多里安·曼宁接话,奥沙利文教官就把四人小队往外轰:"都走吧,快点儿。"但到了门口,这位水元素教官却又低声警告道:"你们几个就不能收敛收敛吗?烁火节庆典上刚闹了一出,这就又要惹麻烦?"

"知道了,教官。"四个人露出无辜的神情。

他们转过身正要离开,米切尔突然惊恐地叫了起来。

奥沙利文教官立刻折了回来,多里安·曼宁和另外三位教官也冲到了门口。"怎么回事?"

他们站在乔比的树屋外面,盯着金属墙壁上的白色条纹怔住了。

"你看清了吗,多里安,"奥沙利文教官厉声责问道,"他和别人一样,是被掳走的。"

四人小队回到了自己的树屋。还没等关好门斯堪德就急匆匆地说:"曼宁主管说得对,乔比不是被掳走的。"

"怎么不是?"米切尔倒在红色的豆袋沙发上,"咱们不是看见证据了吗?他的树屋上有那个白色标志啊。"

"你们看看这个。"斯堪德从口袋里掏出从乔比屋里拿的那张传单。

被拒孵化场门外
你失望了吗?

渴望独角兽的梦
已破灭了吗?

或是独角兽已死,
留你于孤苦?

有联结,就有一切,
如此不公,
凭什么?

我们愿帮你破孵化场之大门,
建独角兽之联结。
魔法,本该众生平等。

每个人都值得拥有独角兽,
正如独角兽不能没有骑手。

来吧,加入我们。

直到此刻,斯堪德才明白自己在烁火节庆典上看到的那个符号是什么意思。他心惊胆战地向队友们解释:弧形代表孵化场的土丘,下方的圆形即孵化场大门,圆形上的锯齿状白线暗示着破门而入。

传单底部被撕掉了,那上面原本应该写着"我们"是谁,以及联系方式之类的信息。

米切尔抓过传单又看了一遍。

"我们回想一下,"斯堪德谨慎地说,"我第一次问乔比织魂人的阴谋是什么,他就很清楚地告诉我,驭魂者可以阻止它。他也知道魂元素秘洞在哪里,所以可能看过墙上的那些图示。现在出现的这张传单,始作俑者显然就是织魂人。乔比一定是忍不了软禁在凌云树堡的日子了,而织魂人能提供的东西正是他想要的,他想——"

"重新成为骑手。"弗洛替他说完了后半句,眼神里充满了悲伤。

"杰米也告诉过我,他的朋友克莱尔好像事先知道织魂人会去找她。他说她失踪的前一天晚上,还曾专门跟他道了别。"

"也就是说,"弗洛接着说道,"那个白色标记代表的并不是织魂人圈定了牺牲品,而是有人想邀请织魂人。他们是主动要求跟他走的。"

米切尔放下传单,抬起头来,脸上挂着泪珠。

"阿尔菲失利时我年纪还很小,但我记得很清楚。他没能打开孵化场的大门，难过极了。他真的很想成为骑手，可梦想就那么破灭了。我来这儿训练之后，他从没给我写过信。他会不会也看到了传单，想要抓住机会，拥有自己的独角兽？"

"可那是荒野独角兽啊！"博比大声说，"天啊，谁愿意跟它们形成联结？"

"你并没有尝过联结断裂失去独角兽的滋味，"斯堪德郁郁地说道，"我们都无法体会。但乔比知道，而且濒临崩溃。"

"乔比的那些本土地图，"米切尔突然说，"可详细得很啊！"

"这可糟了，"博比睁大眼睛，"乔比对本土了如指掌，他被软禁了多久就研究了多久。西蒙想知道的一切，他肯定都知道：荒野独角兽在哪里秘密栖身，每个城镇有多少人口，哪个大楼能充作据点。他们完全可以自立为王！"她的声音不住地颤抖。

像是应和博比的假设一般，窗外亮起了绿色的信号弹。又有一位特勤遇袭牺牲了。就连米切尔也顾不上计较织魂人到底是不是西蒙了。

在不安的静默之中，斯堪德想起了乔比在初出生第一次空战后的眼神。他像是挣扎在两难里，备受折磨。最后，他似乎做出了选择：抓住重建联结的机会；这联结只有织魂人能给他，为此，他宁愿以本土作为代价。

"我今晚要睡在厩栏里，"斯堪德说，"我不放心福星恶童，我得陪着它。"

大家都同意。四位年轻的骑手从吊床上抓起毯子出了门，要和他们的独角兽一起度过黑夜。

可斯堪德根本睡不着。他反复回想着秘洞墙壁上的字迹：寻找、织魂、联结。时间不多了。乔比站在了织魂人一边，而他知道，斯堪德是驭魂者。

乔比真的是因为害怕才不愿意帮助斯堪德的吗？还是说，他不希望斯堪德知道得太多？

现在，即便斯堪德已经猜到织魂人的阴谋是在普通人和荒野独角兽之间建立联结，他也完全没有头绪，不知道应该怎样阻止这一切。

第十八章
胜利树

接下来的几个星期一闪而过，训练选拔赛步步逼近，斯堪德快要承受不住了。他夜夜梦见织魂人率领荒野独角兽大军闯入本土，夜夜从噩梦中惊醒。他必须克制地使用魂元素，既不能被人发现，又不能惹恼福星恶童被它甩下背，所以每一天的训练都像是在走钢丝。练习赛时，骑手和独角兽之间的联结在他眼前乱晃——红的，蓝的，绿的，黄的，他也只能假装什么都没看见。

训练前后，初出生们很自然地以元素分成小组，聚在一起讨论。这非但没有帮助，反倒让斯堪德感觉更糟了。驭火者们议论着新学的火焰进攻法，驭土者们探讨着如何改进土元素的魔法性能，驭风者们不停地验证着闪电护盾的有效性……斯堪德努力地想融入驭水者们的讨论，但从未成功。他只能躲进厩栏，忍受着嫉妒的刺痛，一遍遍地看着他摹画的织魂人的那个图示。

如此魂不守舍，斯堪德毫不意外地开始在空战中落败，不仅仅是输给弗洛、博比、米切尔，而是输给所有人。在练习赛中，他的排名一直徘徊在最后五名。用不着谁来提醒，他自己很清楚，再这样下去，学年结束他就得滚出凌云树堡了。他一想到训练选拔赛的观众席上也会有爸爸和肯纳的身影，就感到恐惧无比。

　　不过，背负压力的也不只是斯堪德一人。大部分初出生都整天泡在各个元素的图书馆里，查阅各种各样的关于进攻、防御等的资料，铆足了劲儿要在训练选拔赛中躲开"倒数五名"。为了一些珍贵的资料，他们真会大打出手，而空战时的输赢也让他们掉了不少眼泪。到了五月初，长风节庆典如期举行，但这些初出生们都忙着学习、练习，没一个去凑热闹。

　　安布尔愈发刻薄，对待米切尔尤甚，抓住一切机会嘲笑他的魔法。米切尔自然非常努力，每当空战失利或练习赛成绩欠佳，他都要花上几个小时来思考复盘。

　　"偶尔表现不好也没关系。"弗洛劝他。在一场激烈的空战中，米切尔和红夜悦输给了驭风者罗米利和午夜星。

　　"我当时就该更果断些，使出火焰喷射。我太拖沓了。"他一拳砸在豆袋沙发上，"我怎么还没突变！现在只剩下我和艾伯特没有突变了！"

　　弗洛努力安慰他说："没关系的，米切尔。"

　　"有关系！"米切尔咬着牙说，"你来当儿天艾拉·亨德森的儿子就知道了！"

第十八章　胜利树

几个星期之后，凌云树堡里的气氛更加压抑了：每场比赛都勉强才能骑上独角兽的艾伯特，经正式宣布，成为游民。尽管艾伯特说他终于不用再为选拔赛担忧、终于可以松一口气了，但离别时刻，看着那枚火元素徽章四分五裂，斯堪德连一句"再见"都说不出口。他不愿再回想那些画面：艾伯特骑着晨鹰，最后一次经过凌云树堡的入口；艾伯特的徽章碎片被分别交给了他的其他三位队友；金光闪闪、不复完整的火焰被揳上了游民树……他极力想把这一切摒绝在外，但金属相互敲击的短促而尖锐的声音，仿佛响了一整夜。

很快，训练课也结束了，等待着初出生们的就只有决定他们去留的那场比赛。独角兽们趁着休假都窝在厩栏里打盹儿，而骑手们的日程表上也只剩下了一件事。

下午三点整，斯堪德、博比、弗洛、米切尔和其他初出生来到空地上集合，等待塞勒教官的指示。斯堪德望着左右熟悉的骑手，想到了明天即将举行的训练选拔赛。他们要当着全岛民众的面、当着家人的面，为自己在凌云树堡的一席之位而战。今天，他们是同窗；明天，他们就是对手。

风元素教官骑着她的灰色独角兽北风惊梦来了。她优雅地招呼大家跟着她往树林里走。

"这是要去哪儿？"博比踩着小树枝抱怨道，"我还想再把战术过一遍呢！就不能改日再闲逛吗？等我们这辈子最重要的比赛结束之后再逛？"

"举双手赞同。"米切尔说道。斯堪德差点儿绊倒,博比和米切尔意见一致之罕见,正如安布尔赞美他人之稀少。

"但愿不是去游民树。"斯堪德小声地跟弗洛嘀咕。现在最不需要的提醒就是,明天极可能被淘汰的也有他。

"应该不是,这是另一个方向。"弗洛看看附近的围墙,"游民树在水元素那边,但你看这些植物,显然是风元素的。"弗洛说得对。围墙上覆盖着一丛丛亮黄色的毛茛和向日葵,高高的野草沙沙作响,毛茸茸的蒲公英在风中摇晃着撒播种子。斯堪德注意到,有两位银面特勤骑着各自的独角兽,守卫在围墙上。

塞勒教官和北风惊梦停在了一棵粗壮的大树旁边。她笑了笑,让大家放心。

"我保证,今天没有任何小测验。但这儿有个传统,那就是在训练选拔赛前一天,初出生们都要来参观这棵胜利树,以激发斗志,在比赛中全力以赴。好了,哪个小队先来?"

博比噌的一下举起了手。

米切尔叹了口气:"这就是驭风者。"

"好极了!"塞勒教官叫道。她的独角兽也跟着吼了一嗓子。

四人小队走到树下,斯堪德发现这棵树和凌云树堡的其他树不同:树干上凿出了一级一级的台阶,盘绕而上,就像螺旋楼梯。

"走上去的时候,"塞勒教官叮嘱道,"要留意树干上钉着的金属名牌。自开鸿骑手建立凌云树堡以来,历届训练选拔赛的优胜者都记录在这上面。走到最上面的时候,大胆畅想吧。想想你们的名字也可能加入其中！"

初出生们立刻窃窃私语起来。斯堪德跟在博比和弗洛后面，突然有些紧张。他并不指望自己有幸成为优胜者，但刚才教官的一席话却提醒了他：明天这个时候，已经尘埃落定。

每走几步，斯堪德都会停下来，看一看名牌上面的字，但越往上走就越觉得不对劲，他注意到有些牌子被摘掉了。快到树顶的时候，他实在好奇，于是停下来，转身问米切尔："为什么有些名牌不见了？你知道吗？"

米切尔很是尴尬："呃，我想，那些应该都是驭魂者吧。"

斯堪德眨了眨眼。"你是说，这些赢得训练选拔赛的骑手，只因为自己是驭魂者，就连名字都留不得？这……这实在是太……"他挣扎了半天才挤出一个词："不公平。"织魂人的罪行由所有驭魂者担负，这不公平。魂元素独角兽与骑手生离死别，硬生生被切断联结，这不公平。还有凌云树堡之外，离岛也好，本土也好，很多人明明有机会打开孵化场的大门，可他们的独角兽只能沦为荒野独角兽，坠入无限接近死亡的绝境中，这不公平。驭魂者的成就全部被踢出历史，这不公平。恐惧和残忍同时击中了他。

"别难过，斯堪德。"米切尔说。

但斯堪德顾不上难过，他指着最近的一处空白问："这本来是谁？你知道吗？你记得其他驭魂者的名字吗？"他突然觉得必须记住某位驭魂者。这个人和他善用的是同一种元素，并且最终取得了胜利。在他自己也将亲赴训练选拔赛之前，知晓这个人姓甚名谁，似乎尤为重要。

"嗯，按这个位置来推测，我想应该是艾瑞卡·艾弗哈特？"

"艾瑞卡·艾弗哈特是谁？"博比已经到了树顶，听见他们谈话便回过头大声发问。

"人人都知道艾瑞卡·艾弗哈特！"弗洛本来是笑着说的，但她看见博比生气的表情，就收起了笑容，"人人都喜欢她。她是混沌杯有史以来最年轻的优胜者，而且赢过两次。但可惜的是，第三次参赛时，她的独角兽彼岸血月被杀死了。杀死它的肯定也是个驭魂者。"

"独角兽死了？这常见吗？"博比问。

"很不寻常。"弗洛说，"那是我出生之前的事了，不过我父母说，艾弗哈特的第三次混沌杯是他们所见过的最惨烈的比赛。空战胶着，毫无喘息的机会，后来……彼岸血月就战死了。"

"艾瑞卡·艾弗哈特？"斯堪德喃喃自语。

"行了，斯堪德，快点上来啊！"博比不耐烦地催他。

斯堪德却用手指摩挲着留下来的那些名牌，在脑海中仔细搜索，终于，他想起来了。"我见过这个名字！"他大声说，"在孵化场！生命隧道里！"

米切尔和弗洛同时说道："这不可能。""你看错了。"

"为什么？"博比和斯堪德也异口同声地问道。

"因为艾瑞卡·艾弗哈特早就死了。"弗洛轻声说，"彼岸血月战死之后，她无法承受，后来就——"

第十八章 胜利树

"从镜崖跳下去了，"米切尔直言不讳地说，"悲伤把她压垮了。"

"而生命隧道里只显示还在世的骑手的名字。"弗洛补充道。

"可是我看见了！真的看见了！"

"如果她真的活着——"米切尔突然一惊。

"她就是活着！她还活着！"斯堪德喊了起来。

塞勒教官的声音从树干底下传了上来："你们在干什么？别人还要参观呢，别磨蹭！"

米切尔一动不动，他的神情非常严肃："如果艾瑞卡·艾弗哈特还活着，那么她必然是一位极具天赋，甚至是有史以来最了不起的驭魂者。如果艾瑞卡·艾弗哈特还活着，那么有一种可能性极高——她就是织魂人。"

博比皱着眉问道："那西蒙——"

砰！砰！砰！砰——

瞬间的困惑之后就是惊声尖叫：各色的信号弹跃上了各个方向的天空。

四人小队连忙从树顶冲下来，又爬上了最近的栈道。斯堪德不知抓了谁的手，米切尔攥着博比的手，博比拉着弗洛的手。

"你们还好吗？"斯堪德的声音直哆嗦。烟雾弥漫，一时间什么也看不清，但他们刚跑到附近的平台上——砰！砰！砰！砰！代表殒命特勤的信号弹又不停地射向空中，凌云树堡上方如同罩了一方华盖，四种颜色彼此交织，就像入口处那棵树的叶子一样。

"出什么事了？"弗洛快要哭了。

"不清楚！"斯堪德叫道。骑手们挤在栈道上惊慌失措，乱成一团。

"是咱们这儿的特勤！"米切尔被烟尘呛得连连咳嗽，"肯定是！但我觉得外面应该不只是织魂人自己，信号弹各个方向都有，而且是同时出现的。"

斯堪德倒吸一口冷气："你是说，织魂人率领军队打来了？"

这时，奥沙利文教官的声音压过了隆隆的爆炸声："各教官注意！保卫厩栏！"

"我要去找鹰怒！"博比立刻回过神来，"我不能躲在这儿让织魂人的军队把它掳走！"

斯堪德几乎无法呼吸：福星恶童！四人小队跳下梯子，冲向西门，然而，一头独角兽挡住了他们的去路。

"你们来干什么？"奥沙利文教官骑在天庭海鸟背上，"回自己的树屋去。凌云树堡很安全。"

"那你干吗守在厩栏门口？"博比口不择言地反问道。

"你无权质问我，罗伯塔。这是确认警报解除之前的预防措施。凌云树堡的特勤已经顶上了。"

"也就是说，警报尚未解除！"奥沙利文教官的安抚对斯堪德不起作用，"除非抓住织魂人，否则警报永远不会解除，您还不明白吗？"

奥沙利文教官的眼睛里泛起了惊涛："斯堪德，你是一名初出

第十八章 胜利树

生,你该做的是回树屋睡觉。你们明天就要参加训练选拔赛了。"

"艾瑞卡·艾弗哈特,"米切尔顾不上别的了,"我们认为艾瑞卡·艾弗哈特就是织魂人。"

"你在胡说什么?"奥沙利文教官厉声说道,"艾瑞卡·艾弗哈特已经去世多年。好了,到此为止。离开这儿,否则我将立刻宣布你们为游民。"

"你们知道这意味着什么吗?"他们一回到树屋斯堪德就问道。其他三人都倒在了豆袋沙发里,可他平静不下来。

"正如我们所怀疑的,"米切尔回身从书架下层抽出一本书,"织魂人真的有了一支军队,他的战士正在攻击凌云树堡的特勤。"

"可是,西蒙都已经溜了,干吗还要打回来?"博比问。

"罗伯塔,别再提什么西蒙了,行吗?"米切尔嚷嚷道。

"我觉得织魂人不是冲着特勤来的,"弗洛轻声说道,"他想要的是咱们的独角兽。教官们都守着厩栏呢,不是吗?"她不由得打了个哆嗦。

"他想干什么?杀了它们?给它们另配联结?"博比来回踱步,胳膊上的羽毛都竖了起来。

"我们需要证据,"埋在书堆里的米切尔说道,"艾瑞卡·艾弗哈特还活着的证据。这样或许我们就可以去找阿斯彭了。仅有怀疑是不够的,连驭魂者们举报西蒙·费尔法克斯的那些话她都不相信。"

"可斯堪德不是应该小心点吗?"弗洛说,"要是他的身份被人发现了……"

"他也会像其他驭魂者一样,从历史里消失。"博比的声音很低落。

"现在不需要斯堪德做什么,"米切尔说,"当务之急是确定艾弗哈特是不是织魂人。"

"我讨厌理智,"博比说,"可是怎样才能找到艾瑞卡·艾弗哈特呢?她显然是个躲猫猫大王啊,这么长时间都藏得严严实实的。"

"呃,训练选拔赛就在明天,"弗洛紧张地说,"咱们是不是等……"

"要不先做些计划吧。"

斯堪德听着大家商量,只觉得一股无名火直往上涌。他所有的担忧——织魂人可能绑架肯纳、福星恶童可能被掳走——瞬间全都翻腾起来了。"走吧,现在就去!如果坐着干等,织魂人只会继续袭击特勤,绑架平民,壮大军队。别忘了,咱们之前分析过,荒野独角兽军团很可能会进犯毫无防备的本土!织魂人会绑架我的家人、博比的家人、所有无辜的本土人,然后将这些平民和荒野独角兽建立联结!到那时,织魂人就所向披靡了!不能再拖延了!指望不上别人,只能靠自己了!"

"小堪,织魂人什么的并不是你分内的事啊,"弗洛温柔地说,

第十八章 胜利树

"你没做错什么！"

"不！"斯堪德顾不上考虑弗洛的感受，继续大声说道，"再这样下去，我们元素的人，不是死掉，就是进监狱，谁也躲不掉！能做点什么的人只有我了。只有我能看见联结。或许，也只有我能明白织魂人要干什么，甚至力挽狂澜！米切尔说得对，如果艾瑞卡·艾弗哈特真的还活着，我们需要证据。只有证据才能换得阿斯彭的信任。不能等到训练选拔赛之后再说了，现在就得去！"斯堪德粗重地喘着气。他不知道自己这么一番话是显得自己勇敢，还是傲慢，抑或愚蠢。他不在乎了。

"火球威猛！你能冷静一下吗？"米切尔举起双手，"这些我们都明白！"

弗洛突然站了起来："我也不敢相信自己竟然会有这种提议，不过要证实艾瑞卡·艾弗哈特是死是活，确实有个办法。"

"什么办法？"斯堪德问。

但弗洛却看着米切尔，挤出两个字："墓园。"

"对！"米切尔也站了起来，"彼岸血月的墓园！"

"你们这些离岛生能不能解释清楚些？"博比气呼呼地说，"我讨厌这样！"

"我们知道艾瑞卡的独角兽葬在哪里，"弗洛的眼睛亮晶晶的，"想要找到艾瑞卡，那儿一定有线索。"

"去墓园？"斯堪德的火气落了下去，"去检查墓碑上的字吗？"

弗洛摇摇头："那可是很特别的墓园，你去了就知道了。"

第十九章
墓园

日落前，凌云树堡里仍是一片混乱，而四人小队已经悄悄溜了出去，直奔墓园。短途飞行之后，福星恶童、红夜悦、鹰怒和银刃在林边着陆。大家走进树林。银刃昂首阔步地冲在最前面，它喜欢领头，尽管弗洛并不情愿。

"明年，咱们能不能少干点儿——"博比囵囵一指，"这种事？"鹰怒的翅膀上滋滋地掠过电花，映射着骑手的懊丧。

"你不是喜欢刺激吗？总是这么好玩，你该感谢我。"斯堪德开玩笑地说道。但其实他的肚子里一阵阵翻腾，紧张得快要吐了。他希望墓园里真有些东西——什么线索都行。凌云树堡的特勤遇袭给他带来了极大震动：织魂人仿佛只有一步之遥了。

"好玩也罢，无趣也罢，我都不想被荒野独角兽害死。"米切尔在翻开地图查看前直言不讳地说。

他们走了一会儿后，树木渐渐稀疏，一扇木门出现在他们眼前。

"到了。"米切尔和弗洛同时说道。

博比跳下鹰怒，去拉门闩，经过红夜悦身后时，那独角兽尖叫着放了一个屁，还把它点着了。

博比呛得直咳嗽："怎么回事啊！你这家伙！这儿是墓园，你得放尊重些！"

红夜悦冲着她打了个嗝，一团烟雾飘上半空，炸了。

米切尔耸了耸肩。他已经放弃了，红夜悦喜欢恶作剧，就随它便吧。

斯堪德望着朴素的墓园大门，略略有些失望。在本土，妈妈下葬的墓园有一扇精致的铁门。他最初的记忆就是肯纳指着那扇门，让他看门栅上的玫瑰和鸟。

可这里没有坟墓，只有间隔均匀、成百上千的树，至少斯堪德认为它们是树。有的树仿佛池塘里的生物，树干上覆盖着藻类，叶子犹如海藻，粉色和橙色的花像海葵似的在微风中幽幽飘摇。有的树则以橘色、红色的火苗为叶，枝丫笔直地伸向上方，看上去就像熊熊燃烧的烈焰。斯堪德骑着福星恶童经过时，甚至闻到了烟尘的气味。还有些树拥有璀璨的金色叶子，叶片柔韧，随风摇摆，在树干下投下交织的影子，枝条间相互触碰时仿若有电流拂过。另外的一些树有着庞大的树根，树根从土里拱出，而树梢上活跃着本该住在地上的动物——虫子、田鼠、兔子……斯堪德甚至看见一只鼹鼠从树洞里探出头来张望。

银刃和福星恶童非常安静。它们似乎知道这是什么地方。"这些树跟元素有关，对吗？就像凌云树堡的围墙一样？"斯堪德问弗洛。

弗洛点点头："独角兽死后就埋葬在这里。"

"埋葬在相应元素的树下？"斯堪德猜测道。但弗洛却说："不完全是这样。独角兽下葬后，这座岛感念它们的贡献，便馈之以同元素的树。独角兽长眠之处必会长出一棵树。"她笑着说："这很妙，不是吗？"

"那骑手呢？也葬在这里吗？"

"当然，树是为两个灵魂而生的。"

"我放心了。"虽然是在谈论生死，斯堪德却感到了一丝释然，"我不想抛下福星恶童，我不想埋在其他地方。"

"可是也不能任由人们在这些树上乱涂乱画吧？这也太不恭敬了。"走在后面的博比说道。

米切尔叹了口气："你总是把人想得这么坏吗？"

"你也好意思说这话？你第一次见到斯堪德和福星恶童时说什么来着？'那头独角兽很危险，这个斯堪德也不是什么善茬儿！'对不对？"

米切尔被噎得一愣一愣的："你怎么还记得这个？"

"我什么都记得。"

"好了，"弗洛不愿意他们拌嘴，便打断他们说道，"博比，那

第十九章 墓园

些涂画是传统。岛上的习俗是，独角兽和骑手去世之后，树长起来，他的家人就会把自己的名字刻在树皮上，通常是在第一年的忌日。尚在世的人在逝者安息之地守护他们，是一种纪念。"

"那如果独角兽死了，骑手还活着，怎么办？比如乔比和冬灵，艾瑞卡和彼岸血月？"斯堪德问。

"这个嘛——"弗洛咬着嘴唇想了想，"骑手会把自己的名字和家人、朋友的名字刻在纪念树上。也就是说，彼岸血月的纪念树上，也会有很多名字。虽然希望渺茫，但我们还是得看看——"弗洛看看米切尔，"如果艾瑞卡还活着，她一定会留下蛛丝马迹。"

博比和斯堪德静静地走着，望着经过的一棵棵大树，仔细辨认着树皮上刻的字。斯堪德渐渐摸出了规律：树干最高处通常刻着独角兽和骑手的名字，随后是他们的成就，最下方是他们挚爱亲朋的名字——每个名字的笔迹都是不同的，似乎所有人都亲手刻下了自己的名字。斯堪德喜欢这个轮转：当骑手的名字从生命隧道中消逝，他们的亲人又把它刻在了纪念树上。

"怎样才能找到彼岸血月的纪念树呢？"博比跟着大家走了好久，终于忍不住发问。

"墓园里的树是按逝世年份排列的，"米切尔翻着地图说，"彼岸血月的嘛，应该在……啊！"他停住了，"是这棵！"

不用说也看得出来，这是他们进入墓园后看到的第一棵代表魂元素的纪念树，它特点鲜明，绝不会被人错认。它的枝丫、树叶、树根、树干都闪着白光，像骨骼一样光滑，通体明亮而温润。

斯堪德感到了一种引力，就像与福星恶童的联结一样。他不由自主地想要靠近这棵树，仿佛那是他的家。

"我还从没有见过魂元素的纪念树。"弗洛惊叹道。

斯堪德跳下地，福星恶童立刻垂下头吃起草来，它的翅膀收拢，黝黑的兽角在夕阳下闪闪发光。斯堪德隐约瞥见其他人也从独角兽背上下来了，但他的注意力几乎都被树干上的文字吸引了。

彼岸血月

2006 年 6 月 卒于混沌杯空战

2005 年混沌杯优胜者

2004 年混沌杯优胜者

艾瑞卡 · 艾弗哈特

2006 年 8 月 卒于镜崖

2005 年混沌杯优胜者

2004 年混沌杯优胜者

斯堪德一挥胳膊："这就清楚了！她确实死了，应该是生命隧道弄错了吧。"

"斯堪德——"

"接下来应该怎么办呢？线索中断了，也算是个大——"

"斯堪德！"米切尔大吼道，惊起了栖在树枝上的鸟群。

"怎么了？"斯堪德吼了回去，他无法再承受更多失望了。

"树上有你的名字。"

"什么?"

"树上有你的名字。"

"什么?"

"树、上、有、你、的、名、字!"米切尔指着下半截树干,一字一顿地说道。

斯堪德跪下来细看。米切尔没说错。

斯堪德

看见自己的名字就够诡异的了。但当他目光上移,看到紧挨着的另外两个名字时,手指都颤抖起来了。

伯蒂

肯纳

"你姐姐是不是叫肯纳?"弗洛小心翼翼地问道。

斯堪德点点头,但仍一脸困惑。这一切都令人费解。岛上的某个人,把他的名字刻在了这棵树上。这可能吗?又是图什么呢?捉弄他?开玩笑?可是只有他的队友知道肯纳。那爸爸的名字呢?他登岛之后提都没提过啊。而且,人们大多叫他"罗伯特",只有妈妈才会用"伯蒂"……

他伸出手扶着树干，好让自己站稳。

米切尔的声音听起来好像十分遥远："斯堪德的家人是不可能自己跑来把名字刻在这儿的，对吗？他们都在本土。斯堪德是2009年出生的，而这里的记录是，艾瑞卡·艾弗哈特2006年就死了。以此倒推，她也不可能回到这儿，刻下斯堪德和肯纳的名字。除非，艾瑞卡·艾弗哈特当年根本就没有从镜崖跳下去，也就是说——"

"米切尔，你能暂停推理一秒钟吗？"博比噼里啪啦地打断了他，"有一件事比艾瑞卡死没死重要得多。斯堪德，这个艾瑞卡是不是你家里人？她会不会是——你妈妈？"

"不会的，我妈妈的名字是——"他突然犹豫了，"难道——"

"难道什么？"弗洛追问。

"有人亲眼看见她从镜崖跳下去吗？艾瑞卡极有可能伪造了自己的死亡！"博比惊呼。

"然后潜入了本土。"米切尔几乎已经肯定了。

斯堪德摇着头，艰难地说："我出生不久，我妈妈就去世了。可如果这真是她刻的，而生命隧道又没有出错，那么她……"

斯堪德盯着树干上姐姐的名字，猛地抓住脖子上的围巾。他想起来了。真不敢相信他之前竟然忘了个干净。肯纳缝在围巾末端的名签在他眼前摇晃。他从未深究过姐姐的中间名，但此刻，

第十九章 墓园
-315-

似乎一切都呼之欲出：肯纳·E. 史密斯——E 就是"艾瑞卡"①。

他们的妈妈安然地隐身于肯纳的名字里。她根本不叫"罗斯玛丽"。

斯堪德的胸口仿佛被这棵树拉着，越拉越紧。整个世界似乎把自己的音量调低了，群鸟、微风、树叶、独角兽……全都安静了——万物都屏息不语。

"这么说，她在本土的去世也是假的。"斯堪德哑着嗓子说道，"艾瑞卡·艾弗哈特伪造了自己的死亡，还伪造了两次。一次是在岛上，假装从镜崖跳下去；一次是在本土，生下我之后。这只能证明她是我妈妈，不能证明她是织魂人。"

"你还好吗？"弗洛摸摸斯堪德的肩膀。

"他显然不好！"博比大声说，"他刚发现自己的妈妈没有去世，而且原本是个岛民！这一天的变故实在太多了！"

"你们能不能——"斯堪德硬撑着说，"你们能不能让我自己待一会儿？跟福星恶童一起？我只想稍微静一静……"

伙伴们走了。他们去了哪儿，斯堪德不关心。眼泪涌了出来，滚烫而迅速地滑过脸颊。他难以自控地颤抖着。福星恶童把脑袋搭在他肩上，发出轻轻的"咔嗒"声。斯堪德摸了摸它柔软的鼻子。关于魂元素的争执暂且搁在一边，福星恶童的爱意沿着他们的联结流淌，包裹了斯堪德的心。这样的温暖，他无法凭借自己

---

①艾瑞卡，英文为 Erika。——译者注

的力量积蓄。

斯堪德的情绪混乱交杂。他不知道自己此刻是高兴，还是悲伤，抑或只是单纯的困惑。他来墓园寻求答案，却找到了更多疑问。艾瑞卡真的是他的妈妈吗？如果是，她为什么要丢下他和肯纳？她当年为什么要弃岛而去？阿加莎会不会认识她？她当过两任司令啊！爸爸知情吗？在这个温暖的夏日黄昏，斯堪德却瑟瑟发抖。爸爸总是说妈妈喜欢混沌杯，但只在电视上看过一届。是因为这个吗？她看到了独角兽，于是决定离开肯纳，离开他。

斯堪德使劲儿蹭掉脸上的泪水，福星恶童哼哼一声，站直了身子。现在没时间哭。他要找到她，这是最重要的。她应该很愿意见到自己吧？会为自己成为骑手而骄傲吧？斯堪德的胸膛里燃起希望。明天的训练选拔赛有什么要紧的？是否成为游民又怎么样？织魂人关他什么事？让别人去操心吧。爸爸会快乐起来。或许肯纳也能来到岛上生活？他们的妈妈还在世，而且是有史以来最优秀的骑手。妈妈不会讨厌他，因为她也是个驭魂者。他再也不会孤独了。他最最在乎的就是赶紧找到她。

弗洛和博比回来时，斯堪德已经做好了决定。他要到关押驭魂者的监狱去。即使阿加莎被转移走了，其他人也可能知道艾瑞卡藏身的线索吧。这一次他要亮明身份了。他要告诉他们，他是艾瑞卡的儿子。

鹰怒凑到福星恶童身边，博比清了清喉咙说："呃，谁知道米切尔到底怎么了吗？他很奇怪……嗯，他一直很奇怪，但现在更

第十九章 墓园
-317-

奇怪了。"

米切尔坐在一棵火元素纪念树底下,红色的夹克和火红的树叶上下呼应,红夜悦则以保护的姿态守在一旁。斯堪德骑着福星恶童走近,看见米切尔的眼睛都揉破了皮,黑色的T恤皱皱巴巴的,头发歪七扭八乱糟糟地竖着。

"米切尔,怎么了?"弗洛轻声问道。她从银刃背上翻身下来,走到他身边跪坐下来。但米切尔只管瞪大眼睛盯着斯堪德。斯堪德垂下头望着自己的朋友,心里突然一沉。

"说吧。"他有些生气,他不希望米切尔这会儿出现什么差池。时间紧迫,他要到监狱去。今晚就去。

米切尔咽了口唾沫,站起来,在树荫里来回踱着步,干巴巴地说道:"我本想去看看其他独角兽的纪念树,可不知怎么的,就走到了他们埋葬二十四难士的地方。"他含糊地指了指身后。

"织魂人在同一天杀死的那二十四头独角兽?"斯堪德不知道这有什么可研究的,也不明白米切尔为什么这么古怪。

"对,2007年的资格赛。"米切尔急匆匆地解释道,"我知道他们都死在同一天,所以卒年没什么可看的,而且骑手也不会跟他们葬在一起。可是,我却发现了一些……之前忽略掉的事情。"

"什么?"斯堪德不耐烦了。

"这些死于2007年资格赛的独角兽有一个共同之处,那就是,它们都参加过2006年的混沌杯。纪念树上写得清清楚楚的,你还不明白吗?2006年的混沌杯就是彼岸血月战死的那一届,二十四难士目睹了它的死亡。彼岸血月就是当年参赛的二十五头独角兽之一,艾瑞卡则是二十五位骑手之一。"

弗洛显然也没太听懂:"可是,我不——"

"米切尔!"博比爆发了,"直接说重点,否则我就叫鹰怒给你好看!"

"你们不觉得奇怪吗?"米切尔的双手颤抖着,"织魂人杀死了参加同一届混沌杯的所有独角兽,为什么?"

"会不会是巧合?"弗洛问。

"我认为这不是巧合,"米切尔稍稍恢复了冷静,"织魂人早就计划好了,目标就是前一年混沌杯的参赛者,而目的就是让那些骑手体会联结断裂的剧痛。"

"你这是什么意思?"斯堪德慢慢地问道。

"我的意思是,二十四难士并非死于暴戾的滥杀,而是——"米切尔深吸了一口气,"而是为彼岸血月复仇的牺牲品。艾瑞卡·艾弗哈特要让其他骑手也尝尝她的痛苦。"

弗洛恍然大悟,像是被风元素击中了似的:"所有人都以为艾瑞卡·艾弗哈特在二十四难士遇害之前几个月就死了,所以她……永远不会被人怀疑!"

"没错,"米切尔把手插进头发里,"就连监狱里的驭魂者也这样认为。所以他们才以为西蒙·费尔法克斯是织魂人,因为在他们看来,能自由活动的就只有他一个!"

"等等,如果真的是艾瑞卡·艾弗哈特杀死了二十四难士,那

第十九章 墓园

么是不是就说明,她就是——"博比眉头紧皱,"难道她就是——"

"织魂人。"米切尔终于说出了口。

斯堪德怒火中烧,仿佛有个挥舞着岩浆的怪物在他身体里横冲直撞。福星恶童戒备地嘶鸣起来。斯堪德跳下来说道:"你们全都疯了吧。她不可能是织魂人。织魂人阴森可怖,诡异离奇。艾瑞卡是我的妈妈!"

"小堪——"弗洛去拉他的胳膊,却被他一把挡开了。

"你罗列这些假设,"斯堪德咄咄逼人地冲着米切尔说,"就是为了把她说成织魂人。或许织魂人只是想除掉最强壮的独角兽,所以才选了前一年参加混沌杯的选手。你想过这种可能吗?"

"我又没说肯定就是,"米切尔连忙解释,"可是,斯堪德,咱们总要弄清楚你妈妈为什么要伪造自己的死亡吧?"

"还是两次,"博比沉吟道,"非常可疑。"

斯堪德猛地转过身,质问博比:"你不是好几个月以来都说织魂人是西蒙吗?这么快就跟米切尔站同一阵线了?"

博比摊开双手说:"喂喂喂,斯堪德!"

"你已经不能理智地思考了。"米切尔咕哝道。

"谁说的!我能!"

"我们到这个墓园里来,为的就是确认艾瑞卡·艾弗哈特是不是还活着。你也认为她没死,对吧,其实这就几乎证实她就是织魂人!"

斯堪德愤怒地逼近米切尔:"你诅咒够了吗?我需要你带我去

监狱。或许那些驭魂者认识她，或许他们能帮我找到她。我相信她会就此给出合理的解释的。"斯堪德喘着粗气，声音在附近的树间回荡。

"我不希望你去找艾弗哈特，否则你就要跟织魂人正面交锋了。"米切尔的声音也哑了，"那太危险了。我们现在还不太清楚——"

"我妈妈不是织魂人！"

"你先听我说完，"米切尔虽然难过，但很坚定，"我们之前之所以怀疑西蒙·费尔法克斯，是因为他是驭魂者，且没有被抓进监狱。艾瑞卡·艾弗哈特也是驭魂者，也没在监狱里，为什么就不能被怀疑呢？"

"我们怀疑费尔法克斯，是因为安布尔撒谎说他死了！是因为其他驭魂者说他是织魂人！"

"艾瑞卡·艾弗哈特伪装死亡也是弥天大谎啊，斯堪德！就像博比说的，两次，这不可疑吗？"米切尔急得眼泪都出来了。

斯堪德不可置信地瞪着他："并非所有驭魂者都是坏人，你还记得吗，米切尔？你是不是也要把我列入你的怀疑名单？我们现在谈论的是我妈妈！是我的妈妈！我一直以为她不在了，而现在却发现她还活着！可你却希望我听你的话，承认她是个杀人凶手？"

"如果艾瑞卡·艾弗哈特是你的妈妈，那么她有极高的可能性就是织魂人。我只是就事论——"

第十九章 墓园

斯堪德冲向福星恶童，不管不顾地叫道："训练选拔赛就在明天，没工夫讨论了。弗洛、博比，我们走。我们今晚就去监狱，肯定能有收获。米切尔就算了，反正他一向不愿意管闲事。"

斯堪德的话刺痛了米切尔，但他一丝也没有觉得内疚。斯堪德已经气疯了，他脑袋里嗡嗡作响，想的都是米切尔要毁掉"妈妈还活着"这个事实。

"小堪，我觉得希望不大，"弗洛看着独角兽背上的斯堪德说，"监狱里的人根本不知道艾瑞卡还活着，他们帮不上忙。我想——万一米切尔分析得对呢？艾瑞卡是你妈妈，这不能否定她是织魂人的可能啊！"

"好！"斯堪德吼道，"你就向着他吧！我绝不在乎！福星恶童，走吧！"

斯堪德两脚一夹福星恶童的肚子，独角兽箭一般地冲了出去，仿佛它也像骑手一样，想躲开米切尔和其他人。

"斯堪德，等等！"伙伴们在他身后喊道。可他怒不可遏，什么也听不见了。福星恶童跑了几步就张开翅膀，飞上天空，墓园里各种颜色的纪念树被甩在后面，渐渐看不清了。斯堪德痛苦地大吼起来，福星恶童嘶鸣着应和他。他们越飞越快，追逐着余晖，朝着凌云树堡飞去。

明天，肯纳也会登岛，观看训练选拔赛。斯堪德决定天一黑透就潜入监狱，这样明天比赛结束后，他就能和肯纳一起去找妈妈了。他要把围巾还给妈妈，告诉她，他和姐姐一直用心保管着这条产自岛上的围巾。

降落在凌云树堡的大门外时,斯堪德突然听见空中传来另一头独角兽振翅的声音,随后熟悉的脚步声在身后响起。他连忙回头——

"博比?"

博比脚下一滑,停住了。"如果你打算去监狱,我可以陪你去。不过这可不是因为你,而是因为我喜欢探险。"她气喘吁吁地说,"但是要等到明天,等我赢了训练选拔赛再说。就这么一个条件。"

"不是她。博比,我妈妈不是织魂人。她不是,她不是,她不是!"斯堪德从面前的围墙上扯下一把风滚草,他的叫喊声久久地回荡在凌云树堡的树梢间。他的嗓子哑了,他的心也碎了。米切尔是他的朋友,却大错特错,要毁掉他仅有的一切。斯堪德只希望妈妈回来,他不能再失去她。

博比搂住了他。她身上带着风元素的气味——新鲜面包和柑橘的气味。她紧紧抱住他啜泣得发抖的身体。他的所有深情都留在妈妈的遗物盒里,如今仿佛全部被掏空了。挫折、希望和恐惧的波涛,像海水冲刷马盖特海滩一样,一遍遍向他袭来。伤痛、爱和愤怒占据了本属于它们的地盘。

第二十章
训练选拔赛

骑手们涌进厩栏,栏门上的链子叮当作响,独角兽嘶鸣着表示欢迎。这些声音吵醒了斯堪德。一大滴黏糊糊的口水砸在他脸上,福星恶童又在咬他的头发。还好,没有咬断。他脚上的鞋子只剩下一只,另一只丢在一边,头天夜里被福星恶童撕得稀烂,它终于得逞了。

"你躺在这儿干什么呢?"杰米的声音冲进他的耳朵。

甲胄师砰的一声关上栏门,震得斯堪德一哆嗦。哭得太久,又缺少睡眠,他整个脑袋都疼得要命。是博比把他送到这儿来的吗?他使劲儿回忆。什么时候的事呢?他猛地坐直了身子——妈妈!他要去找妈妈!

但杰米挡在前面,用福星恶童的铠甲抵住了栏门。

"你想去哪儿?"他问,"来帮我把这些给它穿上。"

斯堪德揉着眼睛咕哝道:"不行,杰米,我有重要的事得办。"

杰米扬起眉毛说:"还有比训练选拔赛更重要的事?"

训练选拔赛!斯堪德忘了个干净。

"噢,没有,当然没有……"他结结巴巴地说。

杰米抓着他的肩膀摇晃着说:"斯堪德,快醒醒!今天可不只是你自己背水一战。要是你成了游民,我就再也不能制作铠甲了。我可不想敲锅砸盆地度过余生!别让我失望,别让福星恶童失望,别让你自己失望啊。"他一脸的郑重其事。

一个新计划在斯堪德脑海里成形:他得参加训练选拔赛,反正博比要赛后才肯帮忙。他或许会输得很惨,但必须尽力,因为爸爸和肯纳都看着呢。比赛之后全家人一起去找妈妈,这样更好。至于游民什么的,他不在乎了,只要能找到妈妈就好。于是他冲着杰米点了点头。

"醒透了吧?"杰米将一桶凉水兜头泼向斯堪德。

杰米陪着福星恶童走上了赛场。训练选拔赛是混沌杯的缩略版,赛程只有五公里。斯堪德不愿意福星恶童消耗太多能量,于是没让它飞行,而是步行前往起跑线。为了平复紧张的情绪,斯堪德俯下身子,看了看福星恶童的头斑有没有遮好。他没有关注前来观赛的数百名岛民,只在心里琢磨着本土生家人乘坐的直升机到了没有。肯纳和爸爸在看台上坐好了吗?他的胃里一阵翻腾。他们还不知道,他们还不知道妈妈尚在人世。

"这是头盔,拿好了。"快到起跑线时,杰米说道,"对了,围巾是易燃物，要是烧起来了，可不能怪我的铠甲有问题。喂，你至少把它收进去，别碍事啊！"

斯堪德把围巾塞进了胸甲里。

"不是我要给你什么压力，只是，我真的很想让我的吟游诗人父母看看，我当甲胄师是能干出名堂的，这样他们就不会再逼着我学唱那些诗曲了。"

斯堪德苦笑道："知道啦。"

杰米用手挡住阳光，看着斯堪德说："我们认识不久，彼此不太了解，但你今天真的很不对劲儿。不管有什么事，暂且放一放。这半个小时对你的人生至关重要，任何事都可以等一等，听见了吗？记得吧，因为你很勇敢，我才选了你。一切都会顺利的。我相信我的铠甲，我也相信你。"杰米说完就小跑着离开了赛场。斯堪德心想：如果他知道自己制作的铠甲最终穿在了一位驭魂者身上，又会作何感想？

他们走近赛道的起跑点，福星恶童的紧张和兴奋经由联结传递过来。它不停地喷着火花，兽角笔挺，脑袋高昂着环顾四周。微风吹动医生的帐篷，两侧的围绳外已聚了不少人。

初出生们骑着各自的独角兽往起跑杆那里走去。斯堪德努力想要放松下来。教官们已经把赛制讲了上千遍：赛道没有转弯，笔直通向竞技场；空战中可以将元素任意搭配使用；跌坠即为淘汰；闯过终点前必须先着陆。斯堪德一想到福星恶童就要冲进那座著名的竞技场，就觉得紧张不安。说不定福星恶童能超常发挥，不至于排在最后五名？肯纳和爸爸都看着呢！说不定妈妈也在某个地方偷偷地看着！全家人都会为他骄傲的！这些念头压得斯堪德喘不过气来——就好像杰米把胸甲勒得太紧似的。

斯堪德催促福星恶童加入队列。已到场的四十一对独角兽和骑手你挤我我蹭你，把这里变成了"战场"。翅膀电花四溅，鬃毛烈火灼灼，尾巴如瀑布般垂着，蹄下爆炸连连，翻起地上的尘土……它们在训练时从不会这样兴奋，就连练习赛时也没有过，但今天，独角兽们也知道情况不同。空气中弥漫着汗水和元素魔法的气味。

归星突然闯过来，挡在起跑杆前面，把一鼻子冰霜喷在了福星恶童脸上。福星恶童蹄子刨着地，身体两侧的电流滋滋作响，震着斯堪德的护腿。

"对不起对不起！"马里亚姆喊道。归星转了个圈，眼睛里冒出黑烟来。

斯堪德眼角的余光瞥见红夜悦扬蹄立起，喷出火焰。米切尔则咬着牙，紧紧地抓住它的鬃毛。活该，斯堪德想道。他的怒意又泛起来了。

起跑杆前终于挪出了一个空位，斯堪德想让福星恶童插到银刃和普利斯女王中间。但它一个劲儿地往后退，离其他独角兽远远的。斯堪德没有责备它，毕竟这儿真的太乱了。

"你还好吗？"弗洛冲着他喊道。银刃银色的背上涌出滚滚浓烟。

斯堪德没理她，谁叫她跟米切尔站一边。

普利斯女王突然抬起前蹄，福星恶童挑衅地摇晃起脑袋，气氛顿时剑拔弩张。

"小心！"加布里埃尔猛地一拽缰绳，让普利斯女王躲开了福星恶童的尖角。

"很高兴在这儿见到你！"戴着头盔的博比嚷道。鹰怒挤走了普利斯女王，它比其他独角兽平静得多。

独角兽的吼声和嘶鸣越来越响亮，空气中混合着魔法的气味，呛得人喘不过气来。斯堪德紧张得反胃，握着缰绳的手也开始发抖。福星恶童很不安分，来回地倒换重心，翅膀尖掠过电流，闪过火焰，接着又滑过火花。他们的情绪在恐惧、兴奋和焦虑之间盘桓，斯堪德也难以区分哪一种是自己的，哪一种是独角兽的。他和弗洛、博比离得很近，覆着铠甲的膝盖互相摩擦，磕来磕去。

"十秒倒计时！"扩音器里传来裁判的声音。

斯堪德努力地回想着自己的比赛策略，这时哨声响了，起跑杆砰地发出巨响，向上升起。斯堪德从未见过动作如此迅猛的福星恶童。它助跑不到三步就已腾空，翅膀猛地伸展开来。斯堪德拽紧缰绳，另一只手则攥住了它黑色的鬃毛。

他们很快就飞了四分之一赛程，前面就是第一处浮标了。福星恶童处于中间位置，一马当先的弗洛和银刃正跟梅布尔和悼海交战，博比和鹰怒紧跟在后面，离他不远。斯堪德看见劳伦斯和毒枭打着旋儿掉了下去，红夜悦在他们上方驰骋，米切尔的手掌上亮着红色的光。身后响起了爆炸声和尖叫声——斯堪德不确定是骑手还是独角兽发出的。紧接着,一道亮光袭来,寻暮冲了过来,阿拉斯泰尔手上的蓝光擦过福星恶童的右肩。

斯堪德连忙拉起沙障,但因为要同时压制魂元素,召唤土元素的速度不可避免地慢了半拍。阿拉斯泰尔的水柱击中了他的肩膀,福星恶童落在了寻暮后面。寻暮的翅膀上泛起层叠的水珠,在空中掀起波浪,又把福星恶童往后推了老远。水元素的咸味塞满了斯堪德的鼻孔,他只好提升高度,以躲避寻暮的攻击。福星恶童恶狠狠地冲着前面的寻暮大声嘶鸣,它知道自己落后了,于是更渴望使出魂元素。斯堪德的掌心一跳一跳的,仿佛福星恶童在催促他召唤属于他们的元素。

"不行!"斯堪德吼道。福星恶童也毫不客气地大吼。它在空中扬蹄直立,蹄子上透出了魂元素的白色,它不再往前飞行,而是完全悬停在了半空中。一头头独角兽从他们身边飞掠而过。

"不行,福星恶童,别这样!所有人都看着呢!他们会杀了我们的!"但斯堪德通过联结感受到了福星恶童胸腔中的怒意。独角兽只想赢得比赛,不管骑手有什么盘算。

"哎呀,这下可有意思了!"梁上旋风凑了过来。安布尔像疯了似的,龇着牙,额前突变的星星缭绕着电流,滋滋作响。随后,一股飓风从她掌中涌出,扑向了斯堪德。

斯堪德想要召唤元素——哪一种都行,可福星恶童不肯。他想让福星恶童降低高度,躲开对方的进攻,可独角兽只管直挺挺地立着,一边吼叫,一边摇晃脑袋。为了不从他背上滑下去,斯堪德只能紧紧搂住福星恶童的脖子,听天由命地等着被安布尔的飓风击中。

就在这时,红夜悦不知从哪儿蹿了出来。它和米切尔本来跑在前面,怎么又从后面追上来了呢。

"安布尔!"米切尔大吼一声。安布尔骑着梁上旋风,根本没留意到空中的动静,一惊之下连忙转过身看。

"你真想跟我斗吗,小米?"她狞笑着,扬起手就要出招。

但米切尔动作更快,先发制人地甩出火焰,击中了梁上旋风的肚子,与此同时,红夜悦喷出了火球。一时间空中到处都是浓浓的烟味。安布尔最不擅长的就是水元素,所以也来不及召唤水盾。梁上旋风为了躲避火烧,只好降低了高度。

安布尔的飓风从福星恶童的左前蹄擦了过去,随后因为脱离了她的控制而调转了方向。米切尔抓住机会,改用土元素,向下方投出一堆石块。石块卷入飓风之中,朝梁上旋风压了过去。安布尔没想到米切尔竟会"请君入瓮",惊恐地睁大了眼睛。锋利的石块乘着威猛的飓风,把梁上旋风砸到了地上。

"全都还给你!"米切尔冲着她喊道。

"你在干什么?"斯堪德大喊。红夜悦挥着翅膀,飞在福星恶童身边。四周都是激烈的空战,厮杀搅起的各种碎片到处乱飞。

米切尔脸上沾满了烟尘和泥土。"不让你成为游民啊。"

"可是你本来在前面的!"斯堪德难以置信地喊道。他知道米切尔多么渴望在父亲面前证明自己。"我会拖慢你速度的。快走，别管我！"

"没有这个选项。"米切尔抢过斯堪德手里的缰绳，绕过黑色独角兽的尖角。福星恶童困惑地哼哼了几声，慌乱地拍起翅膀。"'彼此关心，彼此照顾'，记得吗？再说，要是福星恶童被淘汰了，红夜悦可绝不会原谅我。"

斯堪德想象不出米切尔是如何权衡的。他总是按部就班，一丝不苟，做什么事情都讲究条理，可现在他却在赛道上调转方向，往回飞。

"你们俩跟着我，"米切尔抓紧福星恶童的缰绳，"什么魔法也别用，有我保护你就好，你只要跟住红夜悦快点飞就行了。"

红夜悦尖叫一声，仿佛在催促自己的伙伴。福星恶童咆哮着回应了它。斯堪德不知道独角兽之间是怎样沟通的，但福星恶童确实开始往前飞了——还飞得很快。他们躲开扎克的巨石，闪过尼亚姆的火球，穿过空中纵横交错的电光，一路向前。掠过最后一枚浮标时，红夜悦和福星恶童同时咆哮起来——它们知道，终点不远了。

就在米切尔向科比和冰王子发射火球时，他们头顶突然漫过一个阴影——是一头独角兽。

"米切尔！"斯堪德压过独角兽振翅的声音叫道。

"忙着呢！"米切尔向冰王子发出最后一击。科比的水盾闪烁着，颤抖着，最后四分五裂，散落在空中，为红夜悦和福星恶童让出了路。"在这之后突变也不错！"米切尔兴奋地嚷道，"你刚才说什——"他呆住了。世界上最强大的独角兽正向着竞技场逼近。

新元飞霜。

"它去哪儿了？怎么不见了！"斯堪德惊慌失措。空中充满了浓烟和战斗遗留的碎石渣土，那头灰色的独角兽很快就不见了踪影。

初出生们向终点冲刺，天上地下欢呼声一片。

"我们要着陆了！"米切尔喊道。竞技场就在眼前了。

观众们极目远眺，座席上宛如一张张脸连缀而成的海洋。红夜悦和福星恶童的兽角指向沙地，迅速降低高度。福星恶童咕哝一声，落在了距离终点几米远的地方。米切尔把它的缰绳扔给斯堪德，两个男孩拉着他们的独角兽，竭尽全力完成了最后一段赛程。斯堪德紧随米切尔穿过终点拱门，他不知道自己是否在倒数五名之内。没有害怕的尖叫声，没有看到任何恐慌的迹象。难道新元飞霜是他们想象出来的？

但这时，斯堪德看见了弗洛。

他从福星恶童背上跳下来，扔掉头盔，朝着她跑了过去。弗洛蹲在终点线之外，声嘶力竭地哭喊着，想让自己的声音盖过那浑然不觉已经出事儿的欢呼声。斯堪德觉得自己以前仿佛经历过一模一样的场景。那是在马盖特，他们正在看混沌杯，爸爸念叨着"出事了"……烟雾散去，黑影移开，天翻地覆。

时间拉长了，变慢了，在他听到啜泣声的那一刻停止了。"织魂人！"眼泪顺着弗洛的脸颊往下淌，"织魂人抢走了银刃！"

斯堪德弯下腰，希望这一切就像引路仪式那天一样，希望弗洛只是在假装失去了银刃。可是，她眼睛里的恐惧是那么真实。而凌云树堡之前遇袭的原因也明晰了：织魂人才不想要普通的独角兽，他要银色的那头。

博比和米切尔扯掉头盔，跑了过来，四人小队紧紧围在一起，之前的争吵早已被抛在脑后。米切尔小声地提议向教官、特勤，乃至他爸爸寻求帮助。但斯堪德知道，来不及了。找到银刃的最快的办法就是利用魂元素，这就意味着，不能指望外人。

斯堪德骑上福星恶童，把弗洛也拉上去坐好。他把手藏在口袋里，而手掌上已经亮起了魂元素的白光。弗洛的联结——土元素的浓暗绿色——在她胸前幽幽闪烁，犹如探照灯一般。竞技场中，观众们欢呼庆祝，疲惫的独角兽悠然闲逛，医生忙着救治伤员，骑手们互相拥抱……四人小队冲出竞技场时，没有人多看他们一眼。

他们担心飞在天上被地上的人看见，于是绕着四极城边缘疾驰。独角兽蹄声闷响，掠过街巷，而后是小径，接着进入森林，最终来到了极外野地的边缘。斯堪德紧紧地揽住弗洛，胳膊上的突变贴着她冰凉的铠甲。他们没有说话，没有讨论织魂人与银色独角兽联结意味着什么。不用说，他们全都懂。

斯堪德全神贯注地追踪弗洛的联结，几乎没注意极外野地的特别之处。四极城和凌云树堡都是郁郁葱葱的，而这里却荒凉贫瘠。被元素魔法夷平烧焦的平原上，一丛丛干枯的树木直刺天空。地面开裂，尘土飞扬，几乎一棵草都没有。这让斯堪德想起自己看过的恐龙复原图。恐龙早已灭绝，而荒野独角兽或许和它们一样古老。

"还有多远啊？"博比的声音有点滞涩。一开始，斯堪德以为她只是被冻得发抖了。寒风刺骨，博比胳膊上的羽毛也挡不住多少寒气。但斯堪德看了她一眼就发现不对劲儿了：她伏在鹰怒背上，一只手捂着胸口，拼命地吸着空气，喉咙里呼呼作响。

斯堪德立刻抓住鹰怒的缰绳让它慢下来。

"怎么停下了？"弗洛问道。

"怎么了？"米切尔喊道。红夜悦被他往后一拽，不满地哼了一声。

斯堪德顾不上回答，调头让福星恶童和鹰怒并肩而行。"博比，呼吸，"他安慰她，"慢慢呼吸，别急。把注意力放在鹰怒身上，放在联结上。"

博比粗重的喘息声在极外野地飘荡。鹰怒回过头，凝视着它的骑手，轻声低吼着安慰她。

"我们需要你，博比，你能撑过去的。"斯堪德鼓励她。这不是空话，是实情。想夺回银刃，他们四个人必须齐心协力。

"她怎么了？是不是——"

斯堪德冲着弗洛摇了摇头。米切尔也罕见地没有多说什么。

博比的呼吸渐渐平稳，她慢慢坐直了身子，只见她脸上的汗水粘住了刘海。终于，她长长地呼出了一口气。

"感觉怎么样？还能坚持吗？"斯堪德关切地问。

博比微微颤抖着点点头："走吧，荒野独角兽可不会停下来等我们。"

突然，一声凄厉的尖叫刺破空气，掠过平原。

"是银刃！"弗洛叫道，"快！"

福星恶童、红夜悦和鹰怒似乎听出了银刃的叫声，纷纷嘶鸣着回应它。

这叫声是从前方的一座小山上传来的。山上寸草不生，只有尘土漫地，山顶上突兀地耸立着一丛干枯焦瘪的树，弗洛的联结直入其间。

"斯堪德，是这儿吗？"米切尔说，"我们的计划是什么？要怎样才能——"

"米切尔！没时间弄什么计划了！"博比的声音还有些哑，"我们就闯进去，找到银刃，然后离开。简单干脆，这就是计划！"

斯堪德很同意博比的意见。尽管他也乐于遵从计划，可他脑袋里乱糟糟的，无论如何也想不出合适的计划。各种思绪在他脑海里翻腾：织魂人的真面目；骑着银色独角兽的织魂人进攻本土——肯纳尖叫着，爸爸四处躲避；艾瑞卡·艾弗哈特；万一……那个推理成真了呢？他都不知道自己最怕的是哪一个。

尖叫声再次响起。

"快啊！再快点！"弗洛哭喊着。福星恶童像是感受到了她的绝望，径直朝着山顶冲了过去。红夜悦和鹰怒也即刻跟上。

最先映入他们眼帘的是银刃。斯堪德清楚地看见那绿莹莹的联结系于它和弗洛的胸膛。独角兽在任何地方都是最显眼的，更何况在这缺少色彩的树丛里。粗壮的藤蔓缠绕着它的肚子、脖子，甚至脑袋，把它牢牢地锁在两棵树之间。它平时总爱气势汹汹地叫唤，但此刻却显得迟钝、呆滞、昏昏欲睡。他们会不会来迟了？

这时，银刃看见了弗洛，它登时癫狂失控，咆哮着，嘶鸣着，奋力拉扯着身上的束缚。弗洛从福星恶童背上跳下来，朝着她的独角兽狂奔，黑银相间的长发在风中飘舞着。但就在她靠近银刃，就在她要触摸到它的时候，树丛里突然冒出了一群荒野独角兽，有骑手的荒野独角兽。

其中一人走上前来，拦腰抱住弗洛，把她从独角兽身边拖开。"弗洛！"斯堪德、米切尔和博比一起惊叫道。

斯堪德着急地想去救她。可就像在学校时一样，他一碰见这样棘手的事情就脑袋短路，不知道该说什么，该做什么。他的目光在树丛之间逡巡，他的手抚摸着福星恶童的脖子，他想冷静下来，仔细思考。可荒野独角兽已经朝这边逼近，它们身上的烂肉散发出的恶臭漫了过来。

米切尔打量着这些骑手的脸，显然是在寻找他的堂兄。斯堪德也开始细细观察。突然，他认出了一张面孔——哪怕是隐藏在白色颜料底下。

"乔比！沃舍姆教官！是我！"他叫道。树丛中的所有缝隙间似乎都挤满了这种衰朽的生物。乔比的头发散开了，长长地垂在脸侧。传单上的那个符号——破门而入、夺取孵化场——出现在他的夹克袖子上。他瞥了斯堪德一眼。还是那双明亮的蓝眼睛，可此时衬着脸上的白色条纹，不再有一丝暖意。

"你怎么能做这种事？"弗洛哭道。两个骑手抓住她的胳膊，想让她安静下来。"你怎么能帮助织魂人抢走我的银刃？你明知道痛失独角兽的感受。你怎么能让同样的痛苦在别人身上——在我身上重来？"她泣不成声。

"我不再痛苦了，我现在又有独角兽了。"乔比像是换了一个人，冷漠地答道，"也有了新的联结。我如今的搭档更强大。"他胯下的荒野独角兽喷着鼻息，鼻孔里飞出绿色的黏液。它充血的眼睛眨巴着，一根肋骨从身侧戳了出来，血淋淋的皮肉上爬着贪婪的蛆虫。

"求你帮帮我们！"斯堪德说，"如果织魂人有了银色独角兽，那么不管是离岛还是本土，任何人都没有赢的机会了！"

可乔比根本懒得听。他正满怀爱意地凝视着自己的荒野独角兽，仿佛那是举世无价的珍宝。看来，乔比是不可能帮忙了。斯堪德和朋友们只能靠自己了。

慌乱之中，他竟然愣了好一会儿才发现新元飞霜。

"你好啊，驭魂者。"一个刺耳的声音响起。

一袭黑衣的织魂人扬起嶙峋的手指，直指斯堪德的心脏。

第二十一章
织魂人

"你怎么知道我的身份？"斯堪德出乎意料地平静。

"你的联结……出卖了你。"织魂人的声音犹如枯叶碎裂，又干又脆，令人不安的神色隐藏在白色颜料底下——从额头到下巴都遮得严严实实的。"我在凌云树堡的帮手也跟你一样，"织魂人伸出长长的胳膊，指着乔比，"他说你一定会帮助朋友，所以今天，除了银色独角兽，我还能得到一头驭魂独角兽。"周围的骑手轻轻地笑了。

斯堪德把目光从织魂人身上收回，转而去看笑声的来处。他没有勇气再去看乔比，便打量着其他涂着白色颜料的面孔。这当中，是不是就有杰米的朋友克莱尔，米切尔的堂兄阿尔菲，失踪的医生、酒馆老板、商铺店主……

"你在我的士兵当中寻找故人吗？说来惭愧，大部分人都很脆弱，连织魂的过程都撑不过去。啊，要把两个灵魂交织起来，毕竟……有些风险。"织魂人叹了口气。不知为什么，这声叹息比刚才的这些话还要令人不安。白色颜料之下，会是安布尔的爸爸西蒙·费尔法克斯吗？

"不过成功概率越来越高了。来吧，看看。"织魂人冲着树林打了个手势，更多荒野独角兽走了出来，每一头背上都驮着骑手，骑手们的脸上都涂了白色颜料。荒野独角兽散发出腐烂的臭鱼、发霉的面包和死亡的气味，呼吸之间有汨汨作响之声，仿佛肺里浸着水，或者血。

"真巧啊，驭魂者，你把其他四个元素也带来了。一位驭风者——"博比低吼了一声，听起来像鹰怒在咆哮。"还有一位驭火者。再加上银刃和新元飞霜。五种元素都齐了。"

"你休想，艾瑞卡！离他们远点！"米切尔声音颤抖，但一字一句说得很清楚。

斯堪德想骂他，想让他闭嘴。这不是他的妈妈，这是——

织魂人修长的脖子一扬，涂着颜料的眼皮动了动，冲着米切尔眨了两下："好久没有人这样称呼我了。"

不。这不是真的！绝不是真的！

斯堪德不想听见这句话。他只愿意相信妈妈是个善良的人，是个可以让他骄傲的人。他脖子上的围巾原本打算团聚时还给她的，但此刻仿佛突然变成了夺命绳索。

那个盒子里的遗物一件一件跃入他的脑海。这难道不是爸爸深爱着的那个女人吗？一枚书签，一只发夹，一个园艺中心的钥匙圈。难道她同时也是眼前的这个强盗？这个凶手？在前往本土之前，在成为斯堪德的母亲之前，艾瑞卡·艾弗哈特已经杀害了二十四头无辜的独角兽。斯堪德浑身颤抖。他觉得自己的心之所以还没有碎成粉末，是因为联结还在，是福星恶童紧紧地护住了它。慈爱的母亲的面庞像独角兽背上的轻烟一样消散，取而代之的是艾瑞卡·艾弗哈特——织魂人。

米切尔接着继续说道："把银刃和弗洛还给我们，否则我们就让你的身份大白天下。放我们走，我们就不拆穿你。"

织魂人嘶哑的大笑声打断了米切尔毫无力道的威胁："你威胁我，还知道我的本名，你觉得我会放你们走吗？我会好好享用你们的独角兽的，至于骑手嘛——死人是不会开口说话的，对吗？"织魂人咧开嘴笑了，脸上的颜料裂开了一条缝。

"看看，我用荒野独角兽拯救了多少绝望的灵魂啊！那么多人渴望拥有一头独角兽，可孵化场的大门却残酷地关闭着。你们在这儿看到的所有士兵，没有哪个是不情不愿的。他们不是被我绑架来的，全都是自愿来的。现在，有了银色独角兽，这支忠诚的军队将更加强大。"

织魂人的士兵听了这话都欢呼起来。望着他们空洞的眼神和茫然的表情，斯堪德不由得思忖道：除了依附织魂人，这些人还有别的选择吗？

"好极了，就这样！"织魂人咬着牙说，"我们会拿下所有的特勤。这座岛的防卫薄弱至极，我已经观察好几个月了。本土是我的，离岛也是我的。我们势不可挡，我劝你们识时务。"

"你——"斯堪德的声音比耳语声还低，"你不该是这样的。不，不应该。"激动的情绪像海浪一样往他身上猛冲，但他还坚守着一个念头，一点点希望的光亮。艾瑞卡在离开本土几个月后，把他的名字刻在了彼岸血月的纪念树上。这一定另有深意吧。没关系，妈妈只是没认出他，毕竟，他们分别时，他还是个婴儿。表明身份，能不能说服她？或许她能想通，不再当什么织魂人。艾瑞卡·艾弗哈特只要是她自己就行了，只要是他的妈妈就行了。

斯堪德不由自主地指挥福星恶童靠近新元飞霜。福星恶童毫不惧怕，它嘶鸣着，露出牙齿，张开翅膀，迎上灰色独角兽的庞大阴影，并尽可能地让自己显得魁梧雄健。

"你必须停止这一切。"斯堪德哽咽了。"你看看我，"他央求道，"你看不出我是谁吗？你认不出我吗？"

"你是个驭魂者，连孵化场都进不去。我不需要你。"

荒野独角兽步步逼近，老朽开裂的膝骨咔咔响着，腐烂衰朽的蹄子重重地踏着坚硬的地面。

"乔比没提过我的名字吧，"斯堪德看了一眼往日的教官，"他以为那不重要，他不知道这件事。"

"你的名字跟我有什么关系？"织魂人刻薄地说道，"再过几分钟你就死了，叫什么名字都无所谓。"

斯堪德的眼泪绝望地涌了出来。他任由它从脸上淌下。如果她知道他是谁，会不会就此收手？她在他的心里留了那么大的缺憾，他是否也在她心里占有同样的空间？这死局还有扭转的希望吧？

他深深地吸了一口气。一年前的混沌杯比赛日，爸爸给他讲了一个故事——一个对一个婴儿的承诺，以最温柔的掌心尘封。

"妈妈，是我。"斯堪德的声音颤抖着，"你看——"他指着福星恶童说，"你对我的承诺，一头独角兽……就是它。我真的成为骑手了，像你期望的那样。"

织魂人的眼睛动了动，白色颜料放大了她的神情。

斯堪德哽咽难言，但还是挤出了这句话："我是斯堪德·史密斯。"他摘下脖子上的黑色围巾，越过福星恶童的翅膀递向她。"我就是——"

"我的儿子。"艾瑞卡·艾弗哈特终于认出来了，眼睛里的困惑消散了。

随之而来的是一片静默，就连独角兽也一动不动。

"已经十三年了吗？可你，你怎么会……啊！"她恍然大悟地张开嘴巴，像在打哈欠，"是阿——加——莎。"她缓慢而欣喜地念出夺魂剑子手名字中的每一个字，仿佛在品尝它的滋味似的。"好妹妹。"艾瑞卡把手伸向斯堪德手上的黑色围巾，一把将它扯了过去。"我早该猜到的。在我进孵化场之前，她送了我这条围巾。"

"妹妹？"斯堪德眨着眼睛，泪水模糊了双眼。"阿加莎？夺魂刽子手？她是你妹妹？"他想起来了：爸爸说他觉得阿加莎眼熟，说他好像认识她。还有，阿加莎求自己"千万不要杀死织魂人"。

"是你的妹妹，我的姨妈，把我带到岛上来的？"

"一如当年她把我带到本土……"艾瑞卡轻轻地把围巾围在自己的脖子上，有些恍惚，"彼岸血月……二十四难士……那之后我必须藏起来，必须远走他乡。在本土，我在最脆弱的时候曾给她写信。我要她确保我的孩子成为骑手。我应该想到的，阿加莎·艾弗哈特从不食言。早知现在，当初就该阻止她啊。肯纳呢？她也来了吗？"艾瑞卡看着斯堪德，仿佛她的女儿也该站在她眼前。

斯堪德突然怒气上涌。她见到他就没有一点儿高兴吗？她似乎更在乎那条围巾，而不是自己的儿子。她似乎更想见到肯纳，而不是此刻就站在这儿的自己。疑问脱口而出："为什么你自己不来接我们？为什么是阿加莎？为什么不是你？还有爸爸呢，你怎么对他的？你遗弃了我们，遗弃了我！为什么？为什么要这么做？"说到最后一句，他哽咽了。

"因为这座岛需要我。我有事要做，有计划要实施。"艾瑞卡指了指她的士兵。

"什么？"斯堪德怒不可遏，"他们比我重要？比肯纳重要？比爸爸重要？"

"你还是个孩子，很多事不懂。不过，你迟早会明白的。"

第二十一章 织魂人

斯堪德拼命摇头。他太愤怒了，竟完全忘记新元飞霜背上的骑手是最可怕的凶手。他活了这么大，每一天都想念着妈妈，整个童年都渴望她能归来。可现在，妈妈却根本不在乎他，甚至对他一丝歉意都没有。

"肯纳不能登岛，都是你的错，"他努力回击，"驭魂者被阻隔在外，根本没机会碰孵化场的大门。肯纳很可能跟我一样，也是驭魂者。可是因为你，她永远也不能遇到命中注定的独角兽，她永远也找不到本来属于她的东西了！"

"儿子啊，"艾瑞卡张开双臂，"你说独角兽是命中注定的，可一个人能否成为骑手并不需要命运来决定。看看我的士兵，他们拥有独角兽，是因为他们心怀渴望，才不是因为什么顽固的破门！等我们攻下本土，你姐姐完全可以自己挑一头荒野独角兽，我为她编织联结就是了。费尔法克斯就自己挑了一头，不是吗？"

艾瑞卡冲着身旁的一位骑手努努嘴。西蒙·费尔法克斯的眼睛和她女儿的一模一样。

"你是我的儿子，我的血脉，斯堪德，跟我一起干吧。人人都能拥有独角兽，这多完美啊。让命运见鬼去吧！"

有那么一瞬间，斯堪德动摇了，一个个念头接连闪现：重回妈妈的怀抱；帮肯纳实现梦想；自我的认知和归属；缺失的心灵拼图终于完整；破镜重圆，阖家团圆……

"来啊，加入我们吧。"艾瑞卡·艾弗哈特催促道，"你是我儿子，忠于我、帮助我，都是天经地义的。协助我组建军队，替我用好致命元素,让本土人和荒野独角兽形成联结,包括你的姐姐、你的爸爸。我们势不可挡,被放逐的骑手也听令于我们。凌云树堡是我们的,这座岛是我们的,本土也是我们的。我们一起干,就是强强联合。我现在就能看见美好的未来了。"

但斯堪德看见的是另一幅景象:离岛被毁,孵化场陷入黑暗,神圣的大门裂成两半。他看见荒野独角兽作乱的痛苦刻在人们脸上,不死与不朽交织必将导致堕落、荒芜、混乱。他看见死亡和毁灭逼近肯纳和爸爸,他看见自己拥有举世强权却不寒而栗。共享天伦的画面、岛上快乐生活的画面,全都碎成了齑粉。

真相徐徐展开,仿佛内心深处早有预感。他一直希望妈妈能够出现,告诉他,他到底是谁。可现在,她却逼他做出选择。他突然意识到,他并不需要妈妈来确认什么,他很清楚自己是什么样的人。他勇敢,他忠诚,他善良,他不愿意伤害他人。他有时会害怕,但最终会更勇敢。他是驭魂者,但他也是斯堪德·史密斯,来自马盖特。他爱着姐姐和爸爸,虽然爸爸有时很难相处。他不需要知道阿加莎的意图是好是坏,因为他可以主动地选择前者。他是个好人。他不会和织魂人同流合污,哪怕织魂人碰巧是他的妈妈。

织魂人催促新元飞霜靠近福星恶童。斯堪德注意到,跟普通人的不同,她那被裹尸布包裹的身体动起来如同一团蒸汽。她的黑眼睛是饥渴的,像是要把他吞掉。斯堪德想起了第一天登岛遇见的那头荒野独角兽:它的眼神是那样悲伤,仿佛在寻找着失去的什么东西。

"彼岸血月死了，很可惜。我很为你遗憾，真的。"斯堪德轻声说，"我想象不出那种痛苦。可那是意外！难道你要为此让整座岛陪葬吗？"

"彼岸血月的死不是意外。"

"谁也不能代替它。"斯堪德说，"就算你偷来、抢来再多的独角兽，重建他们的联结，就算你将荒野独角兽强配给那些渴望成为骑手的人……不论你多强大，多可怕，它都回不来了。艾瑞卡·艾弗哈特，彼岸血月已死，永远不能复生，真相就是如此。你的独角兽一定不愿看到你如今的模样。它会失望至极，我也是。"

"你根本不懂自己在说什么！"织魂人恶狠狠地说，"你被凌云树堡、委员会和银环社洗脑了。他们那么快就把我的妹妹塑造为夺魂刽子手，那么快就开始打压驭魂者。他们把驭魂者摒绝在孵化场之外，就像那些他们认为'不配'拥有独角兽的人一样。他们不愿我们靠近孵化场，就因为我们没有所谓的'完美'联结。而我的士兵们可以证明，他们也可以成为骑手。"

"你的士兵只是依令行事罢了。"斯堪德看到乔比的脸之后就猜到了。他的教官可能会因为渴望独角兽而犯禁，但他绝不会主动出卖银刃，把它交给织魂人，除非还有什么事在暗中进行。"你所谓的'织魂'，其实是把他们和你自己联结起来，对吗？从此你的想法就是他们的想法，他们完全服从你。"

"他们很快乐。我答应给他们独角兽,我兑现了。我是他们的领袖,并且要公开地使用魂元素。斯堪德,这不也是你的愿望吗?自由,不是吗?"

斯堪德摇头说道:"你要的不是自由!你在乎的只是权力和复仇!你忘了世界上还有比这些更重要的东西。我是绝不会站在你那边的。"

织魂人目光一闪。她身上出现了某种变化——微妙、突然、致命。从他直陈身份以来,斯堪德第一次感到了恐惧。

"你错了!"织魂人吐了口唾沫,"没有比权力更重要的东西!我懒得浪费时间让你理解。你还不配走在我身边!"

"我永远也不会走在你身边!"斯堪德的喊声里带着哭腔。

织魂人扬起手指。"抓住那些独角兽!要活的!"她尖叫道。

涂着白色颜料的骑手一拥而上,逼近了福星恶童、红夜悦和鹰怒。博比愤怒地大叫着,一道闪电击中了距离银刃最近的树,炸裂开来,木屑四溅。米切尔朝着织魂人和新元飞霜扔出了火球。荒野独角兽排成一道保护墙,把他们挡住了。斯堪德瞥见一抹银色——弗洛挣脱了拉着她的士兵,跳到了银刃背上。她的掌心亮起红光,烧烂了绑着银刃的藤蔓。银色独角兽胜利似的咆哮起来。

"咱们得突围!"斯堪德听见博比的叫声穿透荒野独角兽的低吼传来。弗洛骑着银刃回到树林中央,和鹰怒、红夜悦、福星恶童再度会合。

"它们不会进攻!"米切尔叫道,"织魂人既然想要咱们的独

第二十一章 织魂人

角兽,就不会冒险硬来!"斯堪德没听见他说什么,而是让他的手掌终于亮起了代表魂元素的白光。他看着那些荒野独角兽,还有它们背上的骑手。他看见了联结着他们的光索,但那些与朋友们的不同。这些光索看起来不密实、不稳定,似乎是可以解开的。

阿加莎说得对:只有驭魂者才能阻止织魂人的阴谋。

尽管眼泪未干,斯堪德的头脑却很清醒。他必须保护他的朋友们,他必须保护他的独角兽。

"你们能对荒野独角兽发起进攻吗?"他对队友们喊道,"但是别击中它们。我要来个声东击西,我有办法。"

大家点点头。火元素、风元素、土元素的亮光依次闪现,一拨一拨的进攻激起了荒野独角兽的咆哮,四周很快就臭不可闻。

"咱们要试一试,你准备好了吗?"斯堪德对他的独角兽轻声耳语。白色的亮光散发着它自己的元素气味:肉桂、皮革、醋的酸味。他选了距离最近的荒野独角兽和骑手,小心翼翼地将白光对准了他们之间的光索。白光缠绕着那不稳定的联结,斯堪德手指飞舞,就像在演奏某种看不见的乐器。光索卡住时,他晃动手腕,又像在画素描。福星恶童静静地站着,全神贯注地配合着它的骑手,要齐心协力解开那不该存在的联结。斯堪德与独角兽的联结是这样紧密,他们亲密无间,同心同德,达到了前所未有的和谐。

瓦解那些联结的感觉很棒——顺应自然,斯堪德相信福星恶童也有同感。他没有遇到任何阻力,任何反抗,就好像这些织出来的联结也知道自己不该存在似的。荒野独角兽一头接一头地安静下来，倒在地上。骑手们惊讶地眨着眼睛，望着四周，仿佛刚从噩梦中惊醒。

"怎么回事！"织魂人看着身边的独角兽越来越少，气急败坏地冲着那些骑手喊道，"起来啊！我命令你们站起来！"之后她望向斯堪德，看见他松开了乔比的光索。教官和独角兽瘫倒在地，没有受伤，但一时动弹不得。

"驭魂者！"织魂人恶狠狠地尖叫着，骑着新元飞霜猛冲向福星恶童。

斯堪德呆住了。他只觉得自己无路可逃。织魂人来抢福星恶童了，织魂人要毁掉他们的联结了，妈妈要对儿子下手了，这真是最最可悲的。他怎么这么慢，她怎么那么快。

可突然，银刃冲到了两头独角兽中间，扬起前蹄，甩出冒着火的石头，逼得新元飞霜连连后退。

"你竟胆敢抢走我的银刃！"弗洛的样子完完全全就是一位勇敢的混沌骑手，这不怒自威的声音听起来就像凌云树堡的钟声。

织魂人俯下身子，抱住了新元飞霜的脖子。一块石头擦着她的脸颊飞了过去。

银刃眼冒红光，冲着空中喷出烈焰。斯堪德第一次见识了银色独角兽的威力——能量与威严结合，产生了骇人的震慑力。弗洛愤怒地大吼一声，掌心绿光莹莹，召唤出玻璃护盾，拦住新元飞霜，保护着队友们。

"小堪！"弗洛的胳膊颤抖着，"快！我不知道还能撑多久！她的联结你能解除吗？"

"后退！"斯堪德喊道。织魂人疯狂地往护盾上泼洒火苗。"后退！太危险了！要是她伤到银刃怎么办！"

"真的！弗洛！这可不是该勇气大涨的时候！"博比叫道。

"它是银色独角兽，你们忘了吗！"弗洛的手掌挥洒着土元素的魔法，"织魂人的魂元素杀不死它！"

"不行！"斯堪德急了，"可她能用别的元素杀死你啊！"

咔嚓！弗洛的玻璃护盾裂开一条口子。

"不是我絮叨——"米切尔的声音颤抖着，"护盾可不会一直管用——"

"赶紧的吧斯堪德！"博比把缰绳往他膝上一甩。

斯堪德立刻行动起来。他让魂元素由弗洛护盾上的裂缝探出，感知到了织魂人和新元飞霜之间的联结。他一开始都没看见，因为那联结极细，松松垮垮地绕在另一条亮晶晶的蓝色联结上。所以他以为要消解它很容易。

"啊！"斯堪德感到一阵钻心的剧痛。他看不见自己和福星恶童的联结，但是能感觉到织魂人潜入其中，企图分开他们。福星恶童困惑而警觉地叫了起来。

它缓慢地、高高地扬起前蹄，冲着新元飞霜猛踢过去。斯堪德从未听它这样低沉地怒吼过，听起来像荒野独角兽的叫声。隔着岌岌可危的玻璃盾牌，斯堪德望见艾瑞卡·艾弗哈特身后的那些荒野独角兽，正慢慢地站起来。

织魂人回头去看，显然意识到有些不对劲，不由得松懈了对斯堪德联结的搅动。一头头荒野独角兽像秃鹫似的围住了新元飞霜，它们嘴里淌着黏液，透明的尖角在晦暗的光线下犹如幽灵。

"你现在控制不了它们了！"斯堪德隔着护盾叫道，"你以为它们是你的士兵，然而并非如此！荒野独角兽生而自由，它们比我们更自由！"

荒野独角兽步步逼近，织魂人气得咬牙切齿。

"你以为自己比它们聪明从而能够控制它们。"斯堪德继续说道。他感觉到自己与这些荒野独角兽有着某种联结，他能感受到荒野独角兽的痛苦：它们在织魂人的操控下身不由己，备受折磨。"你想把不属于它们的骑手强加给它们，这是行不通的。我们只会在某一时刻体验死亡，而永生的它们却一直在品尝死亡的滋味。它们心中了然，因此绝不可能臣服于你！"

荒野独角兽众口齐喑。织魂人召唤水元素自保，但斯堪德却不容她再折磨这些荒野独角兽。

"收起护盾！"斯堪德向弗洛叫道。玻璃雾时四分五裂。斯堪德扬起手掌，白光直冲向织魂人的心脏。她与新元飞霜的联结以魂元素织就，像一枚缭乱复杂的茧，它此时被另一道白光包裹起来，渐渐出现了裂缝，变薄，变细。然而，斯堪德的能量不够，不足以将它完全阻断。

博比最先做出了反应。她的风元素闪着黄光，融入了斯堪德的魂元素。接着，弗洛绿色的土元素和米切尔红色的火元素也加入进来。三道彩色亮光和斯堪德的白光交织在一起，拧成了强大的光索。织魂人的联结一点点地被瓦解了，斯堪德感觉得到。

"快来帮忙！"斯堪德冲着荒野独角兽大喊，希望它们能听懂自己的话。如果它们愿意出手相助，他和朋友们就能全身而退，他和福星恶童的联结就能安然无恙。他的内心深处还有一种近乎绝望的希望：如果能打败织魂人，妈妈或许能回到原来的模样。

大地震颤，空气中弥漫着原始魔法的能量——不是在辖独角兽中规中矩的精致元素，也不是荒野独角兽常有的无目的攻击，而是五种元素以最本真的冲动结合为一体，其色彩、气味、形态，以及爆发的力度，都是斯堪德见所未见的。这种魔法存在的时间比人类的历史还要长。荒野独角兽齐声怒吼，与四人小队联手重击织魂人。

织魂人和新元飞霜之间的联结终于分崩离析。灰色的独角兽愤怒地咆哮着，一扬前蹄，把织魂人甩下背去。荒野独角兽用它们独有的幽暗叫声彼此呼唤，鹰怒、红夜悦、福星恶童和银刃不由自主地呼应着。

一头荒野独角兽走近斯堪德和福星恶童。它是它们当中个头最大的，但也是皮肤朽烂、骨骼腐败最严重的——它是最老的。斯堪德不知道它活了多久，又"死"了多久。它凹陷的红眼睛望着斯堪德，发出低沉的隆隆声。

"谢谢。"斯堪德轻声说道。荒野独角兽掉头离开，领着它的族群，经过倒地不起的织魂人，经过刚刚苏醒、躲在树丛中的骑手，走下山坡，与闻声而来的其他同伴会合，没入极外野地的远处。

织魂人动了动，侧过身，裹尸布搭在肩上，脸上的白色颜料有一半已经剥落，那条黑色围巾落在她身边，宛如一条死蛇。她看上去干瘪而憔悴，但就在这张面孔之下，斯堪德却瞥见了一张可能曾经肖似肯纳的脸庞。

他试探着往前一步，渴望从她的眼睛里看到些不同的东西。她曾蝉联两届混沌杯冠军，当过离岛的司令，也曾是一位母亲。"妈妈……"

转瞬之间，几件事同时发生。叫声响起，似是救援的信号；织魂人抓住那条黑色围巾，吹响高亢的口哨；骑着独角兽的特勤冲进树林，阿斯彭·麦格雷斯坐镇后方，红发飘扬。

困惑的斯堪德来不及做出任何反应，只看见一头陌生的荒野独角兽冲进树林，织魂人翻身跳上了它的背，他们之间有一丝细弱的联结在闪闪发光。斯堪德想辨认出那联结的颜色，但怎么也看不清楚，因为它在延展之间似乎并不拘泥于某一种颜色。与织魂人相连的独角兽不止一头，新元飞霜也不过是她的断尾之策。

"在那儿！"阿斯彭冲进树林大喊，"追上去！抓住织魂人！"

"快啊！她要溜了！"弗洛叫道。

斯堪德静静地站在那里。他说不出话来，也流不出眼泪。愤怒、失望和痛苦仿佛全部褪去，此刻望着织魂人飞奔而去，他心里唯有伤感。

一些特勤留下来护卫司令，另一些则向极外野地追踪。但斯堪德有一种预感：他们抓不到织魂人，至少这一次抓不到。

"诸位年轻骑手，你们谁能解释一下——"阿斯彭突然愣住了。她看见新元飞霜朝她跑来，一时激动得紧紧地搂住了它的腿，瘫倒在地。

"真不敢相信，真的是你啊，我——"阿斯彭啜泣着，颤抖着。她摊开手掌摩挲着，然后握拳，再伸开。她深深地皱起了眉头："这是怎么回事啊？我不明白。它回来了，可我的魔法却回不来了。看，我无法召唤水元素了……"她并不是在问斯堪德，但斯堪德知道答案，于是主动回答了她。

"织魂人在自己和新元飞霜之间建立了联结。她只是——"他竭力控制自己的情感，"只是用她的联结裹住了你们原来的联结。我想这可能多少有些影响。"

"但现在新元飞霜和织魂人之间没有联结了对吗？"

"对。"斯堪德点点头，"我——我们——"他指了指朋友们，"我们解除了她的联结。"

阿斯彭挨次看着他们，眉头紧锁："我还是不明白。我能感受到联结，可是我不能——"她再次摊开手掌给他们看，"没有了。"她叹了口气，摸了摸自己肩上的冰雪突变，仿佛这样能更贴近她的独角兽。"我们又在一起了，这是最重要的。它还活着，"她吸了吸鼻子，"哪怕联结不在了。"

斯堪德知道自己该做什么。他不能就这样撇下阿斯彭和新元飞霜不管。他能帮他们，只要有片空地就行。他们的联结明明还在，只是很微弱，伤痕累累。他必须帮助他们，哪怕这意味着自己可能失去一切。

"我能修复你们的联结。"斯堪德淡淡地说道。他听见米切尔倒吸了一口气，瞥见弗洛捂住了嘴巴。他们都知道他在干什么。他们都知道他在冒险。

"你在说什么？这怎么可能？"阿斯彭有些生气，"你以为你是谁？不过一名初出生罢了，别胡说八道了。你刚才那个解除联结的故事也是编的吧。能看见联结的只有——"

"驭魂者。"斯堪德替她说完后半句，撸起蓝色夹克的袖子，露出了胳膊上的突变。

阿斯彭立刻后退，护住新元飞霜。特勤们闻声而动，准备进攻。"什么？你？你是怎么进入孵化场的？"

"那不重要，"斯堪德坚定地说，"重要的是，我已经来了，我们能帮你。"

"为什么要冒这个险？为什么要帮我？"阿斯彭不可置信地问道。

"是啊，为什么啊？"博比屏住呼吸，喃喃自语。

"因为我不是织魂人。"斯堪德苦笑，"你针对驭魂者的迫害大错特错。你以为我们都和织魂人一样，可事实并非如此。我愿意帮你，只是因为于情于理都该这么做。因为你和新元飞霜属于彼此。"

"想必你得要些回报吧?"阿斯彭恢复了精明的模样,双臂环抱,走向福星恶童。

斯堪德犹豫了。他没有意识到自己可以讨价还价,争取想要的东西。

"好吧,"他再三权衡,慢慢说道,"首先,我要求你释放所有驭魂者。"

"不行——"

"没什么不行的。你完全可以放了他们,因为织魂人的身份已经确认了。"

阿斯彭皱起眉头:"是谁?"

"艾瑞卡·艾弗哈特。"

"她早就死了。"

"她还活着,"米切尔说,"我们有证据。"

"拜银环社和他们勒索威逼的夺魂剑子手所赐,驭魂独角兽都已经死了,"斯堪德毫不掩饰声音里的厌恶,"但骑手们应该重获自由。你至少应该做到这一点。应该逮捕西蒙·费尔法克斯,因为多年来他一直是织魂人的帮凶。"斯堪德指了指安布尔的爸爸。他仍然倒在地上,不省人事。

"我不可能释放夺魂剑子手,"阿斯彭提醒他,"银环社是绝不会同意的。历史遗留问题不是我一个人能解决的。"

斯堪德想了想,最终还是点了头。他不知道该对阿加莎抱有什么样的情感，但他不能为了她让其他驭魂者失去重获自由的机会。

"还有什么？"阿斯彭眉头紧锁。

"允许驭魂者进入孵化场。"

"绝不可能。"

斯堪德料到了她的反应，但他还是想尽量争取。他换了个角度。"允许我以驭魂者的身份参加训练，并向所有人公开。如果我完成了训练，并且没有伤害任何人，那么就恢复驭魂者进入孵化场的权利，让魂元素重回凌云树堡。"

阿斯彭无奈地叹了口气："理论上说，我可以同意。但我很快就要卸任了，没办法让下一任司令和其他人也同意啊。"

"那就写入离岛法律。这总有时间办到吧。混沌杯下周才正式开赛，而且，你怎么知道自己不会蝉联冠军呢？"

斯堪德看见阿斯彭哽住了。他知道这么做会让她不得人心，可他顾不上那些了。他太想让魂元素重见天日了。

"那就这么说定了？释放驭魂者，允许我公开使用魂元素训练，像其他四元素一样。"

阿斯彭勉为其难地点点头："前提是你修复好我和新元飞霜的联结，否则的话，以上全部不作数。"

司令骑上新元飞霜。斯堪德张开手掌，召唤魂元素对他来说就像呼吸那样容易。他将注意力凝结在独角兽与司令的联结上——有磨损，但基本上完好。明亮夺目的魂元素沿着蓝色的联结跃动，从这一端到另一端，修复，补葺。白光越来越亮，渐渐将整座小山笼罩起来，犹如一颗新诞生的星星，照亮了枯萎黯淡的极外野地。或许，在凌云树堡也能看到。

阿斯彭·麦格雷斯满脸是泪。他们的联结再次显现出鲜艳的蓝色，她的掌心也亮起了水元素的蓝光。斯堪德想象着她此刻的感受，仿佛回到了初入孵化场的那天——联结环抱着心脏，那是一种极度的完满。

与织魂人不同，斯堪德坦坦荡荡，简单诚恳。他不需要用"编织"的方式来仿造联结。因为命中注定属于彼此的灵魂，永远不会真的分开。

第二十二章
家

阿斯彭本想派特勤护送斯堪德、博比、弗洛和米切尔回凌云树堡,但他们更愿意骑着福星恶童、鹰怒、银刃和红夜悦飞回去。他们从枯木林立的小山上起飞,将极外野地龟裂的大地抛在身后。渐渐地,下方的景色有了绿意,树木郁郁葱葱,他们这才松了口气。

四人小队不想立刻返回凌云树堡,于是在四极城暂作停留。发生了这么多变故,斯堪德本来急切地想要见到爸爸和肯纳,不过,在织魂人的树林里发生的事,以及差点儿发生的事,还是不提为妙,但也只能清净几天。他们都知道,一旦阿斯彭兑现承诺,想出合适的说辞来公布关于驭魂者的消息,他们就无法再缄口不言了。

竞技场早已空无一人,训练选拔赛留下的痕迹只有沙地上的蹄印和用粉笔写着成绩的黑板。斯堪德都没想过自己会不会成为游民。

这件事已经没有那么重要了。妈妈还活着，银刃回来了，织魂人没有得逞，这似乎已经足够了。

可现在，他一点儿也不想去看黑板。他不想变成游民，不想砸碎徽章，更不想离开队友们。他望着他们。傍晚的阳光里，骑在独角兽背上的朋友们正眯起眼睛，打量着黑板。弗洛半睁着眼睛，好像也不太情愿。博比则已经扬起嘴角笑了。米切尔的目光一行一行地扫过黑板，仿佛想记住所有排名似的。

斯堪德心里涌起了强烈的爱意，但紧接着，恐惧压了上来，两种情绪势均力敌。如果他最终必须离开凌云树堡，那么一切都要变了。他们是他最初的，也是仅有的好朋友。没有他，他们的生活照旧：学习召唤元素，练习使用武器，到了明年，一起谈论秘洞、鞍具；他们会一起笑话红夜悦放屁引发的尴尬，也会继续抗拒博比的救急三明治，并且依然闹不明白她是从哪儿弄来的面包。有些时日会遇到困难，输掉空战；有些时日则值得庆贺，拥抱鹰怒、红夜悦和银刃。他们可能会忘记那个第一年就带来好多麻烦的孤僻驭魂者。斯堪德心里一阵悸动，那是福星恶童在关心他。他们之间的联结更加紧密，沟通更加顺畅了，仿佛通过联结就可以直接交谈。

可是他并没有好过多少。这次不管用了。斯堪德盯着福星恶童的鬃毛，不肯抬头去看，他还没准备好呢。毕竟发生了这么多事，刚刚发生在山上的那一幕幕在他的脑海里闪过：织魂人朝他逼近；艾瑞卡·艾弗哈特试图搅乱他的联结；妈妈的围巾丢在地上……他无法承受更多打击了。

"没关系的，小堪，看看吧。不用担心。"

斯堪德信任弗洛，于是听话地抬起了头。

罗伯塔·布鲁纳和鹰怒排在最前面。弗洛伦斯·沙克尼和银刃位列第五——他们肯定是刚冲过终点就撞见了织魂人！米切尔·亨德森和红夜悦拿到了第十二名。而斯堪德·史密斯和福星恶童安安稳稳地占据了第十三名的位置。斯堪德整个人放松下来，第二次掉了眼泪。

博比抱怨道："我都跟他们说了，叫我'博比'，怎么还用这个'罗伯塔'啊！"

米切尔用胳膊肘戳了戳斯堪德："看！肩并肩！"

斯堪德揉揉眼睛说："你本来能拿到更好的成绩的。要不是你，我今天就真的危险了，可我昨天却对你和弗洛那么凶……嗯，谢谢你们。"虽然脸上带着泪，但他还是笑了。

米切尔微微红了脸："这不就是朋友嘛！"

"哼，我也是他的朋友，可我不会用输掉比赛来证明！"博比气呼呼地说。

米切尔大笑起来："真不敢相信，你还真拿了训练选拔赛的第一名。你念叨了整整一年，终于做到了。"

"你可真了不得啊！"弗洛大笑道。

第二十二章 家

"是的,确实是。"米切尔也小声咕哝道。

可博比没接话,只是盯着米切尔发愣。

米切尔皱起眉头问:"干吗?"

"你自己想必有感觉吧,你的头发着火了。"博比波澜不惊地说。

"咱们就不能休战一天吗,博比?"米切尔无奈地说,"你训练选拔赛得了第一,我们还打败了织魂人,这还不够吗?"

这时,弗洛也看见了:"不不不,你的头发真的着火了!米切尔!突变!你的突变!"

米切尔的头发原本是黑色的,但现在一缕缕都燃起了火苗。

"这看起来实在是——"斯堪德惊叹不已。

"实在是……前卫?"博比不可置信地轻声说道。

"前卫?"米切尔嚷嚷起来,"天哪,博比·布鲁纳竟然说我前卫!"

"噢,闭嘴吧。"博比说。

"你听见了吧,斯堪德?我很前卫,我很酷!我终于突变了!还这么棒!"

"他是不是打算没完没了地叨叨下去?"博比冲着斯堪德嘀咕道。斯堪德笑着摇摇头,他看见红夜悦回过头瞧自己的骑手是怎么了。

"对了,"米切尔激动得上气不接下气地说,"我能不能再说一件事?"

"不能。"博比立刻说道。

但米切尔没理她,自顾自地说:"我就是想说,其实我一开始对斯堪德的看法是对的,没错吧?"

"什么意思?"弗洛拍了拍银刃的脖子。银色独角兽和它的骑手更加亲密了。弗洛冲上去挡在朋友和织魂人之间的那一幕跃入斯堪德的脑海,那真是他所见过的最英勇的举动。

"我一开始就说,斯堪德是个危险人物,会把我们都害死。现在证实了,他真的是织魂人的儿子,带他登岛的是织魂人的妹妹!"

"米切尔!"弗洛叫道,"你说这些早知当初的话干吗啊!"

博比摇了摇头说:"真是本性难移,好不了多久!"

但斯堪德一点儿也不介意。真的。他知道在未来的几天或几周里,他会为罗斯玛丽·史密斯哭泣,因为她,还有那条黑色围巾,已经永远地留在了极外野地。可是现在,他骑着黑色独角兽,头上有阳光照耀,身边有朋友环绕,没有找到他想要的妈妈的痛苦似乎不那么难挨了。斯堪德觉得,他或许找到了自己。

一个小时之后,斯堪德回到了凌云树堡外的训练场上,在一座白色的帐篷外逡巡。福星恶童拴在不远处的一棵树上,和红夜悦分享着一只兔子。初出生的家人们都待在帐篷里,谈笑风生,举杯相庆。

第二十二章 家

就要见到肯纳和爸爸了，斯堪德非常兴奋，但同时也有点儿紧张。他不知道该怎样讲艾瑞卡·艾弗哈特的事。在给肯纳的信里，他从没提起过织魂人，也没提起过魂元素，因为所有的信件都会受到骑手联络司的检查。

如果是斯堪德留在家里，肯纳登岛，他愿意知道妈妈其实一直活着吗？他愿意知道妈妈后来变成了魔鬼吗？还有爸爸，他想知道这些吗？

"感谢等待，驭魂少年！"斯堪德好不容易鼓起勇气要钻进帐篷，博比突然赶了上来。

"抱歉。"他咕哝道。

"你心情不好吗？"博比不耐烦地问。

"只是有点儿紧张。"斯堪德往帐篷里瞥，寻找着肯纳的棕色头发或爸爸的脸。

"因为要见到姐姐和爸爸了？"

"对。"

"你想好了吗？要不要告诉他们——"

"没有。"

博比翻了个白眼，抚平胳膊上的羽毛，不由分说地把斯堪德推进了帐篷："早了早好，赶紧的吧！"

"祝贺你，斯堪德！第十三名的成绩很不错！"奥沙利文教官迎了过来，"尤其是你还装了一整年的驭水者。"她银灰色的眉毛弯弯的。

斯堪德慌张地看了看四周:"你怎么知道？别人也知道了吗？"

"没有。阿斯彭只通知了教官们。"奥沙利文教官罕见地笑了起来。"还有多里安·曼宁。恐怕银环社的头头可要雷霆震怒了。你要求以驭魂者的身份参加训练,他可很不高兴。有人说他都气炸了。所以你要是去见他,可得把这个戴好。"

她说着,把一个冰冰凉凉的东西塞进了斯堪德的手里,就像引路仪式时那样。

"这是……"斯堪德说不出话来。

"驭魂者徽章。"奥沙利文教官冲他笑笑,"当然,你同时也是荣誉驭水者。"

"这是谁说的？"

"我。"她极为罕见地挤了挤眼睛,"驭魂者大多勇气可嘉,偶尔鲁莽,凭借你面对织魂人时的勇敢言行,沧渊永远有你一席之地。"

斯堪德爱惜地摸了摸黄色夹克上的水元素徽章。

"或许你可以两个都戴上。一边戴一个？这可够让多里安难受的了!"她说完就高高兴兴地走了。

"斯堪德!爸爸,爸爸!快看,是斯堪德!"肯纳从人群中冲出来,差点打翻一托盘饮料;爸爸就跟在她身后。

肯纳一把抱住弟弟,泪流满面。不等斯堪德反应过来,爸爸就把两个孩子都搂在了怀里,三人哭成一团。斯堪德承受了一整年的压力——驭魂者的身份，自己和福星恶童的性命之忧，乔比的背叛，训练选拔赛，与织魂人的周旋，发现织魂人竟然是妈妈的真相——都在这一刻释放出来。没有言语，斯堪德痛苦的啜泣已经吐露了一切。

"嘿，儿子，儿子……"爸爸温柔地扳过斯堪德的脑袋，仔细地看着他。斯堪德看见爸爸在擦眼泪，他记得以前只有肯纳这样过。"没什么好哭的，对不对？你拿了第十三名！我们全程都看见了！你太棒了，不可思议！你和那头红色独角兽联手……"

爸爸滔滔不绝地评论着训练选拔赛。有那么一刻，他们仿佛回到了马盖特，在客厅里看混沌杯比赛，和普普通通的、对什么都有正常反应的父亲在一起，哪怕一年里只有这么一天。

爸爸说个不停，肯纳就拉着斯堪德的手，望着他笑。等爸爸说够了，要去拿杯酒时，姐弟俩才有机会单独聊聊。

"家里还好吗？爸爸怎么样？"斯堪德飞快地问道。

"骑手的津贴帮了大忙！爸爸还找到工作了！"

"啊？"

"一切都很好！我们打算离开日落高地，搬到海边，租一间小房子。"

"哇哦，"斯堪德说，"那很——"

"很好啦。好了，快跟我说说福星恶童！还有这儿的所有事！我能见见它吗？我们能到厩栏里看看吗？你给我表演表演魔法好不好？你能把我介绍给尼娜·卡扎马吗？她这个本土生竟然拿到了参加混沌杯的资格！我们——"肯纳抛出一连串的问题，让斯堪德不由得怀疑她和爸爸的生活是否真像她说的那么好。

斯堪德环顾四周，发现那些没有通过训练选拔赛的骑手已经不在了。其中四位是别的训练组的，斯堪德不太熟悉，但劳伦斯竟然也不见踪影，实在太可惜了。

他和毒枭，还有艾伯特和晨鹰都成了游民，再也不能返回凌云树堡了。斯堪德觉得难以置信，忍不住设想：要不是米切尔牺牲了应有的名次来帮他，他和福星恶童说不定也会位列其中。

接下来的几个小时，斯堪德和爸爸、姐姐在一起聊个不停，十分尽兴。他见到了博比的父母，还有弗洛的家人，包括她的双胞胎哥哥埃比尼泽。而当斯堪德把爸爸介绍给弗洛、米切尔和博比时，爸爸不但很八卦地打听人家的成绩，还絮絮叨叨地说了好几遍，斯堪德得了第十三名，好像他们不是一起参加比赛似的。

四人小队去取蛋糕时，米切尔长叹了一声："真希望我爸爸也像你爸爸一样那么为我骄傲。可他觉得十二名没什么可炫耀的，毕竟他自己当年拿了第八名。亨德森家的孩子就该比别人强，难哪……"他摇了摇头。

"米切尔，我觉得你就不该太在意你的那个一心只在乎家族荣誉的爸爸，"弗洛说着又拿了一杯饮料，"你勇斗织魂人的经历可比优秀骑手什么的强十倍呢！我看他就应该……应该……应该闭嘴！"

博比被一口蛋糕噎住了。米切尔听弗洛这么说惊讶不已，但显然开心多了。

斯堪德也很快乐，完全忘记了艾瑞卡·艾弗哈特，直到领着肯纳出去看福星恶童时，淡淡的愁绪才萦上心头。

福星恶童坦然地接受了肯纳，对她比对别人好得多。这头黑色的独角兽允许她拍自己的脖子，梳自己的鬃毛，甚至还让她摸了自己的翅膀。

"你想骑一下吗？"斯堪德试探着问道。

肯纳的整张脸都亮了："我能骑着它飞吗？"

斯堪德大笑起来。姐姐就是这样，总想试试最危险的事。他不知道这样做是否符合规定，但他更不愿意拒绝肯纳。而且，他相信福星恶童会照顾好她。

斯堪德扶着姐姐爬到了独角兽的背上。福星恶童哼了几声，喷出星点火花。肯纳坚持要坐在前面，因为"这样就能假装是自己骑的啦"。

"聪明！"斯堪德说着，伸出胳膊，紧紧地护住姐姐。福星恶童走了几步，啪地张开翅膀，准备起飞。

它的四蹄离开了坚实的地面，肯纳兴奋得大呼小叫。他们飞上天空，俯瞰着凌云树堡中那些全副武装的大树。斯堪德高兴极了，笑得腮帮子都疼了。他回想着过去：在肯纳的选拔考试失利之前，他们的梦想就是骑着英勇善战的独角兽，肩并肩地飞翔。

伴随着呼啸的风声，斯堪德试着向肯纳解释"联结"：不在一起时也能感受到福星恶童的存在；倾听彼此的感受，学习沟通的方式；难过的时候对方会传递安慰的信息……但肯纳顾不上仔细听他讲，只管伏在福星恶童背上，双手紧抓住它的鬃毛，随着福星恶童翅膀的挥动保持着平衡。斯堪德的喉咙哽住了，姐姐才是天生的骑手。

福星恶童着陆之后，斯堪德看见肯纳的眼睛里含着泪光，吓了一跳。

"还有可能吗，小堪？"她声音嘶哑，"孵化场里还有我的独角兽吗？它会不会一直等着我呢？也许是他们弄错了？我能不能到大门前去试一试呢？你不是都没参加选拔考试吗？我知道你不能在信里透露太多，可现在没有别人了，告诉我吧！快把你的秘密告诉我吧！"

斯堪德很想拥抱她，很想把一切都讲出来。他们的妈妈，还有魂元素。可是，揭晓真相，会不会更糟？肯纳命中未必真有独角兽，但她一定会觉得自己被骗了——错过了本来就不可能拥有的未来，该难过吗？斯堪德不想让莫须有的可能伤害姐姐。

于是他说："对不起，小肯。不是那么简单的。就算真有一头独角兽属于你，它也已经被放逐野地了，来不及了。荒野独角兽可不是福星恶童这个样子，你绝不会想要靠近它们。"

"我想，我想，"肯纳痛苦地啜泣着，"我不在乎它是不是荒野独角兽。"她稍稍冷静，又说道："如果是我的，我一定要拥有。"

"相信我，"斯堪德搂住姐姐，"你不会的。"

短暂的下午转瞬即逝，似乎没过多久，斯堪德就来到镜崖的

第二十二章 家

草坪上,他拥抱了爸爸和肯纳后,送他们登上返回本土的直升机。斯堪德望着挚爱的家人,深深地吸了一口气。他知道,如果想坦陈一切,这是最后的机会,不然就要再等上一年。

"我为你骄傲,斯堪德,"爸爸说,"你就和福星恶童好好训练吧,说不定有朝一日真能赢得比赛呢!我就说你能行!"他说完就挥挥手,登上了直升机。斯堪德知道,决不能提起艾瑞卡·艾弗哈特,那会颠覆他们的生活。他必须保守秘密,至少现在是如此。

"看,他确实好多了,是吧?"肯纳的眼睛又湿润了,"我们都很好,你不用惦记。"

"真希望能和你们一起回家。"斯堪德不愿松开姐姐的手。

肯纳伤感地摇摇头:"别这么想。小堪,你属于这里。这儿才是你的家。你其实心里很清楚,对吗?"

这儿也是你的家,他很想对她说,我们共同的家。

不过他没有这么说,只是简单地告诉她:"我爱你,小肯。"

"我也爱你,小堪。"

她松开他的手,跑向直升机,棕色的头发拂过脸颊,然后就消失在斯堪德视野中了。直升机的螺旋桨越转越快,就要起飞了。

斯堪德迅速转身跑过崖顶。直升机掀起的尘土和沙砾灌进了他的鼻子,钻进了他的头发,蒙住了他的眼睛。他几乎难以分辨方向,跑着跑着——"哎哟!"

"博比?"

"斯堪德？"

直升机腾空而起，飞向大海，灰尘渐渐散去。斯堪德仰脸望着空荡荡的天空，而博比则叉着腰，站在一旁。

他的神色一定透露了他的心情，因为博比揽住了他的肩膀："走吗？"

斯堪德担心自己的声音会失控，于是什么都没说，只点了点头。嗜血的独角兽声声召唤着，他们肩并着肩，走向未知的未来。

致谢

我要感谢的人有很多。

有些人在这些凶猛的独角兽孵化出来之前就给予了我支持。感谢我的妈妈海伦,她让我理解了坚强和独立,教我追求自己的梦想——在追梦时也享受快乐!感谢我的哥哥亚历克斯,他鼓励我,逗我笑,并且从未质疑过我何以要写嗜血的独角兽。感谢我的哥哥雨果,多年来我们一直分享奇幻小说和故事书,多谢你连夜通读了这本书的初稿,鼓励我继续努力。

感谢莎伦、肖恩和奥利,他们敞开怀抱接纳了更多的神奇独角兽——谢谢你们给了我另一个家,全心全意地支持我写作。

感谢克莱尔。当我在马盖特喝着咖啡、聊起斯堪德时,她兴奋的反馈就像一盏明灯,就像魂元素那样,闪闪发亮。

感谢安娜、莎拉、艾莉和夏洛特,从我最初尝试写作以来,她们就像一个充满爱和鼓励的四人组，不断地支持着我。感谢鲁斯，无论顺利还是坎坷，都慷慨地为我和斯堪德加油。感谢阿伊莎与我分享她的写作经历，让我看见了未来的事业愿景。感谢巴尼，其作品激励我重新找回遗忘已久的写作梦。感谢艾比、加文、杰西、威尔和马克在我年少轻狂的岁月里一直不离不弃。

如果我的经纪人也是骑手，那他们将赢得所有空战。山姆·科普兰与我协同作战，助我实现了所有的独角兽梦想。米歇尔·克罗斯把我的生活变成了童话，让这些凶猛的神兽有望跃上银幕。彼得·康、德鲁·里德和杰克·鲍曼用信任让这个故事从幻影成为作品。谢谢你们。

凌云树堡向西蒙与舒斯特出版社的梦幻团队致以诚挚感谢，尤其感谢蕾切尔·登伍德对斯堪德坚定而热情的支持。感谢英国编辑阿里·杜格尔、美国编辑肯德拉·莱文，他们对独角兽的喜爱从未改变，感谢你们的竭尽全力，勤勉不辍。感谢迪巴·扎加布尔和洛瑞·瑞本，有了她们，独角兽一飞冲天，高得超出了我的想象——哪怕窗外的世界有点可怕。

感谢劳拉·霍夫和达尼·威尔逊和我一样热衷于将斯堪德介绍给更多的读者。感谢伊恩·兰姆为推介这些独角兽所投入的惊人的创造力。

感谢西蒙与舒斯特出版社的设计团队、汤姆·桑德森、索雷尔·帕卡姆以及"两点"插画工作室，让这本书的封面、插图和整体模样，都符合我想象中的那个世界。感谢莎拉·麦克米伦和伊芙·沃索基·莫里斯声嘶力竭地宣传这些致命独角兽的故事。感谢才华横溢的海外版权团队为斯堪德找到了一个个完美的家园。还有世界各地的编辑和译者，感谢你们信任我，用不同的语言为这个故事赋予了新生。多谢责编和校对员，书里的每一个字都因你们而燃烧得更加猛烈。

感谢热诚欢迎我的童书论坛和各种团体，尤其是艾斯霖·福勒和托拉·奥科古，你们不但为我加油，还在未曾谋面时就与我分享了自己的写作体验。还要感谢创意写作硕士课程的老师和同行，是他们给了我继续写作的信心，并一直支持我。感谢我永远的家——剑桥大学塞尔温学院。感谢唱出我心曲的查理·沃沙姆——我可没有丢下工作去波纳若玩哟，但也快了吧。还有肯特郡图书馆，感谢它让当年那个囊中羞涩、爱读幻想小说的女孩葆有阅读梦想。

最后，感谢我的丈夫约瑟夫，是他帮助我在全世界那么多故事讲述者中拥有了一席之地，帮助我找到了自己——也正因此才有了这本《斯堪德与独角兽》。没有他，这一切都将不复存在。